Meinem lieben Bruder
Christoph
zu seinem sehr guten
Prüfungsergebnissen.
14.03.84

Deine Schwester
Beatrice

9783570029718

D1983557

Nachruf auf ein Dutzend Gauner

Henry
Jaeger

Nachruf auf ein Dutzend Gauner

Roman

Lizenzausgabe mit Genehmigung
der C. Bertelsmann Verlag GmbH, München
für die Bertelsmann Club GmbH, Gütersloh
die Europäische Bildungsgemeinschaft Verlags-GmbH, Stuttgart
die Buchgemeinschaft Donauland Kremayr & Scheriau, Wien
und die Buch- und Schallplattenfreunde GmbH, Zug/Schweiz
Diese Lizenz gilt auch für die Deutsche Buch-Gemeinschaft
C. A. Koch's Verlag Nachf., Berlin – Darmstadt – Wien

Umschlag- und Einbandgestaltung: K. Hartig
Gesamtherstellung: Mohndruck Graphische Betriebe GmbH, Gütersloh
Printed in Germany · Buch-Nr. 00683 3

1

Es war ein Sonntag im Sommer des Jahres 1926: mein Vater ging mit einem Freund in Frankfurt spazieren. Sie schlenkerten ihre Spazierstöcke, hatten feine Hüte auf dem Kopf und musterten die Mädchen.

Als er meiner Mutter begegnete, die gerade ihre Schwester besuchen wollte, zog er den Hut und fragte: »Dürfen wir Sie ein Stück begleiten?«

Meine Mutter soll gelächelt haben, sie hat später gesagt: »Er kam mir vor wie ein Stutzer, aber er sah trotzdem gut aus.«

Damals fuhren noch Pferdedroschken. Mein Vater und sein Freund legten ihr Geld zusammen. Zu dritt machten sie eine Stadtrundfahrt, am Main entlang, bis zu einem Café, das es längst nicht mehr gibt. Dort tranken sie Wein.

Ich bin am Leben, weil mein Vater im richtigen Augenblick den Hut gezogen hat. Sie merkte übrigens bald, daß er keinen feinen Hut besaß, den hatte er sich samt dem Spazierstock von seinem Vater geliehen, weil es damals Mode war, mit Stock und Hut zu gehen. Sie hat ihn dennoch geheiratet.

Seine Mutter hat gezetert: »Eine viel Bessere hättest du kriegen können. Was bringt sie mit? Sie hat nichts.«

Sie war eine strenge Frau und besonders stolz darauf,

daß ihr Sohn schon in jungen Jahren die Meisterprüfung als Kupferschmied bestanden hatte. Das half ihm allerdings wenig, denn es gab zu dieser Zeit Tausende von alten Handwerksmeistern, die für wenig Geld arbeiteten.

Auf ihrem Hochzeitsbild sehen sie glücklich aus. Sie stehen nebeneinander und lächeln. An einem Sommertag des Jahres 1927 sagte meine Mutter: »Karl, es ist soweit.« Er ließ sie mit einem Taxi in das Entbindungsheim in der Frankfurter Langestraße fahren. Die Geburt dauerte achtzehn Stunden und hat meiner Mutter beinahe das Leben gekostet. Als ich schließlich erschien, stellten die Ärzte erstaunt fest, daß ich 68 Zentimeter lang war. Außerdem brachte ich noch eine Schädelverformung mit auf die Welt, über die mein Vater erschrocken sagte:

»Er hat ja einen Zeppelinkopf.«

Wegen meiner Länge und wegen meines Zeppelinkopfes wurde ich den Studenten in der Universitätsklinik gezeigt. Die Ärzte verordneten mir eine Gummimütze, die meinen Kopf allmählich wieder in die richtige Form brachte.

Als wir noch in den kleinen Mansarden in Frankfurt wohnten, war das Geld bei uns knapp. Mein Vater ging stempeln, und wir zogen ständig um.

Fast jeden Tag bestieg er sein Fahrrad und suchte Arbeit. Er fuhr die Kupferschmieden und Werkstätten in Frankfurt am Main ab und stellte sich vor: »Ich bin ein Meister ohne Arbeit. Meine Zeugnisse habe ich dabei ...« Er verwahrte sie in einer kleinen Ledermappe, die ziemlich schäbig aussah. Selten nur kam er dazu, das Mäppchen zu öffnen, denn die Kupferschmiede zuckten bedauernd die Schultern: »Es tut uns leid, keine Arbeit ...«

Ich war oft dabei und begriff schon mit vier Jahren, daß auch bei den Ablehnungen etwas heraussprang. Sie begegneten sich mit einer gewissen Würde. Die beiden Meister verabschiedeten sich mit Handschlag: der eine gab dem anderen eine Mark, um damit sein Bedauern auszudrücken. Es war ein Vorgang, der meinen Vater nicht demütigte.

Wir fuhren dann fort, und er erklärte mir ein paarmal: »Es ist der Brauch, wenn ein Meister um Arbeit fragt.« Dabei trat er kräftig in die Pedale. Ich saß vorn auf der Stange des Fahrradrahmens, um den er mit Kordel ein dickes Kissen gebunden hatte. Für meine Füße gab es an der Fahrradgabel zwei Fußstützen. Bequem konnte ich rittlings auf der Stange sitzen.

Er war ein gewaltiger Radfahrer und er schwor auf den englischen Gesundheitslenker. Dabei deutete er auf mich und sagte: »Es gibt keinen besseren Lenker für ihn und für mich. Daran kann er sich festhalten, an der geraden Stange.«

Außer dem Fahrrad gab es noch zwei Gegenstände, mit denen mich mein Vater beeindruckte. Es waren ein Dreifuß und eine Haarschneidemaschine. Weiß der Himmel, woher er den Dreifuß hatte. Die Haarschneidemaschine jedenfalls hatte er bei Woolworth gekauft.

Er war ein praktisch veranlagter Mann und verstand seine Hände zu gebrauchen. Nachdem er sich den Dreifuß besorgt hatte, brauchten wir keinen Schuster mehr. Er kaufte ein Stück Leder, Hämmer besaß er als Kupfer-

schmied ohnehin genug, er holte sich die richtigen Nägel und besohlte unsere Schuhe.
Der Umgang mit der Haarschneidemaschine war etwas schwieriger. Er mußte erst üben und dazu benutzte er meinen Kopf. Es gibt ein Bild von mir, auf dem seine Anfänge deutlich zu erkennen sind. Er schnitt einfach am Hinterkopf sämtliche Haare ab und ließ nur ein paar Strähnen stehen, die nach vorn gekämmt wurden. Nach einer solchen Behandlung riefen die Kinder auf der Straße hinter mir her: »Eierkopf! Eierkopf!«
Mein Vater tröstete mich: »Wenn ich es besser kann, lasse ich auch hinten mehr stehen.«
Er verstand es, mit wenig Geld auszukommen. Er zimmerte drei Stühle von großer Haltbarkeit, er schreinerte einen Schrank und eine Kommode, er konnte die Wohnung tapezieren, Licht- und Gasleitungen legen, Nähmaschinen reparieren, Waschkessel flicken, Töpfe dichten, und er konnte wunderschöne Kupferkannen schmieden, wenn er genug Geld hatte, sich das Kupfer zu kaufen.

Ich hatte viel Angst, wenn sie mich am Tag allein in der Wohnung ließen. Sie sagten: »Geh nicht an die Tür, auch wenn es klopft. Du brauchst keine Angst zu haben, die Tür ist verschlossen.«
Mit Bauklötzchen sollte ich spielen und keine Angst sollte ich haben, während er auf der Suche nach Arbeit war und sie bei einer Familie Kneif putzen ging, deren Wohnung ich einmal verunreinigt hatte. Ich war auf der Straße in einen Hundedreck getreten und ging ahnungslos mit meinen beschmutzten Schuhen über den

wertvollen Teppich. Er stank fürchterlich und von da an durfte ich nie wieder die Wohnung der Familie Kneif betreten, die wir für eine vornehme Familie hielten, weil sie den Propeller eines Flugzeuges als Schmuck im Wohnzimmer stehen hatte.
Ich habe nicht gespielt mit den Bauklötzchen, sondern ich habe mit mir geredet, wenn sie fort waren. Ich wollte meine Stimme hören, weil meine Stimme mich beruhigte.
Ich stand am Fenster der kleinen Wohnung und schaute hinaus. Dabei sah ich das vor mir abfallende Dach mit der Dachrinne und ein Stück vom Hof. Von dort her mußten sie kommen. Sie brauchten manchmal lange, bis sie zurückkamen. Ich fürchtete oft, sie hätten mich vergessen.
»Er hängt an uns wie eine Klette«, sagte mein Vater. Und das war auch so: ich lief hinter ihnen her, wo immer sie gingen, vom Zimmer in die Küche und wieder zurück und dabei behielt ich sie ständig im Auge. Wenn der Tag kalt oder regnerisch war, wußte ich: Sie nehmen mich wieder nicht mit.

Im Sommer war ich fröhlich. Unsere Stube war dann hell. Ich liebte diese heiteren Tage und war davon überzeugt, daß alle Menschen meine Freunde waren.
Was war das für ein herrlicher Tag, als wir losfuhren, um Kirschen zu stehlen. Mein Vater hatte in aller Frühe gerufen: »Wo ist mein Netzhemd?« Er brauche sein Netzhemd, denn wenn er in die Kirschen ginge, müsse er beträchtlich schwitzen.
Ich rief von meinem Bett aus: »Ich will mitfahren!«

Wir fuhren aus Bornheim hinaus in Richtung Bergen, wo die Bauern wohnten. Alle Menschen, die dort lebten, waren für uns Bauern, denn sie redeten einen anderen Dialekt als wir und hielten sich zumindest ein Schwein und ein paar Hühner.
Eine ganze Reihe von Pferdefuhrwerken begegnete uns. Die Fuhrleute knallten mit den Peitschen. Ich saß vorn auf meinem sicheren Platz, mein Vater lenkte, es konnte mir nichts passieren. Meine Zufriedenheit und mein Vertrauen waren ungetrübt. Eine Frau, die einen schweren Korb auf dem Kopf trug, begegnete uns. Sie drehte sich langsam um ihre eigene Achse und sah uns an. Dabei kam es mir komisch vor, daß sich der große Korb mitdrehte. Ich war sicher, sie dachte, wir seien zwei Reisende, die von weit her kamen.
Wir hatten die Außenbezirke erreicht und rollten durch diesen Morgen, und ich zweifelte nicht daran, daß wir zwei wichtige Menschen waren und von jedermann beachtet wurden.
Auf dem Gepäckträger hatten wir einen kleinen Korb für die Kirschen. »Sie hängen tief«, hatte mein Vater gesagt. »Wir gehen von Baum zu Baum und pflücken sie hinein.«
An den Wiesenhängen von Bergen standen die Kirschbäume zu Hunderten. Ihre beladenen Zweige hingen so tief, daß wir nur die Hand auszustrecken brauchten. Sie gehörten uns, darüber gab es keinen Zweifel. Die Grillen zirpten im Gras, die Bienen summten, und ich sah die gaukelnden weißen Schmetterlinge. Man konnte von hier aus die Mainebene weit überblicken. Sie schien mir unendlich groß und voller Frieden.
Der Mann, der das alles zerstörte, kam auf einem Fahrrad und schrie schon von weitem: »Halt! Stehenblei-

ben!« Er war außer sich vor Eifer, trug eine grüne Uniform mit goldenen Knöpfen, und ich sah, daß er unter der Nase einen wildwuchernden Schnurrbart hatte.
Er mußte vom Fahrrad absteigen, denn der Feldweg, auf dem er angefahren kam, führte nur bis zur Straße. Dort aber war ein Graben. Wir waren auf der anderen Seite. Mein Vater packte mich mit einem Arm, setzte mich auf mein Kissen, hatte noch Zeit, das Körbchen mit den Kirschen in den Gepäckträger zu klemmen und rief mir zu: »Halt dich fest!«
Sie kämpften verbissen, ihre Entschlossenheit war gleichwertig. Der Feldhüter fuhr hinter uns her und rief fortwährend: »Halt! Ich befehle, halt!«
Es ging einen Berg hinunter, unsere Geschwindigkeit nahm zu, dann kam eine Kurve, danach eine Steigung. Mein Vater trat mächtig in die Pedale. Ich hielt den englischen Gesundheitslenker umklammert und duckte mich. Von weit hinten hörten wir den letzten verzweifelten Versuch: »Halt! Ihr seid erkannt!«
Ich glaubte es in diesem Augenblick wirklich, denn ich dachte, alle Welt müsse uns kennen.
Wir erreichten unbehelligt Seckbach und fuhren nun wieder gemächlich nach Hause. Mein Vater war etwas verlegen und sagte: »Wegen so ein paar Kirschen . . .«
Es war ein herrlicher Sommertag. Ich vermute, im Jahr 1932. Die Politik interessierte uns nicht. Wir hatten zu tun mit unserem Hunger, hatten Mühe, die kleine Zweizimmerwohnung unterm Dach zu halten, und besaßen als wertvollste Habe ein Fahrrad.
Es war die Zeit der Aufmärsche. Die Nazis riefen: »Deutschland erwache! Juda verrecke!« Mein Vater sagte: »Wir werden von jeder Partei beschissen.«

2

Als ich den Kindern zum erstenmal begegnete, war ich mißtrauisch. Ich hielt einen Ball in der Hand und ging langsam auf sie zu. Zu viert saßen sie auf einer Vorgartenmauer, vier Knaben, einer davon in meinem Alter, die anderen mindestens zwei Jahre älter.

Wir waren umgezogen, in eine neue Straße, in ein großes Mietshaus. Mein Vater arbeitete wieder als Kupferschmied. Jeden Freitagabend warf er fröhlich die Lohntüte auf den Küchentisch. Sie zählten gemeinsam das Geld. Wenn sie damit fertig waren, strichen sie fast zärtlich die Scheine glatt.

Er nahm sich nur ein paar Pfennige, denn er war anspruchslos. Die Männer in dieser Straße waren damals fast alle anspruchslos – die Frauen auch.

Die Straße gefiel uns, das Haus hatte eine schön bemalte Treppe. Es roch nach Bohnerwachs und Sauberkeit. Die Jahre, in denen wir herumgezogen waren, lagen hinter uns.

Und in dieser Straße war ich der Neue. Niemals zuvor war ich auf so viele Kinder getroffen. Sie betrachteten mich feindselig. Sie nahmen mich nicht an. Ich verstand es nicht. Vielleicht war der Ball zu klein, mit dem ich spielte.

Ich wollte zu ihnen gehören, wollte der Fünfte in ihrem

Kreis sein. »Ich habe noch einen größeren Ball«, sagte ich. »Und dann habe ich noch einen Feuerwehrhelm . . .« Das war alles, was ich zu bieten hatte.
Sie berieten nun über mich. Dabei sah ich genau, daß einer für mich stimmte. Ich war ihm dankbar und nickte ihm zu. Er übersah meinen Gruß, so rasch wollte er kein Bündnis schließen. Das machte mich wieder ratlos. Schließlich sagten sie: »Geh und bring deinen Feuerwehrhelm.«
Ich rannte die Treppen hinauf und holte den Helm. Er war aus schwarzer Pappe und hatte eine Blechverzierung. Mein Großvater hatte ihn mir gekauft. Ich war stolz auf meinen Helm. Er verlieh mir Kraft, gab mir Bedeutung und seit wir einen Spiegel im Flur hängen hatten, ging ich manchmal heimlich vor den Spiegel und betrachtete mich – mit Helm.
Sie stritten jetzt darum, wer den Helm tragen dürfe, denn sie wollten alle Feuerwehrmann spielen. Ich bestimmte den Gleichaltrigen. Er setzte den Helm auf und im gleichen Augenblick war er tatsächlich mein Freund, dafür aber hatte ich jetzt drei Feinde.
Als er gehen mußte, sah ich, daß hinten auf seiner Hose große Flecken saßen. Das nahm mich für ihn ein, weil ich ähnliche Hosen trug. Mein neuer Freund hieß Johann.
Nachdem er gegangen war, setzte ich meinen Helm auf, einer der Jungen schlug ihn mir vom Kopf. Dann spielten sie Fußball damit. Sie johlten und lachten mich aus, und jedesmal, wenn ich mich nach meinem Helm bückte, trat einer dagegen, so daß er mindestens fünf Meter weit flog. Ich begann zu weinen.
Dann griff ich plötzlich an, schlug mit beiden Fäusten auf meine Peiniger ein, traf den ersten mitten ins Ge-

sicht. Verblüfft setzte er sich auf den Boden und starrte mich an.

Sie verprügelten mich nun zu dritt, bis der Kohlenhändler Fischer plötzlich neben uns auf der Straße stand und mit seinen schwarzen Händen zwei der Burschen am Genick faßte und sie hin und her schüttelte, daß sie zu weinen begannen. Dabei rief er: »Ihr Feiglinge! Drei gegen einen! Seht euch doch nur an, wie dünn er ist!«

Das vergaß ich dem Kohlenmann nie, obwohl er ein grober Klotz war und einmal wöchentlich seine Frau verprügelte, wie jeder in der Straße wußte.

An jenem Tag packte ich meinen verbeulten Feuerwehrhelm und trottete nach Hause. Die Straße gefiel mir nicht mehr. Ich sehnte mich danach, wieder bei meinem Vater auf dem Fahrrad zu sitzen und zu den Kupferschmieden zu fahren. Mein Helm schien mir nun auch verdorben. Ich habe ihn ein paar Tage später Johann geschenkt.

Johann hatte eine zänkische Mutter, die in einem Postamt arbeitete, und er hatte einen Vater, der im Zuchthaus saß.

Es war schon etwas Besonderes, einen solchen Vater zu haben. Wenn er nach ihm gefragt wurde, sage er: »Mein Vater hat eine schwere Krankheit. Er ist in einem Krankenhaus.« Die Menschen in unserer Straße wußten natürlich bald, was für eine Art von Krankenhaus das war. Die Kinder hänselten ihn und fragten: »Sag uns, Johann, was für eine Krankheit hat er denn, dein Vater?«

Johann machte ein ernstes Gesicht und antwortete jedesmal mit sanftem Starrsinn: »Eine schwere, sehr schwere Krankheit.«

»Und wie heißt sie denn, die Krankheit?« wollten die Kinder wissen.

Johann antwortete: »Ich weiß nicht, wie sie heißt.«
Da Johann einen solchen Vater hatte, war auch seine Mutter mit der Zeit etwas eigentümlich geworden. Sie ging morgens in aller Frühe zum Postamt und mußte dort sämtliche Räume putzen. Davon waren ihre Hände rauh geworden wie ein Reibeisen. Johann sagte von ihr: »Wenn sie mir eine runterhaut, bleiben jedesmal Schrammen.«
Sie war mißtrauisch, stets angespannt, auf der Hut vor allen möglichen Angriffen und zeigte dies auch mit ihrem zusammengekniffenen Mund, der wie ein Strich aussah. Oft stand sie hinter dem Vorhang und beobachtete, was ihr Johann auf der Straße trieb. Mit unfehlbarem Instinkt erkannte sie, wenn er wieder einmal verspottet wurde. Sie riß dann das Fenster auf und rief: »Johann! Johann!«
Ihr Ruf klang wie ein Heulen, endlos gedehnt. Wenn Johann dieses Signal hörte, zuckte er zusammen, machte auf dem Absatz kehrt und rannte in die Wohnung.
Bei uns daheim sagten sie: »Jetzt kommst du bald in die Schule.« Und eines Morgens erklärte meine Mutter: »Es ist soweit. Wir gehen dich anmelden.«

Alles an dem Mann war rosig und glatt: seine frisch rasierten Bäckchen und seine Glatze schimmerten, als wären sie poliert. Er versuchte, Freundlichkeit auszustrahlen. Zu meiner Mutter sagte er: »Aha, das ist er also. Und er möchte zu uns in die Schule?«
Dabei musterte er mich genau. Ich stand vor ihm wie ein Tölpel und wußte nicht, was ich mit meinen Hän-

den anfangen sollte. Es war nicht klar, ob man in einem solchen Fall etwas antworten mußte. Meine Mutter konnte mir auch nicht helfen. Sie begriff nicht, welch überwältigenden Eindruck dieser Schuldirektor auf mich machte.

Da war vor allem der Anzug. Einen solchen Anzug besaß mein Vater nicht, das sah ich sofort. Er saß ja auch nie mit weißem Stehkragen hinter einem Schreibtisch, auf dem Stöße von Akten Respekt verbreiteten. Da mußte eine ganze Menge von wichtigen Dingen drinstehen: über Menschen. Der kleine dicke Mann schrieb sie hinein. Er tauchte seinen Federhalter in das Tintenfaß, und dann kratzte die Feder über das Papier: eine sorgfältige Schrift mit wohlgerundeten Schleifen.

Der Rektor wiederholte: »Ihr Mann ist Kupferschmiedemeister ...«

»Jawohl«, sagte meine Mutter stolz.

Er fragte – sie antwortete, die Feder fuhr über das Papier. Und als das Formular ausgefüllt war, schaute er mich wieder durch die Brille an. Ich wußte schon, was er wollte: mich gewinnen, Vertrauen erwecken: »Freust du dich, daß du jetzt bald in die Schule kommst?«

»Nein«, sagte ich und schüttelte heftig den Kopf. Die Schule gefiel mir nicht. Sie hatte dunkle Korridore, und außerdem dachte ich: Sie riecht nicht gut.

»Na, na«, sagte der Rektor, milden Vorwurf in der Stimme.

»Er wird sich daran gewöhnen. Er ist sehr scheu.« Meine Mutter versuchte eine Entschuldigung. Ich hatte sie in Verlegenheit gebracht. Danach gingen wir aus dem Zimmer. Sie war wütend, und ich hatte schwere Bedenken gegen dieses finstere Institut, in dem mir das

Einmaleins beigebracht werden sollte. Jetzt ist alles aus, habe ich gedacht. Morgens könnte ich nicht mehr mit Bauklötzchen oder mit Johanns Zinnsoldaten spielen. Johann und ich trafen uns jeden Tag. Wir spielten in den Hinterhöfen. Das war jetzt alles vorbei. Johann sagte auch: »Jetzt ist es aus.«
In einer Bank würde ich hocken müssen: Rechnen, Schreiben, Lesen. Dazu hatte ich noch keine Lust. Und außerdem gab es in der Schule Stockschläge. Das hatten mir Kinder in unserer Straße erzählt, die auch dort hingehen mußten.
Eine Tür wie ein ungeheures schwarzes Loch öffnete sich für mich, und dort mußte ich hineinmarschieren, sollte auch noch so tun, als würde ich mich übermäßig freuen.
Davon redeten sie nämlich alle. Gerne gingen sie noch einmal zur Schule, schön wäre es gewesen: Vater, Mutter, Onkel, Tanten und auch mein Großvater. Aber ihr Eifer, mit dem sie versuchten, mich umzustimmen, bestärkte nur mein Mißtrauen.
»So«, sagte mein Vater, »du behauptest, die Schule riecht schlecht? Was glaubst du, was ich alles riechen muß?«
Das glaubte ich ihm aufs Wort. Aber was half das? Ich hatte von jeher eine empfindliche Nase.

Noch ein paar Wochen durften wir herumstreunen, mein Freund Johann und ich. Ich hatte den Riesen erfunden, und meine Überzeugungskraft reichte aus, den anderen Kindern zu erklären, daß ich den Riesen im Ostpark gesehen hätte, wo er unter einem Baum zu schlafen pflege. Ich beschrieb ihn so genau, daß ich schließlich selber daran glaubte, ihn gesehen zu haben.

Ich konnte sie überzeugen: »Wir dürfen nicht zu nahe herangehen, denn Riesen sind gefährlich. So einer bricht dir Arme und Beine . . .«

Sie liefen hinter mir her, und Johann sonnte sich in meinem Ruhm.

Der Park lag fünf Minuten von unserer Straße entfernt. Er bestand aus zwei Wiesen, die von einem Weiher getrennt wurden. Um die Mittagszeit, wenn er menschenleer war, täuschte der Park eine riesenhafte Fläche vor, eine Wildnis, in die wir uns hineinwagten.

Der Riese war nie an seinem Platz. Ich mußte wieder etwas Neues erfinden. Johann und die Kinder warteten darauf.

Ich sagte: »Die Bauern kommen mit ihren großen Wagen, die sind vollgeladen mit Heu, fast so hoch wie unser Haus. Und wenn wir sie fragen, erlauben sie uns, daß wir uns oben auf das Heu setzen.«

Wir haben den Heuwagen lange gesucht, aber wir haben ihn nie gefunden.

Wenn wir Hunger hatten, trotteten wir nach Hause. Und daheim gab es regelmäßiges Essen. Mein Vater sagte: »Wir haben jetzt genug Kohldampf geschoben.« Er war ein großer Fresser und stand oft sonntags am Herd. Er kochte und briet. Braten schätzte er besonders, riesige Braten. Ich genoß das ungeheure Behagen, einen vollen Bauch zu haben. Und mit dem vollen Bauch wuchs auch mein Selbstvertrauen. Ich war sicher, daß ich zu ganz besonderen Dingen ausersehen war. Allerdings erst, wenn ich etwas dicker geworden wäre. Zu meinem Kummer blieb ich dünn.

»Ein freundliches Kind«, sagten die Leute in unserem Haus. »Aber er wird doch nichts an der Lunge haben?« Damals gab es viele Kinder, die was an der Lunge hatten. Meine Mutter wies einen solchen Verdacht entrüstet von sich. »Gesund ist er, kerngesund. Und was hat er für schöne blonde Locken ...«

Sie prahlte mit mir. Die Qualität meiner Locken schien ihr wert, täglich erwähnt zu werden. Die Kinder allerdings riefen manchmal: »Weißkraut!« Ich drohte ihnen mit der Faust. Ich wollte diesen Namen nicht. Ich wollte geliebt werden. Ich wollte sie alle zu Freunden haben, alle, die in dieser Straße wohnten.

Ich stampfte mit dem Fuß auf und rief: »Ich will nicht, daß ihr mich Weißkraut nennt!«

Nur Johann sagte es nicht. Er hielt mir auch nie vor, daß ich dünn und lang aufgeschossen war. Er war nicht dikker als ich. Er wußte auch einen Grund dafür. »Bei uns gibt es zuviel Brotsuppe«, sagte er.

»Und nichts dazu?« fragte ich.

»Nein, es gibt nichts dazu.«

Es bekümmerte uns, daß wir noch keine Athleten waren, und deshalb verglichen wir den Umfang unserer Beine und Oberarme mindestens einmal in der Woche, wobei wir uns rühmten, wir hätten wieder etwas zugenommen. Wir priesen auch unsere Väter: sie waren stark, sie waren Helden. Johann sagte: »Er trug einen Säbel ...« Das war seine Lieblingsvorstellung: er wollte seinen Vater mit einem Säbel sehen.

Zu dieser Zeit ging Josef, so hieß sein Vater, ganz gewiß ohne Säbel. Er war bewaffnet mit einem Spaten und mußte als Strafgefangener Torf stechen.

Als Johann und ich in die Schule kamen, wollten wir uns gleich am ersten Tag davonstehlen. Die Kinder mußten sich in Dreierreihen aufstellen, dann marschierten sie in die Schule. Wir ließen uns an den Schluß des Zuges zurückfallen und marschierten aus dem Tor hinaus. Und wer stand dort vor dem Tor? Wir liefen ihm genau in die Arme: der Rektor. Seine Bäckchen schimmerten wieder rosig. Er fragte: »Wo wollt ihr denn hin? Gehört ihr nicht in die erste Klasse?«
Johann begann zu flennen: »Ich will zu meiner Mama!«
»Ich auch«, sagte ich, »zu meiner Mama.«
»Aha!« sagte er, »ihr seid zwei Ausreißer. Marsch, zurück in die Klasse.«
Der Rektor nahm uns bei den Ohren und so führte er uns zurück. Dabei redete er freundlich auf uns ein. Jeder Mensch muß lernen, damit später etwas aus ihm wird. Jawohl, lernen für später.
In der Klasse sagte er zum Lehrer: »Hier bringe ich zwei, die wollten wieder heimgehen.«
Darüber lachten die anderen Kinder laut. Johann und ich aber schämten uns. Wir saßen nebeneinander in der Bank und wagten nicht aufzusehen. An der Tafel stand das ABC. Es war bunt, riesengroß und machte einen gewaltigen Eindruck auf uns. Der Lehrer hieß Leander Kalker und trug einen goldenen Ring am rechten Mittelfinger. In der Ecke neben dem Schrank lehnte der Rohrstock, gleich daneben stand der Spucknapf, in den niemals jemand hineinspuckte, der aber dennoch Jahre dort stand, weil er zum Inventar gehörte.
Die Hälfte der Klasse war rachitisch, das waren genau solche Hungerleider wie wir, blasse Knaben, denen man noch immer die Jahre der Entbehrungen ansah,

obgleich es jetzt wieder aufwärts ginge, wie meine Eltern und auch der Lehrer sagten. In der Turnhalle hing eine Hakenkreuzfahne und dort stand auch das Bild Adolf Hitlers, der uns streng zu mustern schien, wenn wir in der Halle turnten.
Mein Vater sagte: »Er ist mit einer Jüdin verheiratet ...« Und deshalb mußte mein Lehrer schon nach dem ersten Jahr seinen Abschied nehmen. Es war ein trauriger Morgen, als er ging. Er gab jedem Schüler die Hand. Er wußte, daß er nie wieder in einer deutschen Schule unterrichten würde.
Als er zu meiner Bank kam, fragte er: »Bist du nicht am ersten Schultag ausgerissen? Und er auch?« Er deutete mit einem Kopfnicken zu Johann.
Nachdem ich das ABC bereits erlernt hatte, las ich Bücher, alles, was ich erwischen konnte. Aber am schönsten fand ich Robinson, die Geschichten aus 1001 Nacht und Gullivers Reisen, das noch heute von den meisten Deutschen für ein Kinderbuch gehalten wird.
Mein Vater begann zu dieser Zeit, den nationalsozialistischen Aufschwung bereits mißtrauisch zu beobachten. Er sagte: »Ich fresse einen Besen, wenn die nicht rüsten.« Und was bedeutete das? »Krieg«, sagte er. »Die bereiten einen Krieg vor.«
Mein Gott, schon wieder Krieg. Wir haben doch gerade einen verloren. Das murmelten die Leute in unserem Haus und in unserer Straße.
Die Menschen seien mürbe, nicht mehr zu Widerstand und Trotz fähig. »Keiner macht das Maul auf«, sagte mein Onkel, der im Herzen ein Sozialdemokrat war.
Mein Vater hatte jetzt den ehrenvollen Auftrag, eine Kühlkammer für den Gauleiter zu bauen. Eines Abends kam er nach Hause und erzählte: »Ihr solltet mal sehen,

wie die Bonzen leben. Der Gauleiter hat mich gefragt, ob sich Austern in diesem Kühlraum längere Zeit frisch halten.«

Gauleiter Sprenger klopfte meinem Vater leutselig auf die Schulter. »Tüchtig, tüchtig«, soll er gesagt haben. Er lud ihn sogar zum Essen ein. Allerdings wurde meinem Vater das Essen in der Küche serviert.

»Was sind Bonzen?« wollte ich wissen.

Mein Vater sagte: »Das sind die, die gerade regieren.«

»Und Austern?«

»Das ist so ein schwabbeliges Zeug.« Er fügte hinzu: »Alle Bonzen fressen Austern.«

Die Bonzen trugen Uniformen, und so waren sie sofort als Bonzen zu erkennen. Sie mischten sich ein, schnüffelten überall. Sie gingen in die Häuser, in die Schule, sie hielten Vorträge, und an einen solchen Vortrag kann ich mich gut erinnern. In der geschmückten Turnhalle stand ein Mann hinter dem Rednerpult und erzählte, ein Baumeister hätte zu weinen angefangen, als er Adolf Hitler die Hand geben durfte.

»Ja, stellt euch vor: der einfache Mann begann zu zittern, als er den Führer sah. Und er sagte: ›Ich weiß auch nicht, plötzlich mußte ich weinen.‹ Das ist seine Größe, Kinder. Dieser begnadete Mensch ist uns von der Vorsehung geschickt worden . . .«

Es machte keinen besonderen Eindruck auf uns. Ich wollte spielen, im Ostpark wollte ich auf die Bühne klettern und an meine Helden denken, die ich aus den Büchern kannte. Johann war dabei und wollte auch ein Held sein. Ich schrie: »Mir nach!« Dabei riß ich den Arm hoch, mein Säbel war ein Holunderstock.

Johann und die Kinder folgten mir. Über die Wiesen rannten wir. War ich nicht ein Held? Auf einem feurigen Roß saß ich und verbreitete Schrecken unter den Bösewichten. Und Johann war immer dabei. Wir waren glückliche Kinder.

Und dann stand in der Schule eines Tages ein Lehrer vor uns und sagte: »Jungens, wir haben einen in der Klasse, dessen Vater ist ein Dieb und Einbrecher. Wißt ihr, wer es ist?«

Der Lehrer wartete. Er stand mit hoch erhobenem Kopf. In die Stille sagte er: »Derjenige, den ich meine, soll aufstehen!«

Niemand stand auf. Ich sah, wie Johanns Gesicht zuerst rot, dann aber schneeweiß wurde. Er schluckte, doch er stand nicht auf. Der Lehrer begann zu gehen. Vom Podium herunter kam er langsam auf unsere Bank zu. Er blieb neben der Bank stehen, wartete noch ein paar Sekunden. Johanns Hände zitterten. Er konnte sie nicht mehr stillhalten.

Und plötzlich brüllte der Lehrer: »Dieser da ist es! Johann Scherer ist es!«

Der Lehrer ging voraus. Er sagte: »Leg dich über die Bank.« Er holte den Stock. Der Stock pfiff auf Johanns Hose herunter. Auf die straff gespannte Hose, denn das weiß so ein Schläger, daß die Straffung des Gewebes die Wirkung verschärft. Und es gibt ja auch den Ausdruck: Jemand die Hosen strammziehen.

Johann heulte jämmerlich. Und dann schrie er einmal laut: »Mama!«

Von da an war Johann in der Schule kein Held mehr. Die Kinder waren verlegen. Sie wußten nicht mehr, wie sie mit Johann umgehen sollten, der unter seinem Vater litt, obwohl er ihn noch nie gesehen hatte.

3

Josef, der Vater von Johann Scherer, blieb vierzehn Jahre verschollen. Als gemeingefährlicher Gewohnheitsverbrecher hatte ihn die Justiz nach Verbüßung seiner Strafe an ein Konzentrationslager abgeliefert. Er war in Auschwitz, in Dachau und an anderen Plätzen, wo auch die Krematorien rauchten. Auf Holzschuhen kam er Ende Mai 1945 nach Hause getippelt. Es war nachts, die Fenster standen offen, weil viele Frauen auf die Schritte warteten. Die entlassenen Kriegsgefangenen kehrten heim. Sie durften auf dem Marsch nach Hause auch nachts über die Straßen gehen, die anderen hatten Sperrstunde. Viele Frauen haben ihn gehört. Josef klapperte durch die dunkle Straße. Dann blieb es eine Minute still. Meine Mutter, die auf meine Heimkehr hoffte, hat gedacht: Jetzt ist wieder einer angekommen. Dann hörte sie, wie Frau Scherer rief: »Josef! Josef, bist du es?« Es war ihr Josef.

Damals hatte er in mehreren Etappen an die zwanzig Jahre verbüßt. »Jetzt fängt ein anderes Leben an«, soll er gesagt haben. Aber vorerst ging er noch in Holzschuhen und fand sich nur schwer zurecht. Er lag gern im Bett und konnte achtzehn Stunden an einem Stück durchschlafen. Und da meinte er eines Tages, das wäre nicht das Leben, das er sich erhofft hatte.

Er erklärte: »Jetzt geht es andersrum.«
Er half sich zuerst mit kleineren Einbrüchen aus, danach wurde er Schieber im großen Stil. Das gefiel Frau Scherer gar nicht, sie klagte: »Jeden Abend ist er besoffen.«
Eines Nachts wurde er von der Polizei volltrunken in einem fremden Keller überrascht. Da er schon damals schlecht hörte, hatte er beim Eindringen zuviel Lärm gemacht. Die Polizisten fanden ihn, wie er neben einem Sauerkrautfaß saß. Er summte ein Lied vor sich hin, immer das gleiche Lied.
Das Sauerkraut hatte ihn nicht interessiert, es soll sich da um ganz andere Dinge gehandelt haben. Verstecktes Gold, Brillantringe. Er hatte einen Tip von einem Knastbruder. Da die Polizei von den Goldschätzen nichts wissen konnte, glaubte sie ihm die Verirrung in trunkenem Zustand und ließ ihn laufen. Von da an wurde er vorsichtiger.
Josef trank fünf Tage lang keinen Schluck. Er lieh sich ein altes Fahrrad und fuhr in Richtung Wetterau. Er wußte, dort im Hessischen gibt es reiche Bauern.
»Ich muß meine Bestände auffüllen«, sagte er.
Mit zwei Einbrüchen besorgte er sich einige fette Schinken und mindestens zwanzig Würste. Es war für diese Zeit ein solides Stammkapital. Jetzt konnte er wieder tauschen, und es zeigte sich, daß er ein Meister darin war. Das hatte er im Konzentrationslager gelernt: Austausch von Ware, das Geld war ausgeschaltet, man brauchte nicht zu rechnen, alles über den Daumen gepeilt, wie er sagte. Die meisten Männer, die aus den Lagern zurückkamen, verstanden eine Menge davon.
Seine Frau, deren Gesicht vom Gram gezeichnet war, liebte ihn noch immer. Nach drei Gläsern Wein konnte

sie ins Schwärmen geraten: »Ihr hättet ihn sehen sollen, so vor zwanzig Jahren. Elegant war er, die teuersten Hemden hat er getragen. Josef«, sagte sie, »mein Josef ging immer im Maßanzug.«

So elegant war er auch einbrechen gegangen. Damals war das Einbrechen noch ein Kinderspiel. »Es gab mehr Bargeld«, sagte Josef. »Und viel Gold und Steine.«

Josef hatte seiner Frau manches Steinchen geschenkt. Sie hatte jedoch keines der wertvollen Stücke retten können. »Es ist alles draufgegangen«, seufzte sie.

Er war erfolgreich gewesen, und er hörte es gern, wenn seine Frau und seine früheren Freunde von den Glanzzeiten redeten.

Johanns Großmutter, ein verhutzeltes Weibchen von fast achzig Jahren, die nur noch einen Schneidezahn im Oberkiefer hatte, wollte solche Sprüche nicht hören. Sie murmelte dann vor sich hin: »Blas mir uff'n Kopp.«

Das hörte Josef nicht gern. Eines Tages schlug er mit der Faust auf den Tisch und rief: »Was hast du ständig zu fluchen! Das heißt nämlich bei ihr soviel wie: Leck mich am Arsch.«

Sie ging gebückt aus dem Zimmer, mampfte mit den Lippen und zeigte den gelben Zahn. Sie wollte nichts mit uns zu tun haben. Als sie aus der Tür verschwand, hörten wir: »Blas mir uff'n Kopp . . .«

Josef war ein Mensch, der Freunde hatte. Sie tauchten auf, einer nach dem anderen. Sie waren fast alle in den gleichen Lagern gewesen. Sie respektierten ihn.

»Josef ist ein zäher Hund«, das sagte ein Mann, der sein linkes Bein nachzog, weil er bei einem Fluchtversuch im Jahr 1934 von der Polizei angeschossen worden war. Er ging in die Kriminalgeschichte ein als der »verzinkte Egon«. Er hatte nämlich außer seinem Talent zum Einbrechen auch gewisse Fähigkeiten im Falschspiel. Ein paarmal war er mit gezinkten Karten erwischt worden, aber er war glimpflich davongekommen. Die Spieler gaben ihm nur ein paar Ohrfeigen.

Der verzinkte Egon hatte keinen Zahn mehr im Mund. Er lief ein paar Jahre in Frankfurt herum und pumpte seine Freunde an: »Ich muß mir neue Zähne machen lassen. Ich kann doch in diesem Zustand nirgendwo auftreten.«

Josef gab ihm dreimal das Geld für die neuen Zähne, aber Egon verspielte es jedesmal. Danach war Josef wütend und sagte: »Verdammt will ich sein, wenn ich dir noch einen Pfennig gebe. Aber ich mache dir einen anderen Vorschlag: ich schleppe dich zum Zahnarzt und bleibe neben dir stehen, bis er dir die neuen Beißer eingebaut hat.«

Aber das wollte Egon nicht, denn er hatte Angst vorm Zahnarzt.

Auch der »englische Willi« sagte von Josef: »Er war ein zäher Hund.« Sie hatten sich in den verschiedenen Lagern getroffen, ein spindeldürrer Mensch, der von sich sagte: »Ich bin englisch gemästet. Ich trage mein Fett innen.«

Dieser Ausspruch hatte ihm zu seinem Namen verholfen. Und der englische Willi erzählte in einer Nacht: »Als man Josef auf dem Bock hatte, hat er nur ein bißchen geflennt.«

Josef nickte vor sich hin: »Fünfzig Schläge auf den nackten Hintern. Da kannst du auf die Zähne beißen, wie du willst. Das platzt aus dir raus. Ich habe auf ein Stück Holz gebissen. Es hat etwas geholfen. Wir waren alle auf dem Bock.«

Als Josef in das verbotene Geschäft mit Ware einstieg, von dem doch jedermann wußte, daß es das einzige Geschäft war, mit dem man überleben konnte, war Johann noch in russischer Kriegsgefangenschaft. Die Mütter begegneten sich auf der Straße und fragten: »Etwas gehört?«

Sie hatten nichts gehört. Johann hatte zuletzt von Frankfurt an der Oder geschrieben, meine letzte Nachricht war aus dem Westen gekommen. Und so waren sie davon überzeugt, daß Johann in russischer, ich aber in englischer oder amerikanischer Kriegsgefangenschaft wäre. – Ich erzähle nicht gern vom Krieg, aber der Krieg hat mich geformt. Es ist immer Krieg zwischen den Menschen, er schwelt und wird von Narren von Zeit zu Zeit angefacht.

Ich habe nicht viel gewußt damals, als ich Soldat war. Für mich war der Krieg eine lästige Pflicht, die ich erfüllen mußte. Ich haßte es, in Reih und Glied strammzustehen oder zu marschieren. Ich mochte auch nicht singen, wenn es befohlen wurde, mußte aber dennoch Marschlieder grölen, Parademarsch üben, obwohl ich nie an einer Parade teilnahm. Es gab nämlich keine Paraden mehr. Mein Widerwille gegen den Krieg war schon früh geweckt worden. Mit fünfzehn Jahren stand ich als Schüler an der 8,8-Fliegerabwehrkanone. Ich haßte den Drill, die Dressur, konnte mich auch nicht fürs Vaterland begeistern, liebte aber doch die Stadt Frankfurt, die für mich mein Vaterland war.

Ich litt, als ich diese Stadt untergehen sah. Es war, als würde ein Freund sterben. Wir standen nachts nach den Bombenangriffen weinend auf den Geschützwällen und sahen von Oberursel aus, wie die riesigen Brände die Stadt vernichteten.

Ich weiß nicht, wie der Geschützstaffelführer dahinterkam, daß Widerstand in mir war. Er schrie mich an: »Der Kerl ist völlig passiv. Der will doch nicht, das sieht jeder. Einsperren sollte man ihn!«

Dabei bemühte ich mich, nicht zu sehr aus der Reihe zu tanzen, weigerte mich jedoch, die Mechanik der 8,8-Kanone auswendig zu lernen. Jeder Flakhelfer konnte die Geschützanleitung auswendig herunterbeten. Ich blieb stecken, weil ich steckenbleiben wollte. Und so mußte ich manches Mal statt des Textes dem Geschützstaffelführer nachsprechen: »Ich bin zu dämlich, die Wirkungsweise der 8,8-Fliegerabwehrkanone auswendig zu lernen.«

Ich habe es gehorsam nachgesprochen. An einem Sommertag lief ich einfach davon. Das Korn stand hoch, über den Feldern sangen die Lerchen. Ich ging zu meinem Onkel Alex, dem Sozialdemokraten, der mich auch aufnahm, der aber sofort sagte: »Du wirst in Schwierigkeiten geraten.«

Sie fahndeten nach mir. Mein Vater ahnte, wo ich sein könnte. Er kam an einem Sonntagmorgen mit dem Fahrrad und war aufgeregt: »Zwei Unteroffiziere waren schon dreimal mit dem Motorrad da. Sie werden dich einsperren. Das haben sie gesagt. Je länger du wegbleibst, um so länger werden sie dich einsperren.«

»Recht hat er!« rief mein Onkel. »Aber du hast Schiß in den Hosen.«

»Es geht nicht«, sagte mein Vater. »Man kann jetzt nicht gegen den Strom schwimmen.«

Mein Vater nahm mich mit nach Hause. Sie holten mich schon am nächsten Morgen. Ein schweres Motorrad mit Seitenwagen hielt vor dem Haus. Ich hörte es bis hinauf in den dritten Stock. Die beiden Unteroffi-

ziere befahlen mir mitzukommen. Meine Mutter rief: »Was haben Sie denn mit meinem Sohn vor? Er ist doch noch ein Kind!«
Einige Nachbarn fragten: »Was war denn los? Er ist ja mit dem Motorrad geholt worden.«
»Der General will ihn sehen«, sagte sie.
Aber warum der General? »Weil sein Geschütz einen englischen Bomber abgeschossen hat.« Da sollen sie anerkennend mit dem Kopf genickt haben. Die Bomber waren ihre Feinde.
Die Batterie mußte antreten, mit Stahlhelm. Ich hatte vorzutreten: strammstehen. Der Batteriechef verlas das Urteil: Acht Tage verschärften Arrest wegen unerlaubter Entfernung. Es war das erste Mal, daß ich verurteilt wurde. Dagegen war die Maßregelung in der Schule nur ein milder Denkzettel gewesen.
Ein Jahr war es her: Der Klassenlehrer wollte mich mit dem Stock verprügeln. Ich riß ihm den Stock aus der Hand und warf ihn zum Fenster hinaus. Er ging mit den Fäusten auf mich los, worauf ich ihm mit den Fäusten antwortete. Er konnte nicht wissen, daß ich schon mit dreizehn Jahren angefangen hatte zu boxen. Es ging schlecht für uns beide aus. Er rannte in einen rechten Haken, und ich flog aus der Schule.
Es hat Mühe gekostet, mich in einer anderen Schule unterzubringen, zumal meine Leistungen in den wissenschaftlichen Fächern mäßig waren. Wäre es nicht besser, ihn ein Handwerk lernen zu lassen? Der Junge sei groß und kräftig, zu kräftig, wie man gesehen habe. Der Lehrer habe das Bett hüten müssen. Ein Handwerk, meinte der Schulrat.
Davon wollte mein Vater nichts wissen. Er sagte: »Der Junge soll es einmal besser haben als ich.«

Beim Dienst an der Kanone haben wir nicht mehr viel gelernt. Die Lehrer hatten von Frankfurt aus einen weiten Weg bis zu unserer Batterie. Einer besichtigte die Geschütze. Er sagte: »Donnerwetter! Das sind großartige Kanonen.« Er erklärte stolz: »Ich war Hauptmann der Reserve.«
Als die achtzehn Geschütze der Großkampfbatterie bei einem Angriff losdonnerten und in der Nähe noch ein paar Bomben fielen, erlitt er einen Nervenzusammenbruch. Er konnte nicht mehr kommen.
Sein Vertreter hatte Monate vorher seinen einzigen Sohn in Rußland verloren. Er begann während des Unterrichts zu weinen und schluchzte: »Kinder, wenn ich euch so sehe . . .« Er kam dann auch bald nicht mehr.
Meinen verschärften Arrest mußte ich in einem kleinen Betonhäuschen absitzen. Es gab eine Pritsche, auf der ich liegen konnte, und ich hatte Bücher. Ich las mit Begeisterung von Jack London »Abenteuer des Schienenstrangs« und den »Don Quichotte« von Cervantes. Danach begann wieder mein Dienst, und ich mußte noch einige Male wiederholen: »Ich bin zu dämlich, die Wirkungsweise der 8,8-Fliegerabwehrkanone auswendig zu lernen.«

Sie nannten es die Heimatfront, und von dort wurden wir entlassen an die eigentliche Front. Es begann in Holland, führte über Venlos, Kaevelaer bis nach Wesel. Der Krieg, das ist für mich die Erinnerung an die Opfer. Ich habe keinen Sieg gesehen.
Da war Heinrich, ein rotbackiger gesunder Kerl aus Koblenz, den ich am Niederrhein vor einem Bauernhaus

liegen sah. Er blutete aus dem Mund und aus Wunden, die er im Rücken hatte. Ich sagte zu dem Bauern, der vor seinem Haus stand: »Helfen Sie mir, ihn hineinzutragen.« Aber der Bauer antwortete: »Ich will keinen Toten im Haus haben.«

Heinrich hörte zu, aber er konnte nicht mehr sprechen. Er schaute den Bauern unverwandt an. Er war beim Kompanietrupp Melder gewesen, wie ich. Wir waren seit unserer Ausbildung in Salzwedel und Gardelegen zusammengewesen. Ich konnte ihm nicht helfen. Nie hab ich das Gesicht von Heinrich und nicht das Gesicht des Bauern vergessen, der gelassen diesen Tod beobachtete.

Unteroffizier Friedrich flog in die Luft, als er eine Tellermine mit Rückversicherung legte. Ich hörte die Detonation, dachte, es sei ein Einschlag und warf mich hinter einen Baum. Ein Stück des Unteroffiziers klatschte neben mir auf die Landstraße. Ich konnte an der silbernen Borte der Schulterklappe erkennen, daß es Unteroffizier Friedrich gewesen war. Er hatte beim Minenlegen das Kommando geführt.

Sie wollten einen Deserteur hängen, der ein Schild um den Hals trug, auf dem stand: *»Ich bin ein Verräter.«* Der Mann schrie: »Ich habe Frau und Kinder!« Und dabei warf er sich auf die Knie und hob flehend die Hände. Ich rannte davon, bis ich seine Schreie nicht mehr hören mußte. Als ich eine Stunde später den gleichen Weg zurückkam, hing er mit verdrehtem Hals an dem Strick und schaukelte im Wind.

An den Straßenrändern lagen die Toten. Wir hatten keine Zeit, sie zu beerdigen. Mein Gemüt war verfinstert in diesen Monaten. Ich schrumpfte zu einem einzigen Gedanken zusammen: Heil davonzukommen!

Als ich mit unserem Kompanietruppführer einen Erkundungsgang zum Rheinufer machen mußte, sagte er zu mir: »Wenn mir etwas zustößt, schreib an meine Frau. Versprich mir das.« Und nun wußte ich, daß auch er nur noch einen Gedanken hatte.
Wir schlichen in der Morgendämmerung bis zu einem aufgelockerten Wäldchen. Nebel stand über den Wiesen. Vom anderen Ufer kam Motorengeräusch. Es klang anders als das helle Knattern unserer Lastwagenmotoren. Ein tiefes Brummen war es: schwere Maschinen, große Lastwagen, vielleicht Panzer.
Wir kletterten auf einen hohen Baum. Die Sonne begann langsam zu steigen, verbreitete ein milchiges Licht. Der Feldwebel sah durch sein Glas. »Wahnsinn«, murmelte er dabei. »Schau dir das an. Es ist Wahnsinn.«
Ich nahm das Glas und stellte es ein. Drüben sah ich endlose Kolonnen von Lastwagen. Granaten wurden abgeladen, die mir fast so groß wie ausgewachsene Männer zu sein schienen. Panzer hatten sich formiert. Und ich sah Soldaten in olivgrünen Uniformen, die gemütlich auf der Pritsche eines Wagens saßen.
Mein Feldwebel sagte: »Die frühstücken und trinken Tee.«
Ja, dort drüben lief der Nachschub und dort gab es auch Frühstück. Mein Magen knurrte seit Tagen.
Als wir zurückkrochen bis über eine Böschung, wo die Straße begann, wurde mir übel. Funken tanzten vor meinen Augen. Ich würgte, aber ich konnte nicht erbrechen. Was hätte ich auch erbrechen sollen?
In der kommenden Nacht mußten wir auf dem Uferstreifen, über den wir gekrochen waren, Minen auslegen. Dabei trat einer in der Dunkelheit auf eine Schüt-

zenmine. Er schrie fürchterlich. Wir hatten noch immer nichts gegessen und waren so schwach, daß wir, auf dem nassen Gras sitzend, bei jeder Pause sofort einschliefen.

Der Krieg ist tausendfach besprochen, und obwohl man nie aufhören sollte, seine Dummheit anzuprangern: ich erzähle nicht gern vom Krieg.

Ich beendete ihn auf eigene Faust. Im Weselbrückenkopf hatten sie alle von einer bevorstehenden Luftlandung gesprochen. Auf den Flugblättern erzählten uns die Engländer und Amerikaner, wir ständen der größten Artillerieansammlung der Weltgeschichte gegenüber. O ja, ich hatte gesehen, was die für uns heranfuhren. Sie versprachen auch, jedem deutschen Gefangenen stände die gleiche Ration wie den eigenen Soldaten zu. Wir benutzten diese Blätter als Klopapier.

Am Abend des 23. März setzte das Trommelfeuer ein. Sie hatten auf ihren Flugblättern nicht übertrieben. Die Erde bebte vierzehn Stunden lang. Sie wurde nach einem genauen Plan Quadrat für Quadrat durchgepflügt. Die Kanonen brüllten, das kreischende Fauchen der Granaten biß im Trommelfell. Es rumpelte, grollte, explodierte. Die Erde schien zu kochen. Die ganz großen Kaliber rauschten durch die Luft, nahmen orgelnd ihre Bahn weit ins Hinterland.

Trommelfeuer, davon hatte ich oft gehört. Jetzt wußte ich, was gemeint war. Ich saß mitten drin und zitterte. Ein Schützenloch hatte ich neben der Straße gefunden. Und dort schrie ich ein paarmal nach dem lieben Gott. Ich machte ihm auch den Vorwurf, daß dies ungerecht wäre, daß ich bisher doch ein halbwegs anständiger Mensch gewesen sei. Und ich wollte noch anständiger werden als bisher, wenn ich hier nur heil davonkäme.

Das Trommelfeuer zerfetzte mir die Seele, machte nach drei oder vier Stunden ein hilfloses Bündel Nerven aus mir.

Als es am nächsten Tag gegen zehn Uhr morgens vorbei war, wollte ich der Stille nicht glauben. Sie kam plötzlich, und mir schien, daß Hohn in ihr lauerte, Feindschaft. Über die Ebene wehte ein grauer Schleier aus Pulverdampf, der nach Schwefel roch. Ganz still war es, kein Vogel sang.

Ich kroch aus meinem Schützenloch heraus und fühlte mich als ein neues Wesen. Ich war begnadigt worden. Ich hatte meine ganze Kläglichkeit erleben müssen, aber ich nahm sie an, schämte mich nicht. Ich war jetzt entlassen aus der Hölle. Eine neue Kraft war in mir und würde mich antreiben. Mein Herz hatte es ausgehalten, nur die Furcht hatte es klein gemacht. Jetzt kamen große freundliche Gedanken. Aus Dankbarkeit war ich den Tränen nahe und versprach mir selbst oder der Macht, die mich geschützt hatte: ein neues Leben fängt nun an. Ich bin ein Glückspilz, sagte ich mir, ein Günstling des Glücks.

Um das Schützenloch herum sah ich die Granattrichter. Der Tod hatte mich nicht erreichen können. Ich fühlte mich wunderbar stark und unverwundbar.

Die Wiesen waren aufgerissen, die Straße und die alten Ulmen, die sie flankierten, waren zerstört. In der Stille hörte ich plötzlich einen Hahn krähen. Sein Kikeriki kam von weit her. Ich konnte das Haus nicht sehen, aber ich rannte los, in die Richtung des Hahnenschreies. Nach dreihundert Metern wurden die Trichter seltener. Sie hatten die Straße und einen breiten Saum neben der Straße mit ihrem Feuer belegt, weil sie dort Fahrzeuge und Mannschaften vermuteten.

Der Bauernhof lag hinter einem kleinen Kiefernwald. Ein mächtiges Haus, alt und stabil, mit einer Tenne, deren Tor offenstand. Das Haus war leicht beschädigt, nur im Dach klaffte ein großes Loch. Ein paar tote Hühner lagen herum, der Hahn aber saß auf dem Misthaufen und krähte, als er mich sah.
Ich ging hinein, fand niemand außer mindestens dreißig Kühen, die mich anglotzten, fand aber die Küche und auf dem Tisch einen Laib Brot. Im ersten Stock war die Räucherkammer. Ich stahl zwei armlange Würste, die hart geräuchert waren. Mit dem Brot und den Würsten setzte ich mich auf den Dachboden und aß fast das ganze Brot auf, dazu noch eine halbe Wurst. Danach schlief ich ein.
War ich ein Deserteur? Natürlich war ich ein Deserteur. Ich hatte mich in einer Ecke des Dachbodens schlafen gelegt, anstatt meinen Befehl auszuführen.
Eine Fabrik wollten sie noch schnell in die Luft jagen, und ich hatte den Sprengungsbefehl zu überbringen. Doch das war gestern abend gewesen. Ich war in das Trommelfeuer hineingelaufen. Kein Melder hätte gestern abend und in der Nacht einen Befehl überbringen können.
Der Schlaf nahm mir die Entscheidung ab. Ich wachte erst auf, als ich die Flugzeuge hörte. Sie fegten im Tiefflug heran, dröhnten über das Haus weg, dreißig oder vierzig Jagdbomber. Weiter hinten im Land fielen die Bomben. Dann flogen sie in einer weiten Schleife wieder zurück. Jetzt hatte ich keine Angst mehr, aber ich fühlte mich so allein, als wäre ich auf einer Insel ausgesetzt.
Zum Sprengen war es zu spät. Und das war gut so, denn was hatten wir nicht alles hochgehen lassen. Die schö-

nen, prall gefüllten Verpflegungslager: die ganze Kompanie hatte darin herumgestöbert. Auf den großen Margarineblöcken, die mindestens einen Zentner wogen, waren wir ausgeglitten und hingefallen, in die Margarine hinein. Tausende von Dosen Ölsardinen, Wurst und Fleisch in Büchsen, Waggonladungen von Speckseiten, saure Gurken und Hülsenfrüchte, Zucker, Mehl, Brot, Schnaps und Kisten mit französischem Rotwein: Wir waren darüber hergefallen, hatten gehaust wie die Vandalen, nahmen von allem das Beste, ließen es aber wieder fallen, wenn wir etwas fanden, was uns noch besser schien. Auch den wenigen Zivilisten gönnten wir etwas. Sie balgten sich um die besten Nahrungsmittel, fuhren mit Leiterwagen davon, was sie nur wegschaffen konnten.
Heinrich, der tote Heinrich, hatte gesagt: »Hier sind ja auch noch Büchsen mit Gänsefleisch. Wer sollte denn das fressen? Davon hatten wir nie etwas gesehen.«
Die Bonzen hatten es gefressen, die Bonzen. Das sagten sie alle und hatten eine Wut im Bauch.
Und dann mußten wir all die Herrlichkeiten, von denen wir nur naschen konnten, zurücklassen und in die Luft jagen. Wir schauten aus sicherer Entfernung zu und Heinrich murmelte: »Was für ein Jammer. Was für ein Jammer.«
Als die Verbände anflogen, verstand ich noch nicht, was vorging. Ich stand auf dem Dachboden und schaute durch ein kleines Loch im Dach. Es wurden immer mehr, wie Mückenschwärme sahen sie von weitem aus. Sie schickten ein gewaltiges Dröhnen vor sich her. Hunderte von Flugzeugen. Nein, es waren mehr als tausend. Niemals hatte ich so etwas gesehen. Und jetzt begriff ich: Die Luftlandung hatte angefangen.

Und dann sah ich die ersten springen. Sie fielen aus ihren Flugzeugen, torkelten ein wenig durch die Luft. Der Schirm schleppte als ein dünner Faden hinter ihnen her und ging auf wie eine geschlossene Faust, die sich plötzlich weit öffnet.
Die Schirme hatten Tarnfarbe. Der Himmel war bedeckt mit ihnen. Zehntausend Mann regneten auf die Erde. Sie strampelten mit den Beinen, lenkten ihre Schirme. Dann kam die zweite Welle, die dritte Welle. Es hörte nicht mehr auf. Der Himmel war dunkel, und die Luft zitterte vom Gebrüll der Flugzeugmotoren. Ein einsames deutsches Maschinengewehr bellte irgendwo. Es klang wie Hochstapelei, wie ein betrügerischer Versuch.
Hier war der Krieg aus. Sie fielen auf uns herunter und deckten jeden Widerstand zu.

Der Bauer, der da unten geht, sieht mich nicht. Er weiß nicht, daß ich in seinem Haus bin. In der Hand trägt er eine weiße Fahne, ein Bettuch, das an eine lange Stange geknotet ist. Er ist ängstlich und erwartet den Feind, und er hofft, daß nichts Schlimmes auf ihn und seine Familie zukommen wird. Er schleicht zu der Ecke seines Hauses, dabei zieht er das Genick ein. Ich glaube, wenn ich ihn von hier oben anrufen würde, könnte es sein, daß er vor Schreck tot umfiele.
Ich sehe sie heranpirschen, es sind Engländer, mindestens zwanzig Mann in Tarnanzügen, deren Farbe sich genau der Wiese anpaßt. Sie tragen Maschinenpistolen. Gut trainiert müssen diese Männer sein. Sie sind flink und nutzen geschickt jede Wiesenmulde.

Ein paar Dutzend schweben noch herab. Sie kommen pendelnd herunter, bändigen die noch geblähten widerspenstigen Fallschirme und werfen die Gurte ab.
Mein Bauer winkt jetzt mit der Fahne. Er fuchtelt mit dem weißen Tuch hin und her. Als er den ersten Mann sieht, ruft er: »Ich ergebe mich! Ich ergebe mich!«
Jetzt kommen sie vorsichtig heran, die Maschinenpistolen im Anschlag. Der Bauer ist blaß, bewegt noch immer sein weißes Tuch. Die Kinnriemen der Helme verdecken den Unterkiefer. Die Gesichter unter den Helmen sind kaum zu sehen. Sie reden miteinander: der Bauer deutet zum Haus, er will erklären. Ich weiß, was er verständlich machen will.
Während die letzte Welle der zweimotorigen Flugzeuge herunterstieß und die Springer abwarf, war eine Gruppe deutscher Soldaten in den Hof gestürmt. Sie kamen jedoch nicht herauf, sondern verschwanden im Keller. Elf Mann hatte ich gezählt, und ich konnte nicht wissen, was sie planten. Deshalb war ich vorsichtig gewesen und hatte meinen Kopf nicht zu weit aus der Dachluke gestreckt.
Einer davon war ein Feldwebel. Völlig außer Atem hatte er gerufen: »Los! Los! Wir bringen das Maschinengewehr in den Keller!«
Und was wollten sie dort? Weiterkämpfen? Und was würden sie mit mir anfangen, wenn sie mich fänden? Ich konnte es mir an fünf Fingern abzählen.
Aber meine Sorge war unbegründet. Diese Kämpfer wollten genausowenig weiterkämpfen wie ich. Der Bauer muß es den Engländern gesagt haben, denn sie schickten ihn los, zum Haus hinein. Und dort rief der Bauer: »Ihr sollt herauskommen!«
Als erster erscheint der Feldwebel. Einer nach dem an-

deren kommen sie mit erhobenen Händen aus dem Haus. So sieht das aus, wenn ein Mensch gefangen wird: die Geste der Unterwerfung, sie garantiert, daß seine Hände nichts Feindliches unternehmen werden, er hebt sie hoch, damit jeder die Hände sehen kann. Im Gesicht hat so ein Mensch den Ausdruck von Ratlosigkeit, vielleicht ein wenig Zerknirschung oder Scham. Die elf Mann sind schnell entwaffnet. Gewehre und Maschinenpistolen liegen auf dem Boden. Sie stehen in einer Reihe an der Hauswand und dürfen die Hände herunternehmen.

Jetzt wird es Zeit: ich gehe bis zu dem großen Loch im Dach, dort können sie mich genau sehen. Ich rufe hinunter: »I surrender!«

Sie fahren zusammen, der Ruf von oben hat sie für eine Sekunde erschreckt. Ich weiß, ihre Nerven haben gezuckt. Meine Hände sind oben. Sie können meine Hände sehen, und sie haben meinen Ruf verstanden: »Ich ergebe mich!«

»Komm da herunter!« ruft der Anführer zu mir hinauf.

Die Pistole, die ich als Melder trug, lasse ich liegen. Dafür aber schiebe ich mir die Wurst in den Hosenbund, denn diese Wurst will ich retten.

Der Korporal ist klein und untersetzt. Er hat kecke listige Augen in seinem vom Wetter gegerbten Gesicht, dem der Dienst in den Tropen anzusehen ist. Ein Berufssoldat, er liebt sein Handwerk, er ist stolz darauf, ein Soldat und ein Brite zu sein. Ich kann es ihm ansehen, während er mit mir spricht.

»Du verstehst englisch? Das ist gut, wir können dich vielleicht noch brauchen.« Dabei visitiert er mich schnell und genau. Die anderen schauen zu, haben ihre Maschinenpistolen auf mich gerichtet.

Der Korporal findet die Wurst in meinem Hosenbund, und wie er sie so zwischen Pullover und Hose herauszieht, wirkt sie unendlich lang. Er hält sie hoch. Es sieht fast aus, als wäre die Wurst meine Waffe gewesen. Darüber müssen alle lachen.
Nur der Bauer lacht nicht. Er kommt heran und ruft: »Das ist meine Wurst! Er hat sie im Haus gestohlen!«
Der Korporal versteht genau. Er fragt mich: »Hast du sie genommen?«
Ich sage: »Ich hatte Hunger. Und es ist ja schließlich Krieg ...«
»Ja, den habt ihr angefangen.«
»Ich habe ihn nicht angefangen.«
»Wie alt bist du?« fragte der Korporal.
»Ich bin siebzehn.«
Er wendet sich an seine Männer und ruft: »He, habt ihr gehört? Er ist siebzehn.«
Dann mußte ich mich zu den anderen an die Hauswand stellen. Sie sahen jämmerlich aus, verhungert, mißbraucht, heruntergekommen. Gegen diese Briten waren wir nur noch Vogelscheuchen, und ich schämte mich ein wenig, daß wir wie Vogelscheuchen aussahen. Und dann trat ein Gefreiter dem Feldwebel in den Hintern. Es gab ein Handgemenge, das die Engländer sofort auseinandertrieben.
»Was war da los?« fragte mich der Korporal streng.
Der Gefreite bebte vor Aufregung: »Sag ihm, er hätte mich drei Monate lang gezwiebelt. Und drei Monate habe ich davon geträumt, ihn einmal in den Hintern zu treten. Und jetzt habe ich es gemacht.«
Der Feldwebel schaute zu Boden. Er hatte ein hartes Gesicht. Der Gefreite hörte mir zu und blinzelte aufgeregt mit den Augen, während ich übersetzte.

Die Engländer lachten. Der kleine Korporal rief: »Drei Monate hat er davon geträumt.«
Der Feldwebel biß sich auf die Lippen. Er war weiß vor Wut. Dann mußten wir abmarschieren, der Bauer schaute mich noch einmal finster an. In einer Reihe gingen wir hintereinander. »Wenn ihr Dummheiten macht, werden wir schießen«, hatte der Korporal gesagt. Ich mußte es übersetzen.
Auf dem Marsch begegneten wir anderen Gefangenen mit ihren Bewachern. Der Korporal erzählte es immer wieder. »Er hat seinen Feldwebel in den Hintern getreten. Drei Monate hat er davon geträumt ...« Dabei deutete er auf den Gefreiten und auf den Feldwebel. Er riß das Maul auf und lachte noch immer schallend, obwohl er die Geschichte schon viermal erzählt hatte. Diese beiden würde er nicht vergesen, sie waren so etwas wie eine Trophäe, die er mit nach Hause bringen würde.
Der Feldwebel schien es jetzt als Strafe zu empfinden, ein Feldwebel gewesen zu sein.
An diesem Tag machten die Engländer und Amerikaner mehr als sechzigtausend Gefangene. Kolonnen ohne Ende marschierten zum Rhein. Es war Auflösung, eine geschlagene, schweigende Armee zog über die Straßen. Kaum jemand redete. Es war fast, als wäre sprechen unter diesen Umständen ein Verstoß. In Abständen von fünf Metern ging je ein Bewacher neben dem Zug her. Sie trugen ihre Maschinenpistolen schußbereit. Die Frauen in den Dörfern weinten, wenn wir vorbeikamen.
Als wir den Rhein erreichten, wurde es Abend, die Sonne ging unter. Sie spiegelte sich feuerrot in der Breite der Flußbiegung. So hatte ich den Rhein noch nie

gesehen. Wir standen zu Zehntausenden dichtgedrängt am Ufer und sahen die Sonne versinken. Es gab kaum eine Bewegung in dieser Masse von Menschen. Ich dachte: Sie stehen so bewegungslos und stumm wie eine Trauergemeinde.
Mit Schnellbooten, die Pontons vor sich herschoben, brachten sie uns über den Rhein. Und jetzt lockerte sich die erste Beklemmung, dieses noch fremde Gefühl, ein Gefangener zu sein. Wo schaffen sie uns hin? fragten wir uns. Ich hörte einen Mann sagen: »Wahrscheinlich kommen wir nach Amerika.«
Nach Amerika – da wollte ich immer mal hin. Ich hatte keine Angst. Es war im Gegenteil eine Gewißheit in mir, als könne mir jetzt und auch in Zukunft nichts mehr passieren. Vielleicht hatte das Trommelfeuer alle Angst aus mir hinausgetrieben. Eine Nacht der Todesangst hatte vielleicht für mich genügt, um daneben alle möglichen Ängste unwesentlich zu machen. Ich ahnte, daß ich verändert war, aber ich wußte es noch nicht genau.
Wir kamen nicht nach Amerika. Sie brachten uns nach Holland, in die Nähe der belgischen Grenze. Wir kampierten im Freien, es gab kaum etwas zu essen, und auch das Wasser war knapp. Die Alliierten hatten nicht mit dieser ungeheuren Zahl von Gefangenen gerechnet. Als nach vier Wochen die Ruhr im Lager ausbrach, fuhren die Amerikaner ganze Lastwagen von Medikamenten heran. Es war etwas zu spät: inzwischen waren einige hundert Gefangene daran gestorben. Ich lag auf dem Boden im Freien und war so schwach, daß ich kaum zur Latrine gehen konnte.
Ich hatte wunderschöne Träume. Ich saß daheim an unserem Tisch und aß Schweinebraten. Es gab Kuchen,

Weihnachtsstollen und Gebäck. Wir hatten gleich zwei Christbäume im Zimmer stehen, und ich dachte noch: Einer hätte wirklich genügt. Und dann spielte ich mit meiner elektrischen Eisenbahn, und auf den kleinen Waggons kamen Marzipanschweinchen angefahren. Ich war fröhlich, und Johann sagte zu mir: »Gib mir auch ein Marzipanschwein.« Und ich sagte: »Johann, wo kommst du her? Hat dich nicht gestern der Vorarbeiter in die Fabrik geholt, weil du geschwänzt hattest?« Mein Vater sagte: »Er soll was Ordentliches lernen. Ich könnte Johann zu mir in die Fabrik nehmen.«
Aber mein Vater war nicht mehr da. Er ist zu dieser Frau gegangen. Meine Mutter rührte Kuchen an und erklärte: »Da tue ich ihm Glasscherben hinein. Dir aber mache ich ein gutes Süppchen, mit Nudeln darin.« Und dann aßen wir Zuckerwatte. Ganze Wolken von Zukkerwatte. Und immer mehr Wolken, große Wolken . . .
Ich sah sie wirklich, denn ich hatte die ganze Zeit die Augen offen gehabt, ohne es zu wissen. Die Wolken waren schneeweiß und segelten langsam über uns weg.
Lenke, der ein Volksschullehrer war, rüttelte mich am Arm und rief: »Wach auf, Junge! Wach auf!« Es war so viel Schreck in seiner Stimme, daß ich zu mir kam. Von jetzt an mußte ich aufpassen. Ich durfte nicht einschlafen, nicht diesen Schlaf mit offenen Augen. Ich dachte: Es wird mir nichts passieren.
Sie holten uns mit ihren großen amerikanischen Lastwagen. Die Fahrer riefen uns zu: »Jetzt wird es besser! Ihr kommt in Sonderlager!«
Das andere Lager war ein alter belgischer Truppenübungsplatz. Wir hatten Zelte, die auf sattgrünen Wie-

sen standen. Dort waren wir halbtot angekommen. Es gab nahrhafte Fleischsuppen und genügend Brot. Ich hatte die Ruhr und den Hunger überstanden und erholte mich schnell.
Eines Tages riefen die Wachtposten von ihren Türmen herunter: »Der Krieg ist aus! Hitler ist tot! Deutschland hat kapituliert!«
Es wurde ein prächtiger Sommer. Die deutschen Kriegsgefangenen arbeiteten im Hafen von Antwerpen. Ich war Dolmetscher geworden. Die Hafenanlagen waren teilweise zerstört, und wir mußten die Schiffe entladen. Aus diesen Schiffsbäuchen quoll der Überfluß. Amerika zeigte uns, wie reich es ist und wie ein demokratisches Land mit seinen Soldaten umgeht. Damals haben wir an Amerika geglaubt.
Amerika war freundlich, es war hilfsbereit, es hatte Moral und Ideale. Es strafte auch nicht die kleinen Sünden seiner Söhne.
Mein Lagerführer sagte: »Sie stehlen wie die Raben.«
Er rauchte nur amerikanische Zigaretten, knabberte Nüsse und lutschte Schokolade, machte Kaffee oder rührte Eiscremepulver an. Morgens briet er sich ein wenig Speck und legte die heißen Scheiben auf sein Brot: alles war gestohlen. Ich machte es wie mein Lagerführer und hatte genausowenig Skrupel wie er. Dabei setzte ich Fleisch an und meine Haut wurde glatt. Ich dachte: Du bist wirklich ein Glückskind.
Und dabei waren mir erst vor ein paar Wochen die Haare in Büscheln ausgegangen, wenn ich mich gekämmt hatte. Das war jetzt vorbei. Ich zog an meinen Haaren, fuhr mit den Fingern hindurch, zerrte daran. Das war eine Freude. Ich sagte zu mir: Siehst du, nicht ein einziges Haar geht noch aus.

Im Hafen von Antwerpen stolzierte ich herum, trug eine breite Armbinde, die mich als Dolmetscher auswies. Ich übersah, daß gestohlen wurde, denn ich erhielt meinen Anteil, ohne danach zu fragen. Dafür hatte ich nicht viel zu leisten. Ich stand Schmiere. Meine Armbinde schützte mich, wenn ich die Dienstpläne der Wachmannschaften im Hauptbüro einsah.

In meinem Zelt lagen einige tausend amerikanische Zigaretten, so viel Schokolade und Fleischkonserven, daß ich ein Vierteljahr davon hätte leben können.

Mein Zelt wurde am Tag von einem Oberfeldwebel bewacht, der später ins Lager gekommen war. Das Arbeitskommando war bereits vollzählig gewesen. Jeden Morgen fuhren wir mit Lastwagen vom Lager zum Hafen. Die vollbeladenen Wagen donnerten durch den Scheldetunnel, die Belgier ballten die Fäuste und drohten uns. Wir waren viertausend Mann.

Mein Oberfeldwebel lag am Tag faul in meinem Zelt herum. Er wusch jedoch meine Wäsche und meine Socken, dafür bezahlte ich ihn mit Zigaretten und Schokolade. Es gefiel mir, von ihm bedient zu werden. Vielleicht war es eine Rache an sämtlichen Feldwebeln meines Lebens. Das hätte ich natürlich nie zugegeben. War ich nicht großzügig zu ihm? Ich sagte: »Hier sind die Zigaretten und da ist die Schokolade.« Er konnte sich nehmen, soviel er wollte. Er hat seinen Preis selber bestimmt. Ich kontrollierte ihn nicht etwa. Ich sagte nur: »Sind die Socken gewaschen? Und wie steht es mit den Hemden?« Er antwortete: »Alles gewaschen und zum Trocknen aufgehängt.«

Nie in seinem Leben würde er einen besseren Vorgesetzten finden können als mich. Mein Oberfeldwebel sagte »Herr Dolmetscher« zu mir.

Da gab es jedoch einen, der fuhr mich an: »Los, du Pflaume, steh hier nicht rum, sondern paß auf! Heute machen wir Zigaretten. Wir lassen die Kiste vom Verladebaum in den falschen Lastwagen fallen. Wenn die Luft rein ist, greifst du an deine Mütze. Hast du verstanden?«

Das war auch ein Oberfeldwebel. Er hatte ein Gesicht wie eine Bulldogge und darin saßen kleine tückische Augen. Ich haßte ihn schon wegen seines Gesichts. Aber ich stand dann doch zwischen den Lastwagen am Quai, hatte die Wachpatrouille beobachtet und griff dann an meine Mütze. Die Kiste schaukelte über meinen Kopf weg auf den Lastwagen. Ein Amerikaner saß am Steuer und grinste.

Die Ware kam meist in großen Mülltonnen aus den Schiffen. Sie wurde dann von Amerikanern und Deutschen, die zusammenarbeiteten, zu einem Müllabladeplatz gefahren. Von dort aus wurde sie verteilt: ein Drittel für die Deutschen, zwei Drittel für die Amerikaner. Sie müssen herrliche Zeiten in Antwerpen gehabt haben. Besonders aber Sergeant Snyder, dem der Fuhrpark unterstellt war. Er muß ein Vermögen in Antwerpen verdient haben. Er hatte eine sanfte Stimme und sah aus, als hätte er Theologie studiert. Ich konnte nie begreifen, daß er sich so gut mit dem ruppigen Kerl verstand, der immer Pflaume zu mir sagte. Eines Tages, das war gewiß, würde ich ihn für das Schimpfwort bestrafen. Ich konnte ihn erdrücken. Ich war trainiert und meine Muskeln waren jetzt wieder straff. Mit diesen meinen Händen konnte ich ihm die Knochen zerbrechen. Mit einem rechten Aufwärtshaken würde ich ihm . . .

Pah! Es lohnte sich nicht. Ich möchte übrigens wetten,

daß er später auch ins Zuchthaus gekommen ist. Ich habe ihn leider nicht dort getroffen. Aber ein solcher Typ landet allemal in solchen Häusern. Ich habe da meine Erfahrungen.
Manchmal stand ich am Hafen und bestaunte die Schiffe. Der Wind trug die Würze des Meeres auf meine Zunge. Ich konnte das Salz schmecken. Das Meer und die großen Schiffe haben mich von jeher angezogen. Überhaupt Wasser: Seen, breite Flüsse. Meine Stadt liegt an einem Fluß. Ich dachte an den Main, an Frankfurt und hatte Heimweh. Ich legte mich in die Sonne und träumte.
Es gab da zwischen dem Hafen und dem Durchgangslager ein sandiges Gelände, wo ich oft während der Mittagspause in der Sonne lag. Und genau diesen Platz hatten sich die Huren ausgesucht. Sie waren plötzlich da, als hätten sie von Antwerpen aus gerochen, daß hier ein Geschäft zu machen war.
Zuerst kam eine dicke Schlampe und watschelte auf mich zu. Sie war ein Schwamm, weich und formlos, sprach flämisch und ich konnte sie nur schwer verstehen. Sie zeigte auf meinen Hosenlatz und grinste. Als sie sich neben mir niederplumpsen ließ, stand ich auf und ging fort. Es gab auch noch andere, die schöner und dünner waren, aber ich ging nicht hin. Sie hatten etwas Wölfisches, und ihr rohes Lachen stieß mich ab.
Manchmal dachte ich an Frauen und an das, was sie zwischen den Beinen haben. In Frankfurt hatte es eine gegeben, die hatte ich nach Hause begleitet. Und vor ihrem Haus hatte sie gesagt: »Komm mit nach oben, ich mache dir noch eine Tasse Pfefferminztee.« Als wir oben waren, hat sie dann aber ganz andere Sachen mit mir gemacht.

Die Huren in Antwerpen machten es mit den Amerikanern und den deutschen Kriegsgefangenen. Sie nahmen dafür Zigaretten. Ich glaube, daß sie tüchtige Huren waren. Einige gruben sich mit einer Schaufel Mulden oder vergrößerten eine schon bestehende Vertiefung im Sand. Abends schleppten sie in großen Taschen ihre Einnahmen nach Antwerpen.

Als der Tripper im Lager ausbrach, war der Lagerarzt fassungslos. Er kam angelaufen und herrschte mich an: »Was ist da los? Wir haben zwölf Fälle von Tripper. Frische Infektionen. Wie kommen die denn an Weiber heran?«

Ich sagte: »Da treiben sich ein paar herum.«

Er ließ das Arbeitskommando antreten und rief durchs Megaphon: »Leute, wenn das so weitergeht, habe ich nicht mehr genug Medikamente für eure Tripper. Dann muß ich es melden. Die Folge wird sein, daß die Arbeitskommandos eingestellt werden.«

Der Tripper war hartnäckig, er nahm nicht ab, er nahm zu. Aber die Arbeitskommandos wurden nicht eingestellt, die Huren wurden verjagt. Militärpolizei pendelte durchs Gelände und bewachte den Sandstreifen, in den sie ihre Nester gebaut hatten.

Die Huren standen nun hungrig am Rand der verbotenen Zone, drohten den Militärpolizisten mit den Fäusten, schimpften und warfen mit Steinen nach ihnen. Sie waren wie Hyänen am Aas. Sie wichen zurück, kamen schnell wieder, haschten sich einen Brocken. Dieses Spiel hätten sie noch lange getrieben. Aber dann gab es einen Großeinsatz. Die Huren wurden auf Lastwagen geladen und fortgefahren. Es gab drei Fuhren. Meine Dicke war die letzte, die sie hinaufhievten. Sie brauchten zwei kräftige Militärpolizisten dafür. Ehe

der Wagen anfuhr, schickte sie noch einen wüsten Fluch in unsere Richtung und ballte die Fäuste.
Auch die Gefangenen fluchten und beschuldigten den Lagerarzt, er hätte sie um ihr Vergnügen gebracht. Aber der Arzt war unschuldig. Stabssergeant Snyder hatte die Dinge in Bewegung gebracht. Dieser Dieb und Erzschieber hatte Anstoß genommen. Er war zum Oberst gegangen und hatte von der Gefährdung der Moral gesprochen. Ein Korporal hatte zugehört. Snyder soll mit seiner sanften Stimme zum Oberst gesagt haben: »Es sind schlechte Mädchen, Herr Oberst.«
Jetzt hatte ich meinen Platz wieder für mich allein. Mittags lag ich im Sand und träumte vor mich hin. Es war ein fetter Sommer, und ich wußte damals schon, wie selten die fetten Sommer sind.
Im Herbst wurde unser Transport zusammengestellt. Wir wurden noch einmal entlaust, obwohl wir längst keine Läuse mehr hatten, und mußten uns bereithalten zum Abmarsch. Mein Oberfeldwebel sagte: »Herr Dolmetscher, Sie werden mir fehlen.« Aber da war ich schon kein Dolmetscher mehr. Meine schöne Armbinde trug bereits ein anderer.
Die Belgier warfen noch einmal mit Steinen, als wir in die Güterwagen stiegen. Sie hatten noch nichts vergessen. Sie trafen aber niemand mit ihren Steinen. Ich dachte: Sie werden uns hundert Jahre lang hassen.
Eine Woche später wurde ich aus der Kriegsgefangenschaft nach Frankfurt entlassen. Gesund und wohlgenährt kam ich aus diesem Krieg zurück, den die Menschen den schrecklichsten aller Kriege nannten, obwohl wir doch einen hatten, der immerhin dreißig Jahre gedauert hat.

4

Als Johann in seiner zerlumpten Uniform nach Hause kam, riefen die Kinder auf der Straße: »Johann ist da!« Er humpelte auf zwei Krücken unsere Straße entlang, und alle sahen ihn kommen.
Die Frauen riefen aus den Fenstern: »Johann, warum hast du Krücken? Deine Beine sind doch noch dran?«
Johann rief zurück: »Ich habe großes Glück gehabt!«
Er war schwer verwundet worden und kam deshalb schon im Herbst nach Hause. Eine russische Handgranate war neben ihm krepiert und hatte ihm die linke Seite aufgerissen. Sie hielten ihn für tot und ließen ihn liegen. Die Russen sparten sich den Genickschuß, den sie den anderen Verwundeten gaben, die laut geschrien hatten.
Er hatte das Maul gehalten und die Zähne aufeinandergebissen. Dann war er eine Nacht lang gekrochen, bis es auch vor seinen Augen gänzlich Nacht wurde und er gedacht hatte: Jetzt ist es vorbei. In einem russischen Lazarett war er aufgewacht, war bereits zurechtgeflickt und konnte sein gnädiges Schicksal kaum begreifen.
Josef sah seinen Sohn kommen. Er hatte die Rufe gehört und war ans Fenster getreten. Sie hatten sich noch nie gesehen, denn als Josef ins Zuchthaus gegangen war, hatte Johann noch in den Windeln gelegen.

Josef lief seinem Sohn im Hof entgegen. Er sagte immer nur: »Mein Gott ... Wie geht es dir? Mein Gott ...« Dabei rollten ihm Tränen über die Backen. Er war ein bißchen angetrunken, wollte das nicht zeigen und sagte nur: »Mein Gott ...«
Johanns Mutter und die Großmutter waren nicht in der Wohnung. Sie saßen im Kino. Fast jeden Tag gingen sie in eines der Kinos und hockten dann vorn in der ersten Reihe, weil sie nicht mehr gut sehen konnten. Josef deckte sofort ein Bett auf, denn er sah, daß sein Sohn erschöpft war. Johann legte sich hin und schlief sogleich ein. Josef aber setzte sich an den Tisch und soff sich voll. Er handelte zu dieser Zeit auch mit Kartoffelschnaps.
Als er die Flasche geleert hatte, kamen seine Frau und die Großmutter zurück. Josef sagte: »Er ist da! Stell dir vor: Er ist da.« Dabei hatte er wieder feuchte Augen und wollte noch Schnaps in sein Glas gießen, aber aus der Flasche kam kein Tropfen mehr.
Die Großmutter und Johanns Mutter schlichen auf Zehenspitzen ins Zimmer und betrachteten den schlafenden Johann. Dabei fingen sie beide an zu schluchzen und gingen schnell wieder hinaus, weil sie befürchteten, ihr Lärm würde ihn aufwecken. Die Krücken hatten sie gesehen. Sie lehnten aufrecht stehend an der Wand und sahen erbärmlich aus.
»Was hat er?« fragten sie. »Hat er ein Bein verloren?«
»Er war verwundet«, erklärte Josef. »Er hat noch beide Beine. Er wird sich erholen. Dafür werde ich sorgen.« Josef klopfte sich an die Brust: »Du kannst dich darauf verlassen, dafür werde ich sorgen!«
»Rasier dich, Josef. Dein Sohn ist gekommen, und du bist nicht einmal rasiert. Und getrunken hast du auch wieder.«

»Ich kann mich jetzt nicht rasieren«, antwortete Josef. »Was willst du? Er hat mich ja schon unrasiert gesehen. Es ist überhaupt nicht wichtig, ob man in diesen Zeiten rasiert ist.«

Johann fand einen guten Arzt, und der sagte zu ihm: »Es hängt allein von Ihrer Energie ab. Die Krücken sollten Sie nach drei Monaten wegwerfen können.«
Johann hatte große Energie. Er machte jeden Tag bis zu zwei Stunden Krankengymnastik. Manchmal sah ich ihm dabei zu. Er sagte: »Paß auf, ich komm schon wieder in Schwung.« Er brauchte nur zwei Monate, dann konnte er ohne Krücken gehen und Fahrrad fahren. Nur an den Bergen mußte er absteigen, weil seine Muskeln noch zu schwach waren.
Wir fuhren mit unseren Rädern manchmal an den Main. Ich hatte Zeit, denn das Arbeitsamt konnte mir außer einer Stelle auf dem Bau und einem Posten als Hilfsgärtner nichts bieten. An beiden Plätzen hatte ich nach wenigen Wochen die Arbeit aufgegeben. Mein Hunger war zu groß gewesen. Das hatte ich dem Arbeitsvermittler auch gesagt: »Hören Sie, auf dem Bau wird mir schwarz vor den Augen. Und als Gärtner ist es genauso, den ganzen Tag an der frischen Luft.«
»Ich weiß«, sagt er. »Aber es gibt für Sie nichts Ordentliches. Sie sind Schüler . . . Ohne Beruf . . .«
Wenn der Hunger zu groß wurde, legte ich mich auf mein Bett und las. An manchen Tagen schaffte ich zwei Bücher und vergaß meinen Hunger. Jetzt gefiel mir Homer. In der Schule hatte ein verständnisloser Pauker die unerhörte Geschichte des Odysseus in kleine Teile zer-

hackt und ihr damit jeden Glanz genommen. Jetzt verstand ich den listigen Odysseus und liebte ihn. Simplicius Simplicissimus: ich las ihn dreimal, denn ich hatte nur wenige Bücher und ging überall herum, um mir Bücher zu leihen. Odysseus und Simplicius – sie waren Krieger und Heimkehrer. Und wieder einmal wurde mir klar: Es ist immer Krieg zwischen den Menschen, und alle großen Geschichten handeln vom Krieg und der Heimkehr.

Manchmal kam Johann herübergelaufen und klingelte bei mir: »Komm runter, es gibt was zu fressen.«

Josef hatte wieder eine Gans gebracht oder zwei Hühner, oder ein Spanferkel oder ein Stück von einer Sau. Johann und ich fraßen, bis wir fast nicht mehr schnaufen konnten.

»Als du aus der Gefangenschaft kamst, warst du rausgefressen. Jetzt wirst du wieder dünn«, sagte Josef eines Abends zu mir. Er schaute seine Frau an: »Und du wirst zu dick.«

»Kümmere dich lieber darum, daß aus Johann etwas Ordentliches wird!« rief die Großmutter. Sie hatte schon oft in dieser Richtung gemahnt, aber Josef hatte nur den Kopf geschüttelt: »Er ist noch zu schwach.« Er hat ihn schließlich doch gefragt: »Also, was willst du werden?«

Johann sagte: »Schornsteinfeger.«

Josef schaute seinen Sohn wortlos an. Dann wiederholte er: »Schornsteinfeger . . .«

»Man ist sein eigener Herr«, versuchte Johann zu erklären. »Und Schornsteinfeger verdienen in Friedenszeiten nicht schlecht. In die Fabrik will ich nicht zurück.«

»Er ist verrückt! Er will den anderen Leuten den Dreck

wegputzen!« Josef rief: »Ich mache einen Rothschild aus dir!«
Josef, das war gewiß, sah sich auf dem Weg dorthin. Oben im Haus, im dritten Stock, hatte er sein Lager. Es war ein gemietetes Zimmer, das er mit Zigaretten bezahlte. Und was lag dort alles? Speck, Schnaps, Anzugstoffe, Zigaretten, Schokolade, Nylonstrümpfe. Josef zählte es an den Fingern auf. Das war Reichtum, das war die Grundlage eines Vermögens. Und die ganz Reichen, die hätten alle einmal klein angefangen.
Dazu schwieg Johann. Rothschild war nicht nach seinem Geschmack, aber Schornsteinfeger wurde er auch nicht. Er vergaß später, daß er einmal daran gedacht hatte, Kaminfeger zu werden.
Vorerst wurde Johann der Bote seines Vaters. Josef hatte weit verzweigte Verbindungen in Frankfurt. Es gab ein paar Zentralen, dort mußte Johann mit dem Fahrrad hinfahren und Ware abliefern oder eintauschen. Er sagte zu mir: »Der Alte hetzt mich ganz schön herum. Bis nach Zeilsheim bin ich schon gefahren.« Das war eine weite Strecke. Die polnischen Juden hatten dort ein Lager und verkauften Zigaretten und Schokolade.
In dem neuen Bordell in Frankfurt belieferte Josef einige Huren mit Schnaps, Zigaretten und Nylonstrümpfen. Zu Johann sagte er: »Nur abliefern, kassieren und dann sofort verschwinden!«
Johann war aufgeregt, als er zurückkam: »Weiber, Menschenskind! Mindestens dreißig oder vierzig Weiber. Die haben nix unterm Bademantel. Und manchmal geht der Bademantel vorn auf. Willst du nicht einmal mitkommen?«
Eine Hure sagte auf ihrem Zimmer zu Johann: »Kannst du denn schon ein Rohr legen?«

Johann verstand nicht gleich. Als ehemaliger Handwerker dachte er an einen Rohrbruch oder an die Verlegung eines Wasserrohrs.

Die Frau lachte laut. »Bring ein paar Nylonstrümpfe, dann laß ich dich mal dran. Aber komm am Nachmittag, abends habe ich keine Zeit für Kinder.«

Von da an klaute er seinem Vater ab und zu ein paar Nylonstrümpfe, denn er hatte den Schlüssel zum Lager. Josef hatte zu ihm gesagt: »Was regst du dich auf? Das Herumfahren ist dir wohl zuviel? Bist du mein Teilhaber oder nicht?«

»Ich bin sein Teilhaber geworden«, sagte Johann stolz. »Ich kann dir auch ein paar Strümpfe geben, dann darfst du auch mal.«

Wir fuhren mit den Rädern zu diesem Haus, wo die Frauen vor der Tür standen und Zigaretten rauchten. Ich trat fünfzig Meter vorher auf die Bremse. »Was denn?« fragte Johann. »Willst du nicht mitgehen? Dann halte wenigstens mein Fahrrad.«

Ich blieb bei den Rädern stehen und sah zu, wie Johann auf das Haus zuging und darin verschwand. Die Neugier plagte mich: ich wollte und wollte nicht. Ich dachte: Was sagt man zu so einer Frau? Wie sagt man es? Ich konnte doch nicht einfach so daherkommen und mit den Nylonstrümpfen wedeln.

Er kam zwanzig Minuten später wieder aus der Tür und grinste mich schon von weitem an. Er fühlte sich als Mann, hatte die Probe bestanden und wollte sich noch oft erproben. Er war von ihr begeistert: »Sie heißt Lilli. Sie hat zu mir gesagt: Wenn ich nicht da bin, frage nach Lilli mit den großen Titten ... So wird sie in dem Puff genannt. Es gibt da nämlich noch eine Lilli mit den kleinen Titten. Ich habe ihr erzählt: Ein Freund von

mir, der will auch mal. Sie hat gesagt: Er soll antanzen.«
Aber ich ging dann doch nicht zu Lilli mit den großen Titten, sondern habe noch ein paarmal Johanns Fahrrad gehalten, während er bei ihr war.
Johanns Haare waren nachgewachsen, und er erholte sich zusehends. Außer Lilli besuchte er auch noch die Frau eines Bäckergesellen, den wir in unserer Straße seit Jahren den Nasenbäcker nannten, weil er einen gewaltigen Zinken im Gesicht hatte. Sie war eine starke Raucherin, Johann hatte sie im Auftrag seines Vaters oft mit Zigaretten beliefern müssen. Er war in ihre Arme gesunken, während der Nasenbäcker mit einem Fahrrad Brot ausfuhr.
Sie war ein strammes Weib mit einem herausfordernden Hintern, die Männer schauten ihr nach, und sie wußte es genau. »Sie kann nicht genug kriegen«, erzählte mir Johann. »Und dabei schreit sie zu laut. Ich sage immer: nicht so laut, die Nachbarn . . .«
Die Nachbarn müssen den Ehemann gewarnt haben, denn er kam plötzlich in die Wohnung, als sie gerade wieder anfing, laut zu werden.
Der Nasenbäcker schlug Johann aufs Auge. Johann traf ihn mit der Faust am Kinn. Danach weinte der Mann und rief: »Ehebrecherin! Elende Ehebrecherin!«
Aber damit noch nicht genug: er kam in die Wohnung und beschwerte sich bei Josef und bei Johanns Mutter.
Josef erklärte: »Wenn du noch einmal zum Nasenbäkker seiner Frau gehst, bist du mein Teilhaber gewesen.«
»Du bringst Schande über uns!« rief Johanns Mutter.
»So was gehört sich nicht!«
Die Großmutter lachte und zeigte wieder ihren gelben

Zahn. Dabei klatschte sie in die Hände und rief: »Wie mein Johann! Wie mein Johann!« Sie meinte damit ihren verstorbenen Ehemann, der hinter den Weibern hergewesen wäre. Darüber war sich die Familie einig: von diesem Großvater hatte Johann nicht nur den Vornamen geerbt.

So etwas müsse ausgebügelt werden, erklärte Josef, und er fand auch eine Lösung. Er befahl Johann: »Du bringst eine Flasche Schnaps hin und entschuldigst dich beim Nasenbäcker und sagst, daß diese Sache vorbei ist und du nie wieder seine Wohnung betreten wirst.«

»Also gut«, murrte Johann. »Ich gehe hin und sage es.«

Aber Johann ging nicht hin, sondern er schickte mich. Mir gefiel der Auftrag nicht, doch ich verstand, wie sauer ein solcher Bittgang für ihn sein mußte.

Ich trug die Flasche Schnaps unter dem Arm und klingelte an der Tür. Ob ich ihren Mann sprechen könne, fragte ich. Sie sagte: »Komm herein, der Nasenbäcker ist nicht da.«

Ich wollte ihr erklären, daß Johann mich schicke und daß er sich entschuldige. Sie solle diese Flasche ihrem Mann geben, mit den besten Grüßen. Und dabei saß sie auf der Couch, winkte nur ab und sagte: »Entschuldigen – für was? Zigaretten wären mir übrigens lieber gewesen als der Schnaps. Setz dich doch hierher.«

Sie duzte mich, weil sie mich schon als Kind gekannt hatte. Dreißig Jahre war sie alt, und sie wußte genau, was sie wollte.

Ich fiel in sie hinein, lag plötzlich über ihr. Sie führte das Kommando, Wachs war ich in den Händen dieses ungestümen Weibes. Dabei dachte ich an den Nasenbäcker und hoffte, daß er nicht kommen würde, denn zweifellos gäbe es dann die zweite Schlägerei. Sie war laut wie immer, erlebte nur sich selbst, nahm keine Rücksicht auf die Nachbarn und auch nicht auf mich. Verstört huschte ich aus ihrer Wohnung und fühlte mich schuldig gegenüber dem braven Mann, den sogar die eigene Frau den Nasenbäcker nannte, was mir der Gipfel des Verrats zu sein schien.

Ich sagte zu Johann: »Eigentlich machen wir nichts anderes, als unsere Zeit totzuschlagen.«
»Was sollten wir denn sonst wohl machen?«
Darauf wußte ich keine Antwort. Es sah so aus, als bliebe dieses Land für immer eine Wüste. Ich fühlte mich auf eine unerklärliche Weise hilflos und ohne Möglichkeiten. Obwohl ich morgens mit dem Gedanken erwachen konnte: Dies ist nur ein Übergang. Ich bin nur ein sprachloser Heimkehrer, dessen Kräfte jetzt brachliegen. Eines Tages, so sagte ich mir, wird es anders sein. Vorerst aber gab es keine Wahl: wir hatten alle zu tun mit unserem Kampf gegen den Hunger.
Unsere Stadt war wie tot. Man konnte mit dem Fahrrad darin herumfahren und die Ruinen betrachten und sich dabei vorstellen, was sie einmal gewesen waren. Am liebsten fuhren Johann und ich an den Main. Dort gab es keine Verwüstungen. Der Fluß, breit und behäbig wie immer, hatte zwar auch Bomben geschluckt, aber er schien unzerstörbar. Nichts hatte sich am Main verändert. Drüben lagen Oberrad und dann Offenbach. Auf der Frankfurter Seite war unser Revier gewesen. Die Wiesen und Uferstreifen hatten wir als Kinder fast wie unser Eigentum betrachtet.

»Wir waren anders als andere Kinder«, sagte Johann.
Und ich sagte: »Ja, wir waren wilder.«
Hier an diesen Ufern hatten wir einen Teil unserer Jugend verbracht. Die Sommer waren lang und heiß gewesen, schienen mir unvergleichlich besser als alle Sommer, die später kamen. In Leinenbeuteln, in denen wir auch Weißfische und Aale fingen, hatten wir Brot und Obst dabei gehabt. Die im Sommer noch kleinen Kartoffeln holten wir von den Feldern und brieten sie am Feuer. Drüben auf der anderen Seite gab es Erdbeerplantagen und ganze Alleen von Pfirsichbäumen. Die Karotten schmeckten am besten, wenn sie jung waren und zart. Wir kannten uns aus. Wir waren eine Gruppe von mindestens zehn Jungen, und der Kühnste war jeweils der Anführer. Es war eine Ehre, der Häuptling zu sein, und so versuchte jeder, ein besonderes Heldenstück zu liefern, das ihm die Führerrolle einbringen würde.
Wenn die tiefbordigen Lastkähne vorbeigeschleppt wurden, sprangen wir in den Fluß und schwammen an sie heran. Wir enterten sie und fuhren große Strecken mit ihnen mainaufwärts. Manchmal erreichten wir fast Hanau.
Von den Schiffen, die flußabwärts kamen, ließen wir uns wieder zurückbringen. Wir haben gejubelt und uns frei gefühlt. Wir waren nahe der Erde und dem Wasser und glaubten, daß unsere Sommer niemals enden würden.
Wir waren anders als andere Kinder. Wir waren eine Meute jugendlicher Streuner, die sich Abenteuer suchten, waren der Schrecken aller braven Kinder aus den umliegenden Straßen. Sie durften nicht mit uns verkehren, denn wir waren berüchtigt, und wenn wir dort

auftauchten, riefen ihre Eltern hinter uns her: »Macht, daß ihr fortkommt, ihr Stromer!«
Wir wollten unsere Kräfte messen und uns abhärten für große Dinge, die so sicher auf uns zukommen würden wie die Heldentaten des berühmten Old Shatterhand, der, wie wir alle wußten, mit sechzig Pfund Waffen und Ausrüstung einen Drei-Stunden-Dauerlauf aushielt. Und außerdem konnte er mit der gleichen Last auf dem Buckel über einen trockenen Reisighaufen schleichen, ohne daß auch nur ein Zweig geknackt hätte.
Wir wollten auch laufen können wie er, uns anschleichen, tauchen und schwimmen, wie das Helden in Büchern meistens können.
Nur in einem unterschieden wir uns von wirklichen Streunern: wir lebten mit Vater und Mutter in Wohnungen, hatten jeder ein Bett, wir gingen abends nach Hause und erzählten unseren Eltern, wir hätten Fußball gespielt oder andere harmlose Spiele getrieben.
Aber so harmlos waren unsere Abenteuer nicht. Wir stahlen im Osthafen Kupfer von langsam fahrenden Güterwaggons und verkauften es bei einem Altmetallhändler.
»Wo habt ihr es her?« fragte der vor Schmutz starrende Schrotthändler und blinzelte listig mit den Augen.
Johann und die anderen sagten: »Sein Vater ist Kupferschmied.« Dabei deuteten sie auf mich. Ich nickte, und der Händler fragte: »Habt ihr noch mehr davon?«
Er zog dann seine abgewetzte Geldtasche aus dem grauen Kittel und zählte Geld in unsere Hände. Es klimperte in unseren Taschen, und das gefiel uns sehr, denn so hatte es bisher noch nie bei uns geklimpert.
Dieses lohnende Abenteuer war so verlockend, daß wir gleich dreimal in einer Woche in die Hafenanlagen

schlichen, um Kupfer zu holen. Beim dritten Mal gingen wir in eine Falle. Die Hafenpolizei ließ uns passieren und riegelte dann mit sechs Mann die Gleisanlagen ab. Die Polizisten waren ihrer Sache ganz sicher.
Als die Signalpfeife trillerte, kamen sie von beiden Seiten auf uns zugelaufen. Jetzt gab es nur noch einen Ausweg. In Kleidern sprangen wir zugleich von der neun Meter hohen Kaimauer ins Hafenbecken und schwammen ihnen davon. Wir waren zu fünft, und es gab ein Riesengeplätscher quer durch den Osthafen.
Verblüfft standen sie oben und schauten uns nach. Sie waren ratlos, hätten um das ganze Hafenbecken herumlaufen müssen, um uns zu schnappen. Drüben lagen zwei Lastkähne unter holländischer Flagge. Die Besatzungen standen auf Deck und brüllten vor Lachen. Es war ein Spaß nach ihrem Geschmack, denn die Polizisten sahen jetzt lächerlich aus.
Auf der gegenüberliegenden Seite stiegen wir an Land und rannten durch die Hafenstraßen über die kleine Eisenbahnbrücke in den Ostpark. Dort kannten wir jedes Gebüsch, jeden Baum und waren in Sicherheit.
Da waren ein paar dabei, von denen wir jetzt nichts mehr wußten: vermißt oder gefallen. Johann und ich waren damals etwa zwölf Jahre alt.
Wir standen am Mainufer und redeten davon, und obwohl es erst sechs Jahre her sein konnte, kam es uns vor, als sei es vor einer Ewigkeit gewesen, daß wir unser Paradies verloren hatten.
»Da war dein Vater noch bei euch«, sagte Johann. »Ich hätte nie gedacht, daß er euch eines Tages sitzenlassen würde.«
»Ich auch nicht. Sie haben sich scheiden lassen. Jetzt ist er wieder verheiratet.«

Ich konnte mich daran erinnern: Er war in die Flakstellung gekommen und hatte gesagt: »Wir lassen uns scheiden. Aber ich bin immer für dich da. Später werde ich dir einmal alles erklären.«
Er brauchte mir nichts zu erklären. Ich wußte, daß eine andere Frau im Spiel war. Als ich auf Urlaub nach Hause kam, zeterte meine Mutter:
»Mit dem Fahrrad ist er losgefahren. Seine Anzüge hat er auf dem Arm getragen. Und alle Leute haben es gesehen.«
Ich hing an ihm, hielt ihn für einen guten Mann und hörte es nicht gern, wenn meine Mutter schlecht über ihn sprach. In unserer Straße war er eine Respektsperson gewesen. Weil ich an ihm hing, habe ich ihn so selten besucht.
»Wo ist er jetzt?« wollte Johann wissen.
»Ich weiß es nicht.«
»Du«, sagte Johann, »es stört dich doch nicht, daß mein Alter Einbrecher ist?«
»Nein«, sagte ich. »Es stört mich nicht.«
»Er ist kein kleiner Einbrecher, keiner, der in Wohnungen geht.«
»Geht er denn jetzt noch einbrechen?«
»Die machen schon noch was«, sagte Johann. »Er, der englische Willi und der verzinkte Egon. Mein Alter hat gesagt, der englische Willi hätte keinen Mumm mehr in den Knochen, der Egon wäre noch ganz gut. Doch der hat das steife Bein, und damit kann man schlecht einbrechen. Aber er wäre immer noch besser als Willi.«

Dieser dürre Willi, der aussah wie eine Mumie, ging noch ab und zu als Klingelfahrer. Er las die Zeitungen und wenn er eine geeignete Todesanzeige fand, besuchte er die Wohnung, während die Familie auf der Beerdigung war. »Nur wohlhabende Beerdigungen«, erklärte Johann. »Er geht an die Tür und klingelt. Wenn niemand öffnet, geht er hinein. Er hat mindestens dreißig Nachschlüssel.«
Und da tauchte noch einer auf in der Wohnung der Familie Scherer: der blasse Karl. Er war weit über fünfzig, und ich brauchte nicht zu fragen, weshalb er seinen Namen trug. Er hatte gerade ein paar Wochen Untersuchungshaft hinter sich, weil er im Verdacht stand, eine teure Präzisionswaage gestohlen zu haben. Er war leichenblaß. Aber das muß er schon früher gewesen sein.
»Er hat oft geheult im Lager«, sagte Josef. »Besonders aber an Weihnachten, da war sein Geplärre nicht zum Aushalten.«
Vor langer Zeit hatte Josef mit ihm einen Einbruch bei einem reichen Jagdpächter gemacht. Sie wußten nicht, daß dieser einen zahmen Fuchs im Haus hielt.
»Der Fuchs hat ihn in den Hintern gebissen. Wir sind gerade im Schlafzimmer, und da sagt er: Du, da unterm Bett hat es geraschelt. Da sitzt eine Katze. Ich sage: Laß die Katze, hilf mir lieber den Schmuck suchen. Wir wußten nämlich, daß die Frau eine Menge Schmuck hatte. Die waren in der Oper, aber sie konnte ja nicht ihre ganzen Klunkern spazierentragen.«
Josef suchte den Schmuck, der blasse Karl aber wollte sehen, was da unter dem Bett geraschelt hatte. Er ging auf die Knie und schaute mit der Taschenlampe nach. In diesem Augenblick schoß der Fuchs hervor und biß den blassen Karl in den Hintern.

Josef lachte Tränen, als er es erzählte: »Er hat geschrien wie am Spieß. Und dann ist er davongerannt wie ein geölter Blitz. Da war natürlich alles gelaufen. Wir mußten verduften. Zu mir hat er gesagt: Das war irgendein Riesentier, so mächtig wie ein Wolf.«
In der Zeitung hatten sie es dann gelesen, denn ein großes Stück von Karls Hose war in den Zähnen des Fuchses hängengeblieben.
Jahre später mußten sie beide dafür bezahlen: weil die Geschichte gar zu schön war, hatte Josef sie einem Freund erzählt, der fand auch, so etwas Lustiges könne man unmöglich für sich behalten. Die Geschichte mit dem Fuchs begann zu kreisen und geriet an die Kriminalpolizei. Sie nahmen den blassen Karl fest und sagten nur:
»Karl, laß mal die Hosen runter, wir wollen mal sehen, wo dir das Füchslein ein Monogramm hingemacht hat.«
»Was blieb mir anderes übrig: ich mußte gestehen«, sagte Karl. »Der Abdruck der Zähne war noch gut zu erkennen. Und er hatte ja außerdem alles erzählt.«
»Ja, das ist wahr«, gab Josef zu. »Das war dumm von mir. Ich konnte es einfach nicht bei mir behalten. An unserem Urteil hat es ja nicht mehr viel ausgemacht. Wir hatten damals einiges stehen.« Er überlegte: »Ich glaube, von der Gesamtstrafe waren es nur vier oder fünf Monate.«
Als Josef das erzählte, hatte er schon wieder einiges stehen.
Der blasse Karl sagte jedoch: »Mir kann nichts mehr passieren. Ich habe einen Jagdschein. Ich bin hirnverletzt.«
»Bei einem Einbruch haben sie ihm eines über den

Schädel gedonnert«, erklärte Josef. »Das war so um 1935. Er war ein Pechvogel, hatte die Seuche an den Händen. Da kann man nichts machen.«
Aber diesmal schien der blasse Karl eine glückliche Hand gehabt zu haben. Er erzählte: »Ich habe zum Kommissar gesagt: Herr Kommissar, ich bin chemisch gereinigt. Die Waage habe ich gekauft und wieder verkauft. Was früher war, zählt nicht mehr.«
Im ersten Jahr des Friedens waren die früheren Sünden den Dieben und Gaunern vergeben. Die meisten hatten in den Lagern hart gebüßt. Neben den Verbrechen des Staates erschienen ihre Taten von beinahe rührender Harmlosigkeit. Jetzt hätten die großen Mörder sühnen müssen, die Henker und Folterknechte. Aber nur die wenigsten blieben in den grobmaschigen Säuberungsaktionen hängen. Richter und hohe Kriminalbeamte, die mit Mord belastet waren, schlichen sich wieder in Ämter ein. Sie sprachen von Recht, nahmen fest oder ließen festnehmen. In den Gefängnissen war wenig von ihnen zu sehen.
Der blasse Karl hat es zu Josef gesagt: »Ich war jetzt sechs Wochen drin. Die Gefängnisse müßten doch voll sein mit ihnen. Wenn man nur die Mörder zusammenzählen würde . . . So viele Zellen gibt es gar nicht. Von denen ist im Knast nichts zu sehen. Weißt du, wer drin sitzt?«
»Wer?« fragte Josef.
»Wir«, sagte der blasse Karl.
Als der blasse Karl sieben Jahre später begraben wurde, hatte er eine große Trauerfeier. Er war ein bekannter Mann geworden, denn er hatte eine Bierkneipe aufgemacht und viele seiner Trauergäste waren noch seine Schuldner. Sie hatten zwar nicht gezahlt, aber als Aus-

gleich wollten sie ihm wenigstens das letzte Geleit geben.
Josef sagte: »Hinter diesem Sarg laufen mindestens zehntausend Mark Schulden her.«
Johann und ich waren auch dabei, und wir hatten damals auch schon einiges stehen, wie Josef zu sagen pflegte.

5

Ich war noch immer auf der Suche nach Arbeit. Ich fragte mich: Wo willst du anfangen! Mein Vater hatte damals, als er mit seinem Fahrrad in Frankfurt herumfuhr, wenigstens sagen können: »Ich bin ein Kupferschmiedemeister.«

Als mich der Dolmetscher, der auf einem Küchenstuhl vor dem ehemaligen Luftwaffenlazarett saß, fragte: »Was kannst du?« mußte ich erst überlegen. Ich hätte ihm sagen können: Ich kann alles, was man mir zeigt. Ich kann Dinge nachmachen, wenn sie mir richtig erklärt werden. Aber ich sagte es nicht. Schließlich fiel mir ein, daß ich ja englisch sprechen konnte.

»Na also . . .« Er grinste und biß auf einer großen Zigarre herum. »Dann wollen wir mal sehen, was du kannst.«

Er begann, englisch mit mir zu sprechen. Er examinierte mich auf offener Straße. Die Leute blieben stehen, sie waren neugierig, wollten wissen, was da vor sich ging. Ich hielt mein Rennrad mit der rechten Hand fest. Ich benutzte es nur selten, weil ich hoffte, damit später wieder einmal Radrennen zu fahren. Und dieses Fahrrad interessierte den Dolmetscher sehr.

Er war im Rang eines Sergeants. Als er zehn Jahre alt gewesen war, war er mit seinen Eltern ausgewandert.

Aber vorher hatte er noch die Sechstagerennen gesehen. »Das war in Berlin, Junge«, sagte er. Er nannte ein paar Namen von berühmten Sechstagefahrern. Ich sah, daß er überlegte. »Dein Englisch ist all right«, meinte er. »Aber ich weiß jetzt keine freie Stelle. Ich werde telefonieren.«
Er ließ seinen Stuhl auf der Straße stehen und ging in ein Büro.
Und so fing ich an: als Papieraufleser im Bereich des General-Hospitals, denn so hieß das ehemalige Luftwaffenlazarett jetzt.
Der Dolmetscher sagte zu mir: »Sei schlau, fang klein an. Dann wird sich irgendwann was Besseres finden. Du bist doch smart ...«
Ich fühlte mich nicht sehr smart, als ich mit einem Blecheimer und einer eisernen Zange über das Gelände ging, um Papierschnipsel, leere Dosen und sonstiges Zeug aufzusammeln. Jedenfalls bin ich kein Bettler, sagte ich mir. Und Papiersammler werde ich sicherlich nicht bleiben. Es kamen auch Mädchen vorbei, Krankenschwestern, Laborantinnen, Zivilangestellte. Ich genierte mich, aber ich wollte zeigen, daß ich ja keineswegs von Beruf Papiersammler wäre. Deshalb fing ich an zu pfeifen, schlenkerte meine Zange um den rechten Zeigefinger, tat auch außerordentlich fröhlich – aber nur, bis sie an mir vorbeigegangen waren.
Es gab Mädchen, die mich beschäftigten. Samstags abends ging ich mit Johann zu einem Tanzlokal in Eschersheim. Dort saßen fünf Musiker auf dem Podium und fiedelten die neuesten amerikanischen Schlager. Wir tanzten, obwohl wir nicht richtig tanzen konnten. Und da hatte ich eine getroffen, die ich seit Jahren kannte. Ihre Eltern besaßen ein kleines Lebensmittel-

geschäft. Es ging immer rund herum im Saal. Die Tanzfläche hatte die Form einer Aschenbahn. In der Mitte standen die Tische und Stühle. Johann und ich drehten unsere Runden. Und während des Tanzens erzählte ich ihr: »Ich habe jetzt eine ganz erstklassige Stellung gefunden. Ich bin Papierverwalter im amerikanischen Hospital.«

Da ich ihr nichts bieten konnte außer den Heißgetränken, die dort ausgeschenkt wurden, schrieb ich Gedichte für sie. Ich fand sie wunderschön, und sie sagte: »Es reimt sich alles.« Sie war begeistert. Aber dann hörte ich, daß sie heimlich über meine Gedichte lachte. Eine Freundin hatte es Johanns Freundin erzählt.

Von da an ging ich nicht mehr zum Rundstreckentanzen. Und mit meiner Stellung machte ich auch Schluß.

Ich ging zum Personalbüro und erklärte: »Ich habe ein Angebot . . . Aber wenn Sie mir etwas Besseres bieten können, dann würde ich gerne hierbleiben.«

»He«, sagte der deutsche Dolmetscher. »Du riskierst vielleicht 'ne Lippe. Hältst dich wohl für was Besseres, wie?«

»Ja«, sagte ich.

Der Staffsergeant, der zu dieser Zeit das Personalbüro leitete, grinste mich an. »Du hast recht«, sagte er zu mir.

Und das war der zweite Anfang. Ich wurde ins klinische Labor versetzt – als Putzer. Meine Aufgabe war die Pflege der Böden, ich hatte in der Urinanalyse die Uringläser zu spülen, nach den Sektionen mußte ich die Morgue reinigen und die Kleider der Unfalltoten verbrennen. Alle Soldaten der amerikanischen Zone, die sich erstochen, erschlagen, erschossen oder mit dem Auto zu Tode gefahren hatten, landeten bei uns.

Das war ein Aufstieg. Außer den warmen Mittagessen täglich fielen mir in der Woche mindestens zwei Paar amerikanische Schuhe zu, die ich zu Josef brachte.
Er fragte: »Sind die Schuhe heiß?«
»Nein«, sagte ich. »Sie sind kalt. Sie sind nämlich von Toten.«
»Das brauchen die Käufer nicht zu wissen. Wichtig ist nur, daß sie nicht geklaut sind. Das sind wirklich gute Schuhe. Ich dachte, du hättest sie geklaut.«
Er gab mir Lebensmittel dafür, brachte den Handel richtig in Schwung und hatte schließlich eine ganze Liste von Leuten, die darauf warteten, daß ein Mann mit ihrer Schuhgröße bei einem Unfall starb.

Das Mädchen kam herein, hängte seinen Mantel an den Haken und sagte: »Sie müssen hier putzen?«
Ich wischte den Boden der Biochemie auf und antwortete: »Ich muß nicht, ich möchte hier putzen.«
»Aha«, sagte sie und war ein bißchen verlegen. Ich sah, daß sie viele Sommersprossen im Gesicht hatte. Ihre Augen waren dunkelbraun und hatten einen nachdenklichen, prüfenden Ausdruck. Sie war scheu und zart.
»Nein, nein«, sagte ich. »Wie Sie sehen, bin ich der Chefarzt und putze Ihren Raum nur zu meinem Vergnügen.«
Sie lachte, ich sah sie an und dachte: Wie schön sie lachen kann. Sie war ein paar Tage auf Urlaub gewesen. Ich hatte sie noch nie gesehen.
Ich wollte nicht, daß sie zuschaute, wie ich die Böden putzte, deshalb kam ich morgens eine Stunde früher

und war mit dem häßlichsten Teil meiner Arbeit schon fertig, wenn sie erschien. Sie hieß Friederike und war Chemotechnikerin. Ich habe sie bestaunt. Was sie alles wußte. Sie hantierte mit den Reagenzgläsern, den Kolben und Pipetten, wog Bruchteile von Chemikalien auf der Waage ab, sie machte schwierige chemische Untersuchungen, ohne dabei je ein Buch zu gebrauchen. Sie hatte das alles im Kopf. Ihr Gesicht fiel mir auf. Es war immer konzentriert. Den Vorsatz, gute Arbeit zu leisten, konnte ich an ihrem Gesicht ablesen.
Was konnte ich? War ich nicht eine Null gegen sie? Und dabei hätte ich auch gerne gute Arbeit geleistet, etwas, was mich gefordert hätte.
Ich hätte natürlich sagen können: Hören Sie, ich bin eine Kanone als Boxer. Radrennen habe ich auch schon gefahren. Manchmal gehe ich noch boxen, und unten, vor der Tür, steht mein Rennrad. Sie sollten mich mal sehen, wenn ich beim Radrennen zum Spurt antrete. Ich trage meistens ein hellblaues Trikot. Soll ich Ihnen mal meine Urkunden und Siegerschleifen zeigen? Und hier, fühlen Sie meinen Oberarm . . . Ja, hart wie Stein. Alles Muskeln . . .
Du armseliger Tölpel, sagte ich zu mir. Du hast zuwenig gelernt. Und die Gedichte taugen ja auch nichts, sonst hätte die Tochter des Gemüsehändlers nicht über sie gelacht.
Die Stunde, die ich früher zur Arbeit kam, wurde von meinen Vorgesetzten hoch bewertet. Meine Scham wurde für Fleiß gehalten. Fleiß beeindruckt die Menschen, er gilt als Leistung des Willens. Der Laborchef, ein amerikanischer Arzt im Rang eines Captains, sagte eines Tages zu mir: »Ich habe Sie beobachtet. Sie können mehr als Böden putzen. Außerdem sprechen Sie gut

englisch. Wenn Sie wollen, lernen wir Sie als Laborant an. Wir brauchen bald deutsches Stammpersonal.«
Jetzt warf ich mich in die Brust, spürte, wie mein Gang sich straffte. Diese Nachricht mußte ich sofort weitergeben. Ich war soeben ausgezeichnet worden. Aber was sind Auszeichnungen, wenn sie von den anderen nicht gesehen werden? Ich ging zur Biochemie und sagte zu Friederike, nur so im Vorbeigehen: »Ich werde demnächst meine Putzeimer abgeben. Ich werde Ihr Kollege, der Captain hat's gesagt.«
Sie lächelte und nickte mir zu: »Das ist schön für Sie.« Dann pipettierte sie mit großer Sorgfalt weiter, mit diesem ernsthaften, nur der Arbeit gewidmeten Gesicht. Ich wartete, aber sie sagte nichts mehr. Nein, es war noch zu früh, ihr ein Gedicht zu schicken.
Nacheinander wurde ich den verschiedenen Labors zugeteilt. Die amerikanischen und deutschen Laboranten zeigten mir die Untersuchungsmethoden. Mein Gehirn war wie ein Schwamm. Ich las die Bücher, die sie mir gaben, las auch noch alle Bücher, die ich sonst erwischen konnte, begann, systematisch die gesamten Labormethoden zu erlernen. Und das war eine Menge Stoff, aber ich dachte: Hier ist die Lücke. Hier kannst du etwas werden. Ich hatte es immer schon gewußt, daß sich mir Möglichkeiten öffnen würden. Jetzt wollte ich zeigen, was in mir steckte. Und besonders wollte ich das auch Friederike beweisen.
Der Chef der Hämatologie, ein Leutnant, sagte: »Er lernt es in unglaublich kurzer Zeit.« Dieses Lob machte die Runde, Friederike hörte es und sie erzählte mir davon. Ich arbeitete vierzehn Stunden am Tag und war dabei fröhlich. Und plötzlich hatte ich das Gefühl, alle Menschen seien freundlich zu mir. Ich dachte: Es

kommt daher, weil du freundlich zu den Menschen bist. Es ist wie ein Echo, aber das hast du vorher nicht gewußt. Ich war ihnen dankbar, daß sie ihr Wissen an mich weitergaben.
An manchen Abenden begleitete ich Friederike bis in die Nähe ihres Hauses. Ich griff nach ihrer Hand, beim erstenmal zaghaft, dann aber mit Bestimmtheit. Ich legte beim Gehen vorsichtig die Hand um ihre Hüfte. Sie ließ es geschehen. Und dann habe ich das Gedicht doch noch geschrieben. Sie sagte: »Es ist ein sehr schönes Gedicht. Es ist sehr zart.«
Voller Stolz sagte ich: »Wenn ich nicht Medizin studieren wollte, wäre ich gern ein Lyriker geworden.«
»Medizin ist besser«, sagte Friederike. »Du hast die Fähigkeiten dazu. Davon sind alle im Labor überzeugt.«
Wie gut sich das anhörte. Das waren die Worte, die ich brauchte. Davon konnte man leben, das war wie Brot für einen Hungernden. Ich küßte Friederike in einer dunklen Straßenecke und sagte, ich würde ihr noch viele Gedichte schreiben.
Mein Dolmetscher, der Mann mit der großen Zigarre, dem ich zu verdanken hatte, daß ich hier gelandet war, kam ins Labor, um sich von mir zu verabschieden: »Ich fahre morgen nach Hause. Gutes habe ich über dich gehört, Junge. Du strahlst . . .«
Ja, es ist gut, etwas zu gelten unter den Menschen: durch Leistung. Und ich freute mich über die Leistung, sie war aus mir gewachsen und war nicht meßbar mit Geld. So hat sich mein Vater gefreut, wenn er eine besonders schöne Kanne aus Kupfer geschmiedet hatte.
Der Krieg war jetzt schon länger als ein Jahr vorbei. Ich

dachte noch an ihn wie an eine Krankheit, die ich überstanden hatte.
Im Sommer ging ich mit Friederike nach der Arbeit abends über die Felder bei Niederursel. Wir fuhren ein Stück mit der Straßenbahn, dann wanderten wir über die schmalen Feldwege. Es gab Mulden, Abhänge, Gebüsch und vor allem Stille. Wir waren allein, fühlten uns unbeobachtet. In einem Kornfeld lagen wir. Ich sagte: »Wir sind so gut wie verlobt.«
Sie sagte: »Ja.«
Und dann kam ein Bauer angerannt und fuchtelte mit einem Stecken in der Luft herum. Schon von weitem schrie er: »Geht ihr wohl aus meinem Feld heraus!«
Ich nahm Friederike bei der Hand, wir rannten davon, denn der Bauer sah aus, als würde er mit dem Stock nicht nur drohen, sondern auch schlagen. Ich wollte mich nicht mit ihm herumprügeln. Als wir ihn abgeschüttelt hatten, fingen wir an zu lachen. Dann wurden wir plötzlich beide ernst und sahen uns an. Ja, es war geschehen, in einem Kornfeld. Es war wie selbstverständlich gewesen. Ich sagte: »Wir sind verlobt. Wir werden heiraten.«
Und sie sagte: »Ja.«
Unsere Liebe war heimlich, vielleicht war sie deshalb so beunruhigend. Sie bestand aus gestohlenen Stunden. Friederike sagte: »Sie dürfen es nicht wissen. Ich erzähle zu Hause, ich wäre bei einer Freundin gewesen.«
Sie verschwieg mich bei ihrem Vater, erwähnte mich auch nicht bei der Mutter. Soviel hatte ich begriffen: ihr Vater mußte ein äußerst strenger Mann sein, der vor und während des Krieges bei IG Farben ein hohes Tier gewesen war.
»Was sollte er gegen mich haben?« fragte ich sie. »Ich

bin jung, gesund. Und bin ich etwa ein Dummkopf? Ich werde Medizin studieren. Ich werde Arzt sein.«
Sie wich aus, wollte den Bruch mit ihren Eltern nicht riskieren, wollte auch nicht sagen: Er wird dich nicht respektieren, weil du noch nichts bist und weil du nichts hast.
Hatte ich nicht eine gute Stellung? Ich verdiente Geld und konnte mich sattessen. Aber es war nicht genug. Ich sagte: »Es ist, weil ihr ein paar Schränke mehr habt als wir. Das ist der Dünkel des Bürgers. Deine Eltern haben noch nicht begriffen, daß wir in einer anderen Zeit leben. Nach diesem Krieg ist alles anders.«
»Mit meiner Mutter könnte ich reden, aber nicht mit ihm.« Sie schüttelte den Kopf und machte ein bekümmertes Gesicht.
Was war das für ein Vater, der wie ein Tyrann seine Familie regierte? »Du«, sagte ich, »ich habe eine Riesenwut im Bauch. Ich werde zu euch nach Hause gehen und werde ihm ganz gehörig meine Meinung sagen!« Ja, das wollte ich, schon in den nächsten Tagen. Und ich legte mir schon zurecht, wie ich ihn zur Strecke bringen würde, mit wohlgesetzten Worten, die ins Schwarze treffen sollten.
»Um Gottes willen«, sagte sie nur.
Ich liebte Friederike, ich wollte Beweise liefern, Anstrengungen auf mich nehmen.
Aber dann kam dieser alte Mann vor das Tor des Hospitals. Er hatte auf unseren Dienstschluß gewartet. Er ging über die Straße auf uns zu, ich sah Friederike bleich werden. Sie flüsterte nur: »Mein Vater . . .«
Der Mann zog den Hut, er nannte seinen Namen und sagte: »Ich verbiete Ihnen den Umgang mit meiner Tochter.«

Er packte Friederike am Arm und führte sie davon, ehe ich etwas sagen konnte. Ich sah ihnen nach. Ich war ratlos, fühlte mich gedemütigt, wollte hinter ihnen her, wollte ihn stellen. Ich könnte ihr sagen: Entweder er oder ich. Aber ich blieb stehen und dachte nach. Sie ließ sich wortlos und ohne Widerstand abführen. Es sah aus wie eine Verhaftung.

An der Straßenbahnhaltestelle standen Männer und Frauen, die im Hospital arbeiteten. Sie kannten uns. Sie lachten. Ich ging auf sie zu. Ich hatte schon einen fixiert. Er lachte besonders laut. Als er bemerkte, daß ich auf ihn zukam, rannte er plötzlich davon. Sie sagten mir später, sie hätten nicht über mich, sondern über diesen alten Narren gelacht, dem jeder die Eifersucht hätte ansehen können.

Am nächsten Tag stellte ich mein Ultimatum. Ich sagte zu Friederike: »Eine solche Kränkung laß ich mir nicht noch einmal bieten. Entweder du entscheidest dich für mich oder für deine Eltern.«

Sie liebte die harten Entscheidungen nicht. »Laß uns Zeit gewinnen«, meinte sie. »Ich werde zuerst mit meiner Mutter reden. Du kennst ihn nicht. Er ist ein Starrkopf. Und vergiß nicht, er ist schon über sechzig.«

Aber was half mir das, daß er schon über sechzig war? Konnten sich alte Männer gegenüber jungen alles erlauben? »Er ist ein Dummkopf«, sagte ich, »denn nur ein Dummkopf führt ein solches Theater vor. Wir waren das Gespött der Leute.«

»Er ist kein Dummkopf«, sagte sie. Und ich sah zum erstenmal, daß eine gewisse Ähnlichkeit zwischen Vater und Tochter bestand, wenn sie zornig waren.

Aber ich war schwach, und meine Schwäche nannte ich

Diplomatie. Die Zeit für mich arbeiten lassen ... Was für ein Schwachsinn. Es blieb alles in der Schwebe, noch viele Monate.
Auch Friederike war schwach. Sie hatte zu mir gesagt: »Er meinte, du wärst so schlecht angezogen. Kannst du dich nicht ein bißchen besser anziehen?«

6

Johann saß im Gefängnis. Seine Großmutter sagte zu mir: »Stell dir vor, sie haben ihn abgeholt. Und gefesselt haben sie ihn.« Sie wischte sich die Augen mit einem karierten Taschentuch. Dann humpelte sie davon. Ich hörte, daß sie im Weitergehen noch mit sich selber redete.
Ich hatte Johann in den letzten Monaten kaum gesehen. Er und Josef hatten sich gestritten, denn Johann beanspruchte als Teilhaber zu viele Nylonstrümpfe. Josef hatte erfahren, wo er sie hinbrachte. Es war eine peinliche Begegnung gewesen. Sie hatten nicht gewußt, daß sie beide Kunden waren: bei Lilli mit den großen Titten.
»Er spinnt wohl«, hatte Josef gesagt. »Muß der in seinem Alter zu Nutten gehen? Mensch, als ich achtzehn oder neunzehn war, da hatte ich Weiber wie Sand am Meer. Und ich mußte keine Nylonstrümpfe dafür zahlen. Jetzt ist es natürlich was anderes.«
Diese unerwartete Begegnung im Bordell hatte das Verhältnis zwischen Vater und Sohn getrübt. Johann sagte zu ihm: »Was hast du dich im Puff herumzutreiben? Bleibe daheim bei deiner Mutter, die vierzehn Jahre auf dich gewartet hat.«
Ich ging in die Wohnung und besuchte die Familie. Jo-

hanns Mutter lamentierte: »In Handschellen haben sie ihn abgeholt. Soll das jetzt genauso anfangen wie damals bei ihm?« Sie deutete auf ihren Mann.
Josef war gelassen, er überschaute bereits den Tatbestand und erklärte: »Das gibt nicht mehr als fünf Monate. Und fünf Monate, verdammt noch mal, die wird er doch aushalten können.«
»Und die Leute?« rief sie. »Was sollen die Leute denken?«
»Die Leute? Die wissen ohnehin, daß wir eine feine Familie sind.«
Johann hatte in einem großen Kühlhaus der Amerikaner gearbeitet. Von Zeit zu Zeit ließen er und seine Kollegen eine halbe Sau im Tender einer Rangierlokomotive verschwinden. Das Fleisch war tiefgefroren und überstand den Transport unter der Kohle ohne Schaden.
Sie hatten alle geklaut, die dort im Kühlhaus arbeiteten. Die amerikanische Polizei mußte gleich dreißig Mann festnehmen, nachdem ein Lokführer sein Geständnis abgelegt hatte.
»Du kannst ihn besuchen«, sagte Josef zu mir. »Bring ihm ein paar Zigaretten mit. Beim Besuch kannst du sie ihm geben. Die Wachtmeister sagen nichts, wenn du ein paar Zigaretten für sie springen läßt.«
An einem Samstagnachmittag sagte ich zu Friederike: »Ich habe heute keine Zeit, ich muß einen Freund besuchen. Er sitzt im Gefängnis.«
Es gefiel ihr nicht, daß ich einen Freund hatte, der im Gefängnis saß. Dabei konnte so etwas doch sehr leicht passieren. Ich erinnerte sie an den Koch des Hospitals, der ordnungsgemäß am Tor visitiert worden war. Die Wachen hatten nichts bei ihm gefunden, aber der Koch

machte einen Fehler: als er ging, zog er freundlich den Hut, dabei fielen ihm sechs Eier vom Kopf herunter, die er unter dem Hut versteckt hatte. Er bekam vierzehn Tage Gefängnis.
Aber mir gefiel es ja auch nicht, daß Johann im Gefängnis war.
»Wie geht es dir?« fragte ich beim Besuch und dachte: Was für eine dumme Frage.
»Und du? Was machst du?«
»Ich studiere Medizin. Werde bald anfangen.«
»Ja, du hast es gut. Du hattest eine ordentliche Schulbildung. Ich werde nie studieren.«
Er war blaß und sah ziemlich verhungert aus. Er trug eine geflickte deutsche Militärjacke. So hatte er ausgesehen, als er aus der russischen Kriegsgefangenschaft heimgekehrt war.
»Hast du mir Zigaretten mitgebracht? Gib schon her. Er kriegt auch ein paar.« Er nickte mit dem Kopf zu dem Wachtmeister hin, der die Aufsicht führte.
Ich gab ihm drei Päckchen Zigaretten und legte auch dem Beamten ein angebrochenes Paket hin. Er nahm sie an und sagte: »Ich hab nix gesehen. Nix hab ich gesehen.«
»Es gibt bald Schnee«, sagte Johann, und sein Gesicht hatte einen abwesenden Ausdruck.
Josef hatte nicht schlecht geschätzt: die halbe Sau brachte seinem Sohn Johann vier Monate Gefängnis ein.
Friederike hatte nur einmal gefragt: »Wie geht es deinem Freund im Gefängnis?«
Ich sagte: »Gut geht es ihm. Es ist ihm immer gutgegangen.«
Ich ging zu Josef und sagte zu ihm: »Kannst du mir ei-

nen Anzug besorgen? Ich brauche unbedingt einen Anzug. Ich habe einen wichtigen Besuch zu machen.«
»Einen Anzug nicht«, sagte Josef. »Aber ein prima Anzugstöffchen kann ich dir verkaufen. Und einen Schneider habe ich auch für dich, der macht dir das in fünf Tagen. Dann hast du einen Anzug, in dem du eine Königin besuchen kannst. Was ist es denn für ein Besuch?«
»Ich muß zur Mutter meiner Braut.«
»Der bist du so, wie du hier stehst, nicht fein genug, wie?«
Der Anzugstoff und die Arbeit beim Schneider würden zusammen fünf Stangen Zigaretten kosten. Das konnte ich nicht auftreiben. Ab und zu bekam ich ein Paket Zigaretten geschenkt. Ich arbeitete jetzt in der Abteilung für venerische Krankheiten. Die Patienten waren besonders dankbar, wenn ich ihnen nach der Untersuchung sagen konnte, daß sie noch einmal davongekommen waren.
»Für dich könnte ich es ein bißchen billiger machen«, meinte Josef. »Sagen wir vier Stangen, aus Freundschaft.«
Auch das war unerschwinglich. Ich trug eine gefärbte amerikanische Uniformhose, dazu ein gefärbtes Fieldjacket. Über Kleidung hatte ich mir nie Gedanken gemacht.
»So kannst du nicht hingehen«, sagte Friederike. »Es sind alte Leute. Man kann sie nicht mehr ändern.«
Ich überlegte, ob mir jemand einen Anzug leihen könne. Aber mir fiel niemand ein. Josefs Anzüge paßten mir nicht, er war kleiner und schlanker als ich. Die Anzüge meines Vaters hätten mir gepaßt.
Es vergingen ein paar Wochen, in denen ich mich dar-

über grämte, daß ich keinen Anzug besaß, in dem ich die Mutter meiner zukünftigen Frau besuchen konnte. In dieser Zeit war unsere Liebe bitter. Ich sagte zu Friederike: »Ich warte bis zum Sommer, dann komme ich in Hemd und Hose. Aber es ist Torheit, reine Torheit! Und du machst es mit. Die Welt ist beinahe untergegangen, und sie regen sich über meine Kleidung auf.«
Es gab Möglichkeiten, zu viel Zigaretten zu kommen. Da war dieser verschmitzte Sergeant Loyal Webster in meinem Labor erschienen und hatte mir was zugeflüstert. Ich hatte nur den Kopf geschüttelt. Sein Vorschlag schien mir zu gefährlich.
»Junge«, sagte er, »du stehst deiner Zukunft im Weg. Du kannst große Geschäfte machen.«
»Ja, ja«, antwortete ich. »Ein Freund von mir, der hat auch große Geschäfte gemacht. Jetzt muß er Schnee schaufeln und Trümmer wegräumen.«
Darüber lachte Loyal sehr. »Aber das kann uns doch nicht passieren. Dein Freund muß ein Dummkopf sein.«
Mein Untersuchungsraum lag im rechten Flügel des Labors. Wenn ich keine Patienten hatte, las ich amerikanische Zeitungen oder medizinische Bücher.
Ich hatte eine Menge Patienten. Sie behaupteten, so viele Gonokokken und Spirochäten wie in Frankfurt am Main gäbe es nirgendwo auf der Welt. »Der Witz ist, daß Tripper und Syphilis auch vor Stabsoffizieren nicht haltmachen«, erklärte mir Loyal Webster. »Und darauf beruht unser Geschäft. Ich habe es mit deinem Vorgänger gemacht. Das war ein smarter Junge aus New York.«
Jetzt begriff ich langsam, warum er ab und zu gekommen war, mir einen Objektträger hingelegt und gesagt

hatte: »Untersuche mir doch schnell mal diesen Abstrich.«
Loyal Webster war ein schlauer Fuchs. Er hatte eine Sonderstellung in der Armee. Doch das erfuhr ich erst an dem Abend, an dem er mich überrumpelte.
»Komm mit«, sagte er, »komm mit. Der Wagen wartet. Wir gehen Steaks essen, und ich werde dir was zeigen, worüber du staunen wirst.«
Der Wagen hatte einen Generalsstander, und zwar mit fünf Sternen. Ich sagte: »Moment mal, das ist doch der Wagen von . . .«
»Ja, ja, von General Clay.« Loyal Webster lachte. »Du wirst noch mehr staunen.«
Wir fuhren durch das Tor des Hospitals, und die Wachen salutierten. Er erklärte mir: »Paß auf, der Sonderzug von General Clay ist mir unterstellt. Ich habe noch eine deutsche Crew, Lokführer, Ingenieure und so weiter, zwei Köche, du wirst staunen.«
Im Frankfurter Südbahnhof stand auf einem äußeren Gleis ein schnittig aussehender Zug mit einer Stromlinienlokomotive. »Komm rein«, sagte Loyal und machte eine Wagentür auf. »Dies hier ist der Salonwagen Adolf Hitlers. Komm mit, komm mit.« Wir gingen über einen weichen, zartgetönten Velourteppich zum nächsten Wagen. »Jetzt stehst du im Salonwagen von Hermann Göring. Ich bin der Chef hier. Hinter der Lok wohnen noch zwei Corporals, aber die sind nicht eingeweiht. Die haben nach meiner Pfeife zu tanzen.«
Loyal erklärte mir alles. Vor einer Kabine blieb er stehen: »Hier hat Hitler geschlafen. Dies war sein Raum.«
Seine Kabine hatte Mahagoniwände, das breite Bett war in eine Nische eingebaut. Aber sonst war alles einfach.

Unser Tyrann hatte offenbar keinen Wert auf übertriebenen Luxus gelegt. Ich blieb einen Augenblick in der Kabine stehen und schaute auf das Bett.
Hermann Görings Wagen war ganz anders: prunkvoller, beinahe barock. Der Fettwanst hatte höhere Ansprüche gestellt als sein Führer. Man konnte es jetzt noch erkennen. »Sein Parfum hängt hier noch in den Wänden. Weißt du, er hat sich parfümiert. Wahrscheinlich hat er stark geschwitzt«, sagte Loyal. – Und jetzt kam die Attraktion: »Ich zeige dir sein Bad.«
In den Wagen eingelassen war eine grüne quadratische Wanne aus Marmor. Sie war riesig, zwei Stufen führten hinunter. Die Wände waren bis zu halber Höhe ebenfalls aus Marmor. Überall waren Verzierungen, an den Waschbecken, vor den Spiegeln. Niemals zuvor hatte ich ein solches Badezimmer gesehen. Was für ein Geck mußte doch dieser Mann gewesen sein.
»Ja, ja«, sagte Loyal. »Hier hat er sich seinen fetten Arsch geschrubbt. Was der allein an Wasser verbraucht hat . . .«
Loyal kam nun zum Geschäft. Seine Einleitung war überzeugend: »Weißt du, der General und ich, wir sind Freunde. Wenn ich dir sage . . . Der General sagt zu mir: Loyal, was denkst du, wollen wir auf die Jagd gehen? Und ich sage: Ja, General, gehen wir doch auf die Jagd. – Du mußt wissen, er ist ein großer Jäger. – Er fragt mich: Loyal, was denkst du über die Deutschen? Soll man ihnen helfen oder soll man sie vor die Hunde gehen lassen? Und ich sage: General, man sollte ihnen helfen. Er hat mich auch schon gefragt: Loyal, du kennst die Deutschen. Sind sie noch Nazis? Ich habe gesagt: »General, ein Teil von ihnen war nie bei den Nazis und ein Teil von ihnen wird immer Nazi bleiben.

Aber sie sterben weg. Und der General hat gesagt: Da hast du recht.«
Der General, Military Governor der amerikanischen Zone, war ein freundlicher Mensch, und er, Loyal Webster, war ein Schützling des Generals. Was konnte ihm passieren? Loyal schnippte mit den Fingern: »Nichts, Junge, nichts. Die Stabsoffiziere kommen hierher. Du machst den Abstrich. Wir untersuchen ihn im Hospital. Ist er positiv, gibst du ihnen in der folgenden Nacht fünf Spritzen Penicillin. So hat es dein Vorgänger auch gemacht. Dafür gibt es hundert Dollar, sechzig für dich, vierzig für mich . . . Nun, was sagst du?«
Zunächst sagte ich gar nichts, aber ich begann zu überlegen. Sechzig Dollar, das war ein Vermögen für einen Deutschen. Mit sechzig Dollar, da konnte man . . . Oh, da gab es viele Möglichkeiten.
Und so begann unser Geschäft. Ich kurierte den Tripper bei amerikanischen Stabsoffizieren: im Salonwagen Adolf Hitlers und Hermann Görings. Das Penicillin besorgte Loyal.
Die Stabsoffiziere hatten guten Grund, so viel Geld für ihren Tripper auszugeben. Eine Geschlechtskrankheit wurde in die Papiere eingetragen. Das bedeutete Verzögerung bei der Karriere. »Ja, so verheuchelt ist die Armee. Dabei vögeln sie doch alle, und ein Tripperchen holt man sich schnell mal. Das ist doch keine Affäre.« Er lachte und rieb sich die Hände. »Ihre verdammte Heuchelei bringt uns einen Extra-Dollar.«
Bliebe nur noch das Risiko. Ich dachte an Johann und an die Möglichkeit, Schnee schaufeln zu müssen. Außerdem: jeder Patient muß eine Nachuntersuchung haben. »Ich will keinen Murks machen«, sagte ich zu Loyal. Er zerstreute alle meine Bedenken. Nichts könne mir

passieren. Wenn es an den Tag käme, daß ich in diesem Sonderzug amerikanischen Offizieren über ihre Kalamitäten hinweggeholfen hätte, müßte die Armee das allergrößte Interesse daran haben, diese Sache zu vertuschen. »Stell dir vor, wie das klingen würde: Stabsoffiziere mit Tripper . . .«
Ja, Stabssergeant Loyal Webster war ein schlauer Fuchs. Er konnte mich restlos überzeugen, und es war nicht einmal so schwer, mich zu überzeugen, denn ich dachte an den Anzug, ich dachte an zwei, drei Anzüge, an schöne Hemden und Krawatten. Dann würde ich Friederikes Vater die Stirn bieten. Überhaupt würde ich ganz anders auftreten. Staunen sollten sie über mich.

Mein erster Patient war ein Major aus den Südstaaten. Er ließ die Hose herunter und jammerte: »Meine Frau kommt mit den Kindern in fünf Tagen aus den Staaten. Sie wird mich erschießen, wenn sie es merkt.«
»Keine Angst, Major, keine Angst«, beruhigte ihn Loyal. Er klopfte mir auf die Schulter. »Hier, unser Spezialist hat die Sache in zwei Tagen gefixt.«
»Ist das ganz sicher?« fragte der Major.
»Ziemlich sicher«, sagte ich. »Aber Sie müssen zur Nachuntersuchung kommen.«
Er würde alles machen, was ich jetzt sagte. Nur einen Wunsch hatte er: so schnell wie möglich wollte er seine Gonokokken loswerden. Alles würde er dafür auf sich nehmen. Er war feist, vollgefressen, und er war ein Feigling.
Ich gab ihm fünf Injektionen in Abständen von je drei Stunden. In den Pausen trank ich mit Loyal Whisky. Es

war der erste Whisky meines Lebens, und er bekam mir nicht gut. Jetzt wurde Loyal nervös. Er sagte: »Junge, du mußt nüchtern werden.« Er flößte mir heißen Kaffee ein. Aber das half nichts. Dann rief er: »Ein Bad! Ein heißes Bad!«

Und so nahm ich ein heißes Bad in der grünen Marmorwanne Hermann Görings. Ich saß im heißen Wasser und plätscherte darin herum. Dabei mußte ich lachen, denn ich fand es zu komisch, daß ich in der Wanne von Hermann Göring saß, daß ich hier Tripper behandelte und dabei noch ein Riesengeld machte.

Und Loyal sagte immer wieder: »Hättest du dir das je träumen lassen, Junge? Ja, euer Fettwanst ist längst tot. Aber du lebst und sitzt in seiner Wanne. Sieg Heil! Sieg Heil!«

Unser Geschäft florierte. Die Stabsoffiziere hatten Vertrauen zu Loyal. In gewissen höheren Kreisen der amerikanischen Zone wußte man, an wen man sich zu wenden hatte. Und Loyal war ein fairer Geschäftspartner.

Er bestellte die Zigaretten in den Staaten. Es gab Sonderangebote für Angehörige der Armee: bei hundert Stangen beträchtliche Rabatte.

Wohin mit den Zigaretten? Ich hatte plötzlich vierhundert, fünfhundert, sechshundert Stangen Zigaretten. Es konnte eine Haussuchung kommen. Bei Josef war die Polizei schon gewesen, mehr als einmal. Aber Josef kannte die Polizisten. Er hatte sie mit Zigaretten und Schnaps eingewickelt. Ich kannte keinen der Kriminalbeamten.

Und auch diesmal wußte Loyal Rat: »Ganz einfach, da hinten sind noch einige Kabinen, die nie benutzt werden. Dort stellen wir sie unter. Ich ziehe den Schlüssel ab und stecke ihn in die Tasche. Wenn du etwas brauchst, kommst du vorbei.«

Ich brauchte zuerst einmal fünfzehn Stangen, denn ich ging zu Josef und sagte: »Drei Anzüge will ich haben. Das Beste . . .«

Josef staunte: »Hast du ein Ding gedreht? Du kannst mich mit Zigaretten beliefern, wenn du genug hast.«

Ich brachte ihm fünfzig Stangen. Er verkaufte sie für mich. Ich hatte ein paar Tage später ganze Bündel von Tausendmarkscheinen, aber ich wußte nicht, was ich damit anfangen sollte. Mir war es nur um die Anzüge gegangen. Protzen wollte ich bei meinen Schwiegereltern, die mir noch immer feindlich gesonnen waren.

Der Schneider war gut. Josef hatte zu ihm gesagt: »Laß die Nadel gehen, Meister! Bis sie heiß wird. Hier, mein Freund, braucht schnellstens die Anzüge.«

Das Geschäft lief. Mindestens dreimal in der Woche kam einer und lamentierte wegen seines Trippers. Die Kabine am hinteren Ende des Zuges war vollgepfropft mit Zigaretten. Wenn der General den Zug benutzte, rief mich Loyal im Hospital an und sagte mir, wie lange er wegbleiben würde. Und so kam es, daß meine Zigaretten hin und wieder mit dem Militärgouverneur der amerikanischen Zone spazierenfuhren.

Von einer dieser kurzen Reisen, die nie länger als drei oder vier Tage dauerten, kam Loyal zurück. Er besuchte mich im Labor, setzte sich neben meinen Mikroskopiertisch und erklärte: »So, jetzt habe ich ihn auch.«

»Wen?« fragte ich.

»Den Tripper«, sagte er.

Ich wollte ihn umsonst behandeln, aber Loyal sagte:

»Business ist Business. Ich gebe dir die Hälfte des Preises.«
Ich war reich. Josef sagte es auch: »Mensch, mit tausend Stangen Zigaretten ... Da mußt du Grundstücke kaufen. Alte Ruinen, die werden eines Tages wieder echtes Geld wert sein. Sie reden jetzt doch alle schon von der Währungsreform. Laß dich von mir beraten ...«
Aber ich wollte keine Grundstücke und keine alten Ruinen. Ich wollte Arzt werden und ich wollte Friederike heiraten. Und deshalb ging ich an einem Nachmittag zu ihrer Mutter. Friederike hatte gesagt: »Ja, sie will mit dir reden. Ärgere dich nicht, wenn sie dich angreift.«
Sie griff an, nicht sofort, erst nach der zweiten Tasse Kaffee. Da fragte sie: »Wie alt sind Sie denn?«
»Ich bin neunzehn, ich werde bald zwanzig.«
»Ei, da sin Sie ja noch viel zu jung für mei Tochter. Die is doch schon über einundzwanzig.«
Sie war eine derbe Frau mit einem energischen Gesicht, sprach Frankfurterisch und war von einem Selbstbewußtsein, dem ich nicht gewachsen war.
Sie führte mir die Wohnung vor und sagte: »Mir habbe immer in Sechszimmerwohnunge gelebt. Gucke Se sich mal die Wohnung an. So was könne Sie doch unserm Kind nicht biete ...«
»Jetzt noch nicht, aber wahrscheinlich später.« Ich dachte an meine Zigaretten und überlegte kurz, ob ich ihr nicht sagen solle, auch jetzt könne ich ihr das schon bieten, wenn ich wollte. Aber ich ließ es bleiben, denn am Ende des Besuches sagte sie: »Daraus wird nix. Mein Mann wird da nie zustimme. Und überhaupt, unser Friederikche is zwei Jahr älter. Und so was geht doch nie gut, des weiß mer doch. Außerdem habbe mir ja

auch gehört, daß Ihre Eltern auch geschiede sind. Und in einer guten Gegend wohne Sie ja auch net.«
»Ich werde es Friederike überlassen, ob aus uns etwas wird. Sie ist schließlich über einundzwanzig.«
»Wie wolle Sie denn Ihr Studium finanziere?« fragte sie.
»Das ist geregelt. Ich habe den Nachtdienst im Labor übernommen. Da komme ich zu fünf Stunden Schlaf und kann am Tag studieren. Mit fünf Stunden Schlaf kann man auskommen. Ich habe mein Studium begonnen.«
Sie machte eine abwägende Handbewegung: »Na, na, ob Sie das aushalte?«
»Ich werde es aushalten!« sagte ich mit Nachdruck. Ich hatte mir so vieles zurechtgelegt, schöne, wohlgeformte Sätze, aber diese Sätze blieben ungesprochen. Auf dem Weg aus der Wohnung ärgerte ich mich, daß ich ihr Blumen mitgebracht hatte.
Friederike erzählte mir am nächsten Tag, ihre Mutter hätte gesagt: »Er ist zu jung. Der ist noch nicht reif genug. Aber einen schönen Anzug hat er angehabt.«

Loyal hatte schon ein paarmal zu mir gesagt: »Bring sie doch mit. Ich lasse uns vom Koch ein erstklassiges Supper machen. Wir trinken was und machen es uns gemütlich. Mein Mädchen kommt auch. Ihr könnt hier übernachten, Ihr seid meine Gäste.«
Friederike hatte immer nein gesagt.
Wir hatten von unserer Liebe schon viel verbraucht. Ich machte ihr Vorwürfe, daß sie zu feige war, mit ihren Eltern zu brechen. Sie hielt mir vor, ich wolle mit dem

Kopf durch die Wand, und sie hatte auch schon gesagt: »Daran erkennt man, daß du noch ein sehr junger Mann bist. Du hast keine Geduld, du willst alles auf einmal, und zwar sofort. Wir haben doch Zeit . . .«
»Ich will dich!« sagte ich. »Wir haben uns jetzt lange genug auf Parkbänken herumgedrückt. Es ist lächerlich. Wir sind lächerlich.«
An einem Samstagabend ging sie mit mir zum Sonderzug. Ja, sie wollte diese Nacht mit mir verbringen und eine Freundin sollte als Alibi dienen.
Sie bestaunte die Badewanne Hermann Görings. Wir saßen dann im Konferenzwagen an einem Mahagonitisch, an dem Hitler und seine Generäle über das Leben von Millionen Menschen bestimmt hatten. Wir aßen Steaks und tranken Whisky.
In der Nacht ging ich mit Friederike in eine Kabine. Es war eine Nacht, in der wir uns versprachen, jetzt bald eine Änderung zu suchen. Spätestens in einem halben Jahr. Wir wollten eine kleine Wohnung nehmen. So etwas läßt sich doch finden. Wir waren glücklich. Es war in Adolf Hitlers Bett, denn in seine Kabine waren wir gegangen. Als ich es am Morgen Friederike erzählte, fragte sie nur: »Ist das wirklich wahr?« – »Natürlich ist es wahr.« Ich hatte in der Nacht vergessen, es ihr zu sagen.
Unsere zärtliche Nacht hatte ein böses Nachspiel. Am Montag gingen wir nach Dienstschluß die Straße hinunter. Wir waren fröhlich, wir redeten noch immer von der kleinen Zweizimmerwohnung. Ich hatte Friederike von meinen Schätzen erzählt. Vertrauen war zwischen uns. Und in diesem Augenblick kam ihr Vater von hinten und schlug mir mit seinem Regenschirm über den Rücken. Erschrocken drehten wir uns um.

Friederike rief: »Vati!«
Aber Vati hatte bereits zu einem zweiten Schlag ausgeholt, der auf meinen Kopf gezielt war. Ich konnte den Schlag mit dem linken Unterarm abblocken. Ihr Vater schrie dabei: »Sie haben eine Nacht mit meiner Tochter verbracht! Wo sind Sie mit meiner Tochter gewesen?«
Er tobte vor mir herum, schrie, griff auch nach meinem Kragen. Der Mann platzte beinahe auseinander vor Zorn, er wütete, als hätte ich seine Tochter geschändet.
Als er wieder mit dem Regenschirm ausholen wollte, riß ich ihn aus seiner Hand, verbog ihn über meinem Knie, so daß er nur noch die Karikatur eines Schirmes war und warf ihn über einen Gartenzaun.
Er war nicht zu bremsen, wollte jetzt noch boxen. Er ließ mir wenig Möglichkeiten. Ich wollte diesen alten Mann nicht schlagen. Mit zwei Händen packte ich die Krempe seines Hutes und zog ihm den Hut bis auf die Ohren.
Jetzt fingen die Zuschauer an, laut zu lachen. Ich hatte sie nicht bemerkt. Er auch nicht. Das Lachen brachte ihn zur Vernunft. Er zog seinen Hut wieder hoch und ging wortlos davon.
Ich sah, daß Friederike sich schon mindestens fünfzig Meter entfernt hatte. Ich wußte nicht, was ich machen sollte.
»Den kennen wir«, sagten drei, vier Frauen, die im Hospital arbeiteten. »Der schleicht immer hinter euch her. Wir haben ihn schon oft gesehen, den alten Spinner.«
Friederikes Freundin hatte nicht standgehalten. Sie gab es später zu: »Er war hier, und ich konnte ihn nicht anlügen.«

Friederike sagte am nächsten Tag: »Du hast meinen Vater geschlagen. Ich weiß, er hat sich unmöglich benommen. Aber du hast ihn geschlagen.«
Ich rief: »Ich habe ihn nicht geschlagen! Ich habe mich gegen diesen alten Dummkopf nur gewehrt!«
Wir schrien uns an. In der Biochemie standen wir und hielten uns gegenseitig unsere Dummheit vor. Was für ein bitterer Morgen. Mit den Füßen trampelten wir auf unserer Liebe herum. Wir zerhackten sie. Nichts sei sie wert gewesen. Von jeher nichts. Und den Schirm müsse ich auch ersetzen, sagte sie.
Und ich rief: »Ihr Idioten! Oh, ihr hirnverbrannten Idioten!«
Das aber war nicht gut, denn aus der Hämatologie kam ein Lieutenant, der dort gearbeitet hatte. Er griff mich sofort an: Was mir wohl einfalle, im Labor herumzubrüllen? Und da ich so schön im Zuge war, nannte ich auch ihn einen Idioten.
Am gleichen Tag wurde ich entlassen, weil es, wie man mir sagte, für einen Deutschen verboten sei, einen amerikanischen Offizier Idiot zu nennen.

7

Die Zeit wurde wieder gemessen, war wieder etwas wert. Und darüber habe ich gestaunt. Eine Stunde kostet Geld, sie hat ihren Preis, der nicht mit ein paar Zigaretten abgetan werden kann. Bis zur Währungsreform hatte ich mir darüber keine Sorgen gemacht.
Ich hatte hundert, dann dreihundert Stangen Zigaretten bei Loyal Webster abgeholt. Mit dem Fahrrad war ich hin- und hergefahren, in meinen Rucksack paßten vierzig Stangen. Josef hatte sie für mich verkauft. Davon hatte ich gelebt: von einer halben Million Reichsmark.
Erst ein Vierteljahr nach der Währungsreform merkte ich, daß eine andere Zeit angebrochen war.
Josef sagte zu mir: »Wir sind jetzt arme Schweine, aber da gibt es Leute, die haben Fabriken, Bergwerke und Häuser, die sind jetzt wieder reich. Du bist ein Träumer. Habe ich dir nicht gesagt, du solltest dir Werte anlegen? Vor allem Grundstücke?«
Ja, das hatte er gesagt, aber jetzt war es zu spät. Die schönen braunen Tausendmarkscheine waren nur noch Papier. Ich konnte sie wegwerfen. Aber Josef hatte auch keine Werte, niemand, den ich kannte, hatte Werte angelegt. Sein Lager war geschrumpft, es war nur noch ein kleiner Ausverkauf nötig, um das Zimmer im dritten

Stock leerzufegen. Er ging jetzt umher und hatte einen düsteren nachdenklichen Zug im Gesicht.
»Noch einen Monat, noch zwei Monate, dann ist er pleite«, sagte Johann.
»Ich bin auch pleite.«
»Du?« fragte er erstaunt. »Du hattest doch Unmengen von Zigaretten? Und was ist mit deinem Studium?«
»Ich habe Semesterferien«, sagte ich. »Ich weiß nicht, wie es weitergehen soll. Vielleicht ist bald alles aus.«
Und damit sagte ich die Wahrheit. Johann konnte es nicht wissen, denn wir sahen uns selten. Er arbeitete als Monteur bei einem großen Zeltverleih. In einem uralten Opel der Firma fuhr er im Land herum und stellte die Zelte auf: für Gesangvereine, Stiftungsfeste, Kegelbrüder und Jahrmärkte.
Mein Studium war so gut wie kein Studium. Ich hatte gerade erst angefangen und mußte wahrscheinlich aufhören, weil mir das Geld ausgehen würde.
Von Friederike hörte ich nichts mehr. Noch zweimal hatte ich mit ihr gesprochen, wo es doch eigentlich nichts mehr zu sprechen gab. Auf der Straße begegnete ich später einem Laboranten, der in der Serologie des Labors arbeitete, er sagte: »Sie wird jetzt oft mit einem Auto abgeholt.«
»So, so, mit einem Auto? Und wer sitzt denn drin, in dem Auto?«
»Ein Mann natürlich, so um die fünfunddreißig.«
»Das hätte ich mir doch gleich denken können«, sagte ich und dachte: Einen alten Knacker hat sie sich angelacht. »Soll sie glücklich werden mit ihm. Ich hatte sowieso keine ernsthaften Absichten.«
»Das sah aber ganz anders aus«, meinte er.
Eine Täuschung, sagte ich, nichts als eine Täuschung.

Wo ich doch jetzt schon bald nach Amerika ginge, um dort weiter zu studieren. Ja, man hat schließlich seine Verbindungen. Und, daß ich in Amerika geerbt hatte, das hatte sich wohl noch nicht herumgesprochen, wie? Ein Bruder meiner Mutter, ein Onkel von mir. Ein beträchtliches Vermögen. Was sollte meine Mutter mit soviel Geld anfangen? Sie würde es mir überlassen.
Und als ich weiterging, mußte ich beinahe lachen, denn meine Mutter hatte erst vor ein paar Tagen gesagt: »Das schöne Geld. Nie hatte ich früher einen Tausendmarkschein, und jetzt sind sie nichts mehr wert.«
Sie hob die Pakete mit den Tausendern jedoch auf, weil irgend jemand gesagt hatte, es bestände immerhin die Möglichkeit, daß es noch eine kleine Entschädigung für diese Scheine gäbe.
Noch bin ich nicht am Ende, sagte ich mir. Loyal Webster hat noch zweihundert Stangen Zigaretten in der Kabine. »Und dafür werde ich ein Auto kaufen«, erzählte ich Josef. »Mit einem Auto kann man verdienen.«
»Sicher kann man verdienen. Vielleicht könnten wir eine Vertretung zusammen aufmachen. Hol die Zigaretten schnell, sonst sind sie nichts mehr wert.«
Ich fuhr wieder mit meinem Fahrrad hin und her. Loyal Webster hatte gesagt: »Gut, daß du kommst. Ich stehe nämlich schon auf der Liste. Ich fahre endlich nach Hause. Schade, daß unser Geschäft nicht mehr geht. Aber wir haben gut verdient, nicht wahr?« Er war fröhlich und unbekümmert, ließ einen der beiden Corporale rufen und sagte ihm: »Hör, wenn der Junge kommt und ich sollte schon weg sein, dann gib ihm die Zigaretten aus der hinteren Kabine. Sie gehören ihm.«
»Klar«, sagte der Corporal. »Das mache ich.«

Ich war beruhigt und fuhr meinen Rucksack mit den Zigaretten nach Hause. Einhundertzwanzig Stangen hatte ich an diesem Tag geschafft, die restlichen achtzig wollte ich in den nächsten Tagen holen. Nur noch zwei Fahrten waren nötig, um den letzten Teil meines Lohnes heimzubringen.

Die Stabsoffiziere gingen nun heimlich zu deutschen Ärzten. Seit sie mit richtigem Geld bezahlen konnten, gab es für die deutschen Ärzte plötzlich Penicillin. Von da an hatten wir keinen Extra-Dollar mehr verdient.

Ein Mann um die fünfunddreißig . . . Von dem würde ihre Mutter wohl kaum sagen, er sei nicht reif genug. Mit dem saß sie im Auto, fuhr mit ihm herum. Wahrscheinlich küßten sie sich im Auto. Mit dem mußte sie sich nicht in ein Kornfeld legen. Warum war sie so selten mit mir in mein Zimmer gegangen? Mein Zimmer hatte ihr nicht gefallen, weil nur ein Metallbett und ein Schrank darin standen. Es war ihr auch nicht angenehm gewesen, daß meine Mutter immer in der Küche war. Wenn wir gingen, mußten wir an der Küche vorbei. Das wäre peinlich für sie, hatte sie gesagt. Dabei war meine Mutter stets freundlich zu ihr gewesen. Aber meine Mutter hatte sie durchschaut, hatte gesagt: »Häng dein Herz nicht an sie.«

O nein, mein Herz hängt nicht an ihr. Ich werde mit meinem neuen Auto an ihr vorbeifahren. Wahrscheinlich hatte ihr auch nicht gefallen, daß ich immer mit dem Fahrrad fuhr. Mein Auto wird sie ärgern, sie könnte nämlich neben mir sitzen, könnte mit mir fahren.

Ich träumte in einer Nacht von Friederike. Sie saß neben mir im Auto, obwohl ich nicht Auto fahren konnte. Das Auto fuhr von selbst. Und als ich aus dem Traum

erwachte, fing ich an zu weinen und dachte: Es ist nur die Nacht, in der Nacht weint man leicht. Am Tag werde ich wieder hart sein. Ich wollte ein Gedicht darüber schreiben. Aber am Tag fiel mir nichts ein. Es war nicht die gleiche Stimmung. Gedichte schreibt man nur nachts, dachte ich. Das war immer so gewesen, nur nachts konnte ich etwas aufs Papier bringen.
Vier Tage später wollte ich den Rest der Zigaretten holen. Mein Freund Loyal war fort. Er war auf dem Weg nach Amerika. Der Corporal sagte: »Zigaretten? Ich höre immer Zigaretten? Hier gibt es keine Zigaretten für dich.«
»Aber die achtzig Stangen in der hinteren Kabine . . .«
»Davon weiß ich nichts. Mach, daß du wegkommst. Ich kann dich verhaften lassen. Siehst du das Schild da vorn am Aufgang? Drauf steht: Unbefugten ist das Betreten dieses Bahnsteigs verboten. Los, verschwinde.«
Ja, das Schild, ich hatte es oft gelesen. Aber da war ich kein Unbefugter gewesen. Der Corporal war ein Ire aus New York, ein hartgekochter Ire, ein armer Ire. Ich betrachtete sein Gesicht und wußte, daß er mir mein Eigentum nicht geben würde.
Danach fuhr ich zu Josef, aber er hatte Bedenken. »Das ist eine heiße Sache. Diese Burschen haben doch Ballermänner im Zug.«
»Ich dachte, du wärst als Einbrecher ein As gewesen.«
»Mann«, sagte er. »Das war ich auch, und so was verlernt man nicht. Aber nur Amateure riskieren zuviel.«
Wir saßen im Wohnzimmer, Johann kam nach Hause. Er meinte: »Ich kann euch ja mal schnell hinfahren. Achtzig Stangen, das ist immer noch viel Geld.«
Wir fuhren in seinem alten Opel zum Südbahnhof und gingen auf einen der Bahnsteige, die für den Reisever-

kehr freigegeben waren. Josef schaute lange hinüber, seine Augen waren zusammengekniffen. Dann schüttelte er den Kopf: »Die Zigaretten kannst du abschreiben. Zu heiß, viel zu heiß. Guck dir das an: kaum Dekkung, die könnten uns in aller Ruhe voll Blei pumpen, wenn wir stiftengehen müßten.«
»Ja«, sagte Johann. »Keine Deckung.«
Und ich sagte: »Eigentlich habe ich es gewußt.«
»Vergiß es«, sagte Josef. »Was glaubst du, was ich schon alles liegenlassen mußte? Du kennst doch die Geschichte mit dem Fuchs? Das wären damals über hunderttausend Mark für uns gewesen. Der Fuchs kam unter dem Bett hervor . . .«
»Ich kenne die Geschichte«, unterbrach ich Josef.
»Na schön, du hast jetzt einhundertzwanzig Stangen, die werde ich sofort verkaufen. Das reicht für ein Auto. Du willst doch wohl keinen Rolls-Royce?«
Wir fuhren nach Hause. Unterwegs lachte Josef einmal vor sich hin, er schüttelte den Kopf und sagte: »Ausgerechnet in Hitlers Salonwagen. Der Ärger mit diesem Hitler hört nie auf.«

Der Wagen machte einen soliden Eindruck auf uns. Josef und ich gingen um ihn herum und prüften ihn. Zwölf Jahre war er alt, noch recht gut im Lack: dunkelrot, mit schwarz abgesetzten Kotflügeln. Ein Cabriolet, das zu seiner Zeit von respektablen Leuten gefahren worden war. Ein Sparkassendirektor hatte ihn gekauft. Dann war er von einem Schlossermeister übernommen worden, danach kam ein Kaufmann.
Der jetzige Besitzer war Vertreter, ein nervöser, zer-

brechlich wirkender Mann, der offen zugab, er befinde sich in Geldschwierigkeiten, sonst hätte er sich nie von diesem erstklassigen Fahrzeug getrennt.
»Hat er genug Luft?« fragte Josef.
»Wie meinen Sie?« fragte der Vertreter. »Motorlich ist er jedenfalls ganz prima.«
»Na ja, ob er genug Luft in den Reifen hat«, sagte Josef.
Wir standen im Hof einer Spedition. Abends würde das Tor geschlossen. Aber wir könnten ihn gleich mitnehmen, wenn wir uns handelseinig würden. »Wollen Sie ihn nach Hause fahren?« fragte der Mann.
»Denken Sie, wir wollen ihn heimtragen?« sagte Josef.
Nein, nein, es sei nur wegen der Schilder. Die Kennzeichen wären bereits abgenommen, und ohne Nummernschilder könne man nicht fahren.
»Zur Sache«, sagte Josef und handelte noch zweihundert Mark herunter.
»Was meinst du?« fragte ich.
»Für den Preis können wir ihn nehmen«, flüsterte Josef.
Der Mann ließ den Wagen noch einmal laufen und hörte verzückt auf das Motorgeräusch. Es fiel ihm schwer, sich von diesem Wagen zu trennen. Wir machten einen Kaufvertrag, den er schon vorbereitet hatte. Ich zählte das Geld in seine Hand: eintausendzweihundert Mark. Wir unterschrieben, dann sagte ich zu Josef: »Fährst du ihn nach Hause?«
»Ich?« sagte er gedehnt. »Ich kann nicht Auto fahren. Ich verstehe überhaupt nichts davon.«
»Ich auch nicht, aber ich dachte, du könntest es.«
»Habe ich nie gesagt. Wir haben früher alles zu Fuß gemacht. Laß es dir erklären. Wir fahren ihn raus auf die

Straße. In der Dunkelheit können wir auch ohne Nummernschilder heimfahren.
Der Besitzer erklärte mir die Gangschaltung, dann fuhr ich eine Runde im Hof, während er neben mir saß. Josef schaute zu. Danach stellten wir den Wagen vor dem Tor ab. Jetzt mußten wir nur noch auf die Dunkelheit warten. Josef wollte ein Bier trinken. Als wir in der Nähe eine Wirtschaft gefunden hatten, bekam er auch Appetit auf einen Schnaps.
»Gib mal einen aus«, sagte er. »Ich bin im Moment nicht flüssig.«
Er trank acht Biere und acht Schnäpse, dann war es dunkel. Ich fuhr den Wagen langsam und vorsichtig durch die Stadt. Josef saß neben mir. Wenn ich falsch schaltete und die Kupplung metallisch knirschte, warnte er mich: »Paß doch auf! Du wirst ihn noch ruinieren! Wir werden ihn brauchen.« Und dann wiederholte er: »Wir haben nie ein Auto gebraucht. Wir haben früher alles zu Fuß gemacht.

Ein Vertreter ist ein Mann, der andere vertritt. Wir mußten eine Firma finden, in deren Auftrag wir Kunden zu besuchen hätten. Es gibt viele Vertreter. »Viel zu viele gibt es«, meinte Josef. »Wir brauchen ein bißchen Zeit. So etwas geht nicht von heute auf morgen.«
Ich sagte: »Nicht von heute auf morgen, aber irgendwann müssen wir doch anfangen, etwas zu tun.«
»Kommt Zeit, kommt Rat«, sagte Josef. »Laß uns mal vorn an der Ecke ein Glas Bier trinken.«
Wir gingen aus der Wohnung, und die Großmutter murmelte wieder einmal: »Blas mir uff'n Kopp.«

Das ging gegen uns. Es gefiel ihr nicht, wenn wir zu dritt im Wohnzimmer herumhockten und Pläne schmiedeten. Das schien ihr verdächtig, das sah für sie aus, als würden wir etwas aushecken.

Johann arbeitete jetzt nicht mehr als Monteur bei einem Zeltverleih. Seine Firma hatte Pleite gemacht. »Und es werden jetzt noch viele Pleite machen.« Josef verstand die Zeichen der Zeit: »Wer jetzt wackelig auf den Beinen ist, der geht machulle.«

»Wie wir«, sagte ich.

»Jetzt gib erst mal ein Bier aus.«

Es gab etliche Tage, an denen Johann und ich ein Bier spendierten, obwohl wir nicht besonders gern Bier tranken. Josef brauchte das Bier, es animierte ihn. Er sprach von vielen Möglichkeiten und hatte ohne Zweifel mitunter die richtigen Erkenntnisse. Aber es geschah nichts, es bewegte sich nichts. Ich hatte wieder das Gefühl, auf einem toten Gleis gelandet zu sein. Da gab es natürlich Leute, die tippten immer richtig. Zu denen gehörte ich leider nicht. Ich warf mir wieder vor: Du hast zuwenig gelernt.

Der Wagen war inzwischen zugelassen worden. Johann hatte die neuen Schilder angeschraubt. Ich nahm Fahrstunden. Aber abends, in der Dunkelheit, fuhr ich mit Johann ohne Führerschein herum. Wir hatten ein Auto, und wir wollten es benutzen. Autofahren war ein Vergnügen, es konnte zu einer Leidenschaft werden. Der Druck auf das Gaspedal war ein erregendes Spiel. Ich kommandierte eine Maschine, sie gehorchte mir, und während ich darin fuhr, hatte ich beinahe die Vorstellung, ich hätte diese Maschine selber erfunden.

Manchmal stritten wir uns, Johann sagte: »Immer willst du fahren.«

Und ich sagte: »Aber doch nur in der Dunkelheit. Am Tag fährst du.«
Der Besitz des Autos war ein Trost für mich. Ich traf einen Klassenkameraden, einen von denen, die als Schüler mit mir bei der Flak gedient hatten. Er war nie eine Leuchte gewesen. Er fragte mich: »Was treibst du?«
Ich sagte: »Ich bin Vertreter. Ja, ich habe eine gutgehende Vertretung übernommen und habe mir jetzt einen Wagen gekauft.«
»Ach«, sagte er. »Da hast du es aber schon weit gebracht.«

Und dann fuhren Johann, Josef und der verzinkte Egon eines Tages in meinem Auto einbrechen. Johann war gekommen und hatte mich gefragt: »Können wir deinen Wagen haben? Der Alte will etwas holen.«
Sie blieben eine Nacht weg. Am nächsten Tag traf ich die drei in der Wohnung. Johanns Mutter machte ein verdrossenes Gesicht, die Großmutter humpelte auch herum und murmelte grimmig vor sich hin. Johann sagte es sofort: »Wir haben ein kleines Ding gedreht. Du mußt nicht sauer sein, es hat sich so ergeben.«
Das gefiel mir nicht. Das war doch ein glatter Vertrauensbruch. Der verzinkte Egon versuchte sich herauszuwinden: »Also, hör zu, Junge. Das war eine kleine, aber todsichere Sache, die ich schnell abgestoßen habe.«
»Was heißt das? Du allein? Wir waren wohl nicht dabei?« fragte Josef. »Na ja, also das war so. Da war ein kleiner Tuchfabrikant, der hat den Egon beschissen. Und der Egon wußte genau, wo der sein schwarzes Lager hatte. Dort sind wir gewesen.«

»Aber das Lager war so gut wie leer.« Johann grinste. »Vier Ballen Stoff waren noch drin.«
»Ist das etwa nichts!« rief der verzinkte Egon. »Wir lösen dafür mindestens zwei Tausender!«
Josef schüttelte den Kopf: »Für die Sorte nicht. Höchstens fünfzehnhundert.«
Und nun stritten sie darüber, was sie erlöst hätten, wenn das Lager noch gefüllt gewesen wäre. Der verzinkte Egon redete sich in Begeisterung. Fünfzehntausend, vielleicht achtzehntausend Mark hätten sie mit dieser todsicheren Sache verdienen können. Er zuckte mit den Achseln: »Schade, sehr schade.«
Egon sah jetzt aus wie ein empörter Buchhalter, der einen Fehler in der Bilanz entdeckt hat. Er trug eine Hornbrille, die sein Gesicht verwandelte. Sie gab ihm etwas von einer pedantischen Intelligenz. Sein Vater soll Amtmann gewesen sein, bei der Post oder Bahn. Egon hatte vor vielen Jahren auch das Gymnasium besucht. Darauf war er stolz. Nach dem vierten oder fünften Schnaps konnte er von seiner Herkunft erzählen und von sich behaupten: »Ich bin eigentlich zu etwas Höherem geboren ...« Niemals hätte ich ihn für einen Einbrecher gehalten, wenn ich es nicht besser gewußt hätte.
»Du kriegst natürlich deinen Anteil ab«, sagte Josef zu mir. »Das war nur ein kleiner Fisch. Es gibt auch bessere Sachen.«
»Sehr klein«, sagte ich. »Und was ist mit unserer Vertretung?«
Josef hob abwehrend die Hände: »Ja, ja. Kommt Zeit, kommt Rat.«
Johann gefiel die Geschichte auch nicht. »Das war doch Mist. Und noch was: mit dem gehe ich nicht mehr ein-

brechen.« Er deutete auf seinen Vater. »Ständig scheißt er mich zusammen: Halt die Lampe richtig, du Trottel. Wir klettern über eine Mauer und unten liegt eine leere Konservendose. Mit dem Fuß stoße ich dagegen. Ich konnte die natürlich nicht sehen. Du Hornochse, hat er da gesagt. Nee, nee, mit dem gehe ich nicht mehr.«
Jetzt regte sich Josef auf: »Siehst du, wie undankbar er ist. Das ist der Dank dafür, daß ich ihn mal mitgenommen habe.«
Egon wollte sich schieflachen über Vater und Sohn. »Wer hätte das gedacht, Josef? Als wir noch im Lager waren, hat er nämlich oft von dir gesprochen, Johann. Manchmal hat er gesagt: Ich habe einen Sohn, der muß jetzt soundso alt sein.«
Egon verließ dann die Wohnung und sagte: »Ich werde das Geld holen.«
»Wieso habt ihr das noch nicht?« fragte ich.
»Was glaubst du denn? Mein Mann muß doch den Stoff erst verkaufen.« Ein todsicherer Hehler wäre es. Egon gebrauchte oft das Wort todsicher.
Hinter den Fenstergardinen stehend, sahen wir ihm nach, wie er davonhinkte. Ich fragte: »Wie kann er mit diesem zerschossenen Bein noch einbrechen?«
»Es geht«, sagte Josef. »Ein bißchen langsam, aber es geht.« Dann wurde er nachdenklich, sein Gesicht drückte Zweifel aus: »Hoffentlich kommt er wieder.«
War er etwa ein Betrüger?
»Nein, ein Betrüger ist er nicht, jedenfalls nicht bei uns. Aber er ist ein Spieler. Er hat schon seine Jacke und seine Hose verspielt. Das glaubst du nicht? Wenn ich dir sage. Er saß hinten in der Bank und war stier. Dann hat er einem seine Jacke angeboten. Mit dem Geld hat er weitergespielt. Natürlich hat er verloren. Danach

hatte er nur noch eine gute Hose, die hat er getauscht. Ich war selber dabei. Er geht zu einem hin und sagt: Höre, ich gebe dir meine erstklassige Gabardinehose für deine alte. Du legst ein Pfund drauf. Die sind dann in die Toilette gegangen und haben ihre Hosen getauscht. Mit den zwanzig Mark hat er weitergespielt. Er hatte die Seuche und ging wieder stier.«
Das Spiel hieß Ecarté. Ich hatte noch nie davon gehört.
Egon kam nicht an diesem Tag, auch nicht am nächsten. Er erschien eine Woche später. Er war geknickt, sein Gesicht war demütig. Er sagte: »Ihr müßt das verstehen. Ich wollte es nicht. Selbstverständlich bekommt ihr euer Geld. Auf mein Wort, ihr bekommt euer Geld.«
»Ich mache da nicht mehr mit«, erklärte Johann. »Bin ich denn bescheuert?«
»Ich mache da auch nicht mehr mit«, sagte ich.
Josef sagte nichts. Er holte eine Flasche Schnaps aus dem Schrank und goß sich ein Glas voll. Egon bettelte: »Nun gib mir doch auch einen.«
Josef schüttelte den Kopf: »Nein, du kriegst keinen.«
»Ich mach da nicht mehr mit«, sagte Johann.
Egon hob den rechten Zeigefinger wie belehrend: »Jungens, ihr könnt noch viel Geld durch mich verdienen. Auf mein Wort . . . Ich habe da nämlich einen Mann, der braucht manchmal einen Wagen . . .«

8

Cicipek war ein Herr: er strahlte Ruhe aus, Sicherheit. Im Vergleich zu ihm war der verzinkte Egon nur ein Bündel Nerven.

Wir hatten uns in einem Café der Innenstadt verabredet. Dort saß er in einer Ecke allein am Tisch und erwartete uns.

»Das ist er«, stellte mich Egon vor. »Ein verläßlicher Junge. Ich kann für ihn garantieren.«

»Nehmen Sie Platz.« Cicipek deutete auf einen Stuhl. Zu Egon sagte er: »Du kannst gehen. Ich danke dir.«

Egon war zu mir gekommen und hatte gesagt: »Ich habe zwar dein Geld noch nicht, aber ich kann dich mit dem Mann zusammenbringen, bei dem du gut verdienen wirst. Er braucht einen Wagen mit Fahrer. Er heißt Cicipek.«

Nachdem Egon das Café verlassen hatte, fragte mich Cicipek: »Woher kennen Sie ihn?«

»Ich kenne ihn durch Josef Scherer. Wir wohnen in derselben Straße.«

»Josef, ja, ich habe von ihm gehört. Er soll früher gut gewesen sein.«

»Wie meinen Sie das?«

»Nun, er hat etwas getaugt.«

»Taugt er jetzt nichts mehr?«

»Er ist schon alt, genau wie Egon. Sie sind noch sehr jung. Was wollen Sie einmal werden?«

»Ich weiß nicht, was aus mir werden wird«, sagte ich.

Er fragte: »Was sind Sie von Beruf?«

»Nichts.«

Er sprach mit leiser Stimme. Ich wurde geprüft, so sachlich, wie er später meinen Wagen prüfte, als er einmal an ihm entlang ging. »Ja«, sagte er, »das scheint noch ein gutes Auto zu sein.« Und das sollte bedeuten, daß er mit mir und dem Wagen einverstanden wäre.

Als wir dann durch die Stadt fuhren, erklärte er mir: »Ich brauche ziemlich oft ein Auto. Aus gewissen Gründen kann ich mir kein Auto zulegen. Sie wollen Geld verdienen, das können Sie bei mir. Ich glaube, man kann Ihnen vertrauen.«

»Wollen Sie mir nicht sagen, was ich zu tun habe?«

»Ich werde Ihnen alles erklären, wenn wir uns näher kennen. Für heute ist es gut. Ich habe jetzt Sie und Ihren Wagen gesehen. Ich werde hier aussteigen. Wenn ich Sie brauche, schicke ich Egon zu Ihnen. Auf Wiedersehen.«

Ich hielt an, er gab mir die Hand und stieg aus. Ich sah ihm nach. Er war mittelgroß, breitschultrig, jedoch schlank. Es war kein Gramm Fett an ihm. Er hatte regelmäßige Züge mit einer scharfen, leicht gebogenen Nase und weit auseinanderstehenden Augen, die immer den gleichen gelassenen Ausdruck hatten.

Das war ein seltsamer Mann. Ich konnte ihn nicht einstufen, nicht einschätzen. Er mochte an die fünfzig Jahre alt sein. Ich fuhr zu Josef und fragte: »Was ist los mit ihm? Er sieht aus wie ein ehemaliger Offizier. Er ist doch nicht etwa ein Agent?«

Josef lachte: »Nein, das ist er nicht, der ist so unpoli-

tisch wie wir. Er soll ein Schränker sein, ein ganz großer. Aber das ist nicht so sicher.«
Also ein Geldschrankknacker. Er war Russe, und tatsächlich war er ein ehemaliger Offizier. Das erfuhr ich ein paar Tage später von Egon, als er bei mir klingelte und mir sagte, Cicipek erwarte mich um sechs Uhr abends in dem kleinen Café.
»Ja, er ist Russe und war Offizier bei der Wlassow-Armee. Von Beruf ist er Ingenieur. Mehr weiß ich nicht. Ob das mit den Geldschränken stimmt, kann ich auch nicht sagen.«
»Du schuldest ihm Geld?«
»Ein wenig, nur ein wenig«, verteidigte sich Egon.
»Du machst den Boten für ihn.«
»Er weiß, in welchen Spielclubs ich verkehre. Dort ruft er an. Ich weiß nicht einmal, wo er wohnt. Er ist ungeheuer vorsichtig. Er sollte gleich nach dem Krieg an die Russen ausgeliefert werden, aber in Österreich ist er aus der Gefangenschaft geflüchtet. Fast ein Jahr hat er sich versteckt, dann kam er nach Frankfurt. Ich habe ihm damals mit einem falschen Paß ausgeholfen.«
Das war alles. Der Name schien zu stimmen, denn mit diesem Namen hätte er sich später bei den deutschen Behörden angemeldet. Ein seltsamer Name: Cicipek.
»Das muß so ein Vogel sein«, meinte Egon. »Er hat da mal etwas gesagt. Vielleicht bedeutet es Buchfink. Weißt du, der Buchfink ruft doch im Frühjahr so ähnlich. Es klingt wie: tsi-tsi-peck.«
Als ich in das Café kam, saß noch ein zweiter Mann bei ihm. Er war jünger und sah weniger intelligent aus. Es fehlte ihm die Geschmeidigkeit Cicipeks, der ihn vorstellte: »Das ist ein Freund.« Wir gaben uns die Hand. Der Freund hatte eine große, sehr harte Hand.

»Wir brauchen Sie heute abend für etwa fünf Stunden«, erklärte Cicipek.
»Ehe ich Sie fahre, muß ich wissen, worum es geht.«
»Wir fahren nach Bad Homburg. Dort können Sie ins Kino gehen und nachher in ein Restaurant. Ganz wie Sie wollen. Wir treffen uns mitten in Bad Homburg wieder. Genügt das?«
Auf der Fahrt nach Bad Homburg saßen sie hinten im Wagen und unterhielten sich auf russisch. Ich dachte, der zweite Mann wäre auch ein Russe, aber er war Pole und hieß Plenna. Das erzählte er mir, nachdem ich sie eine Woche lang fast jeden Abend nach Bad Homburg und zurück gefahren hatte.
Cicipek bezahlte diese Fahrten jedesmal mit fünfzig Mark. Das war ein guter Preis. Cicipek befahl, Plenna schien nur zu gehorchen. Er sprach kaum ein Wort mit mir, aber er war nicht unfreundlich. Einmal sagte er: »Ich bin aus Warschau.«
Cicipek kam aus der Ukraine. Er sagte: »Euer Hitler hätte alle Ukrainer zu Freunden haben können, aber er war zu dumm, das zu begreifen. Er war ein schrecklicher Romantiker.«
Sie hatten Geld in der Tasche und knauserten nicht damit. Aber warum kauften sie sich kein Auto, wenn sie es so oft brauchten? Ich fragte nicht, ich saß am Steuer meines Wagens und fuhr, wohin sie fahren wollten.
Ich fragte auch nicht an jenem Donnerstag, in der Nacht, in der sie länger als sonst auf sich warten ließen. Als sie den Wagen verlassen hatten, sah ich, daß Cicipek eine große Aktentasche bei sich trug.
Erst kurz nach zwei Uhr kamen sie zurück. Cicipek sagte sofort: »Fahren Sie, so schnell Sie können, nach Frankfurt zurück. Wir haben uns verspätet.«

Die Straßen waren leer, ich fuhr mit Höchstgeschwindigkeit auf Frankfurt zu. Hinter mir unterhielten sich Cicipek und Plenna lauter als sonst. Plenna lachte oft.
Als wir Frankfurt erreicht hatten, sagte Cicipek: »Für einen jungen Mann sind Sie bemerkenswert schweigsam. Interessiert es Sie nicht, was wir machen?«
»Das schon, aber vielleicht will ich es auch nicht so genau wissen.«
Cicipek lachte, das kam selten bei ihm vor.
Plenna sagte: »Er ist in Ordnung. Er darf du zu uns sagen.«

Ich wartete nicht auf Josef, denn ich wußte, daß er nie eine Vertretung übernehmen würde. Er hatte selber zugegeben: »Vielleicht liegt mir das nicht.«
In den Tageszeitungen wurden sie spaltenweise angepriesen: Vertretungen, die Höchstverdienste garantierten, die konkurrenzlos und seriös wären, in die man sich mühelos einarbeiten könne. Ich telefonierte ein paarmal. Dann begegnete ich den Chefs. Die saßen meist in einem Café und hatten bereits eine Schar von Anfängern um sich herum sitzen. Und dann tönte solch ein Mensch: »Meine Herren, unser Artikel ist ein Schlager auf dem Markt . . .«
Ich ging in ein paar Cafés, und in einem war ich der einzige Bewerber. Der Chef der Firma hatte seinen Artikel in der Hosentasche gleich mitgebracht. Es war ein Bügeleisenhalter aus Stahldraht und den sollte ich verkaufen, denn: »Wir können diesen Bügeleisenhalter preiswert herstellen. Er wird in fast jedem Haushalt gebraucht. Er wird in einem kleinen Karton geliefert, den

wir ebenso preiswert in einer Kartonagenfabrik herstellen können.«
Der Geschäftsmann trug ein am Kragen ausgefranstes Hemd. Er hatte schlechte Zähne, und sein Atem roch übel. Jawohl, ich sollte für ihn hausieren gehen, dann würde er sich wohl ein neues Hemd kaufen und vielleicht seine Zähne machen lassen. Das hätte ich ihm beinahe gesagt.
Ein anderer wohnte in Untermiete. Als ich geklingelt hatte und seine Vermieterin ihn rief, kam er im Schlafanzug an die Tür. Ich ging ohne ein Wort wieder die Treppe hinunter.
Eine Firma für Süßwaren verlangte ein Bewerbungsschreiben mit Lebenslauf. Ich schrieb meinen Lebenslauf und konnte nichts Besonderes hineinschreiben. Ich war geboren worden, war zur Schule gegangen und beim Militär war ich auch gewesen, mit anschließender Kriegsgefangenschaft. Zeugnisse besaß ich noch von der Schule her. Außerdem war ich sehr gesund – sonst fiel mir nichts ein, denn ich war ein ganz und gar unbedeutender junger Mann.
Diese Firma sah nicht schlecht aus, sie besaß wenigstens ein Lager, in dem Schokolade und Pralinen zentnerweise gestapelt waren. Ein Büro war auch dabei, und dort saß ein freundlicher Mann, der mir erklärte, ich müsse mir einen Kundenstamm aufbauen, das sei langwierig, aber lohnend. In spätestens zwei Jahren würde sich die Sache für mich auszahlen. Von da an liefe so etwas erfahrungsgemäß ganz von selbst.
Ich wollte nicht zwei Jahre warten und ging zu einer Elektrofirma, die ein Warmwassergerät vertrieb, das preiswert und leistungsfähig zu sein schien. Der Generalvertreter war von seinem Artikel überzeugt, und er

konnte auch mich überzeugen. »Ich war früher jahrelang an der Verkaufsfront. Ich weiß, daß dieses Gerät seinen Weg machen wird. Und was glauben Sie, wie die Menschen jetzt elektrische Geräte kaufen werden! Sie beackern jungfräulichen Boden. Die Menschen werden kaufen, kaufen, kaufen . . . Und sie müssen sich einarbeiten, einarbeiten! Wir versuchen es mit Ihnen.«
Mein Gebiet war abgegrenzt, reichte von Sachsenhausen bis weit hinter Isenburg. Zehn Vertreter arbeiteten für ihn. Er hatte gesagt: »Sie verdienen alle klotziges Geld, aber sie sind von morgens bis abends auf den Beinen. Es heißt jetzt: schneller sein als die anderen. Jetzt hat der große Wettlauf angefangen. Es hat noch nie eine Zeit gegeben, in der man so leicht Karriere machen konnte. Der Punkt Null, verstehen Sie? Aber das können die jungen Leute natürlich nicht wissen . . .«
Ich nahm an diesem Wettlauf teil. Mit meinen Prospekten und einem Gerät zum Vorführen machte ich mich auf den Weg. Ich fuhr mit dem Wagen nach Isenburg. Bei Radrennen war ich oft durch Isenburg gekommen. Isenburg gefiel mir. Meine Kunden waren Gaststätten, Fabriken, Kleinunternehmer, Haushaltungen, eigentlich jedermann. Ich sprach mir Mut zu: Jetzt hast du angefangen, jetzt wirst du zeigen, daß du keine taube Nuß bist. Es wird einem nichts geschenkt. Man muß dafür arbeiten.
Einsam ist ein Vertreter, während er verkaufen will. Er geht auf seinen Kunden zu und hofft, daß er ihm zuhören wird, daß er das entscheidene Wort sagt: Ich kaufe. Dann hat er etwas verdient, und nun hofft er erneut: auf den nächsten Kunden, den er sucht und den er herauspickt in irgendeiner Straße, die er nicht kennt.
Die Morgenstunden huschen schnell auf den Mittag zu.

Dann sitzt er in einem Restaurant, denn er muß essen. Auf der Karte sucht er die billigste Speise. Und dabei denkt er schon wieder an den nächsten Kunden. Ein solches Essen macht keine Freude.
Ich verkaufte kein Gerät. Die Gastwirtschaften brauchten oder wollten sie nicht, die Kleinunternehmer hatten zum Teil schon andere Geräte. In einer Schlosserei sagte der Meister: »Mann, ich habe keine Zeit, mir Ihren Blödsinn anzuhören. Den lieben langen Tag kommen diese Klinkenputzer und stehlen einem die Zeit ...«
Er hat recht, dachte ich, als ich mich trollte. Da rennen sie jeden Morgen los und machen Jagd auf das Geld der anderen, denn davon müssen sie leben, davon wollen sie sogar reich werden, und einigen gelingt das auch, die lassen dann die weniger Erfolgreichen für sich arbeiten.
In Isenburg sagte ich mir am zweiten Tag: Es ist nicht mein Feld. Es liegt mir nicht.
Der Generalvertreter sah es ein: »Ja, da kann man nichts machen. Sie waren natürlich noch nie an der Verkaufsfront. Das merkt man.« Da war es wieder, dieses ekelhafte Wort.
Nein, ich war noch nie an der Verkaufsfront. Ich war an allen möglichen Fronten: an der Kinderfront, an der Schulfront, an der Hungerfront, an der Kriegsfront, an der Gefangenenfront, an der Arbeitsfront, an der Schieberfront. Und da gibt es noch eine ganze Menge von Fronten. Und mit diesem Wort bestätigen sie, daß Krieg ist zwischen den Menschen. Überall haben sie Fronten. Es ist nicht sichtbar, aber sie verraten sich mit der Sprache.
Ich war müde, fühlte mich verbraucht. Wenn sie jetzt

da wäre, wenn ich jetzt mit ihr sprechen könnte. Ich bin an sie gekettet, sie lebt noch in mir. Und es muß doch noch ein Rest Erinnerung in ihr sein. Warum hatte ich auch diesem alten Narren den Hut über die Ohren gezogen? Und den Schirm hätte ich auch nicht verbiegen müssen. Das war nicht richtig gewesen. Ich könnte ihm selbstverständlich den Schirm ersetzen. Das werde ich ihr sagen. Ich werde sagen: Ich kann nicht leben ohne dich. Es ist, als würde ich verwelken. Was macht denn so ein kleines Schirmchen schon aus? Es sind viele Monate vergangen, da kann man eine solche Lappalie vergessen. Auf halbem Wege wollen wir uns begegnen. Das wäre doch menschlich. Nur so können Menschen miteinander leben. Friederike, wollte ich sagen, sieh mein Auto, setz dich zu mir. Mein Auto wird deinen Vater vielleicht umstimmen, denn er hat ja kein Auto. Ich wollte sagen: Wie kannst du nur leben, ohne mich?

Dann kaufte ich eine Zeitung und fuhr zum Hospital. Vor dem Tor wollte ich auf dem Parkplatz warten und mich hinter der Zeitung verstecken. Die alten Bekannten sollten mich nicht sehen. Ich las ein wenig in der Zeitung, beobachtete dabei jedoch die Straße, die zum Tor führte. Von dort mußte sie kommen. Wir waren diesen Weg oft miteinander gegangen.

Ich sah sie schon von weitem. Sie war allein. Nach rechts schaute sie, dann nach links, ehe sie die Straße überquerte. Sie ging dicht an mir vorbei, ohne mich zu sehen. Dann schwenkte sie plötzlich nach rechts, auf den Parkplatz. Mehr brauchte ich nicht zu wissen. Sie war eine Fremde. Was hast du hier noch zu suchen, du Dummkopf! sagte ich mir.

Deutlich hörte ich, wie der Wagen angelassen wurde. Ich fuhr hinter ihnen her. Es war Neugier. Der Mann

war älter als ich, er sah aus wie ein Geschäftsmann, und er mußte wohl ein Geschäftsmann sein, denn sonst hätte er sich so kurz nach der Währungsreform nicht diesen teuren Wagen kaufen können.
Durch die Heckscheibe sah ich, wie sie miteinander redeten. Sie nickten sich dabei lebhaft zu, es war Übereinstimmung zwischen ihnen, Zuneigung. Sie hatten sich viel zu sagen. Es gab mich nicht mehr. Und sein Wagen war schöner und weit besser als meiner.
Ich fuhr nach Hause, aber ehe ich in die Wohnung ging, besuchte ich Josef. Er machte ein mißmutiges Gesicht, als ich hereinkam. »Läßt du dich auch mal wieder sehen?«
»Ich habe es als Vertreter versucht. Sie schicken die Dummen in der Gegend herum und wollen dann abkassieren.«
Josef lachte bitter. Er war schlecht rasiert und an dem eisigen Schweigen, das zwischen ihm und seiner Frau herrschte, konnte ich erkennen, daß es wieder Streit gegeben hatte. Er nickte mit dem Kopf zu ihr hin: »Ich soll Lesezirkel austragen. Mit dem Fahrrad . . . Ich war auf dem Arbeitsamt.«
»Jawohl!« sagte seine Frau. »Das ist besser als hier herumzuhocken und zu saufen!«
Er winkte nur ab.
»Was hast du eigentlich gelernt?« fragte ich.
»Ich habe eine Metzgerlehre angefangen.«
»Und du hast damit aufgehört?«
»Ja, du wirst lachen: ich mochte keine Tiere schlachten.«
»Und was wirst du machen?«
»Ich werde Lesezirkel austragen, mit dem Fahrrad«, sagte Josef. »Radfahren ist gesund. Treppensteigen

auch. Besonders in meinem Alter ...« Er hob die Stimme: »Am besten zehn Stunden am Tag, bis ich siebzig bin. Aber dann geht's nur noch im Rollstuhl. Vielleicht bist du dann zufrieden ...«

Seine Frau antwortete nicht. Sie kehrte ihm den Rükken und spülte Geschirr.

Die Großmutter trocknete ab, humpelte vom Spülstein zum Küchenschrank, wo sie das Geschirr abstellte. Dabei machte sie ein Gesicht, als hätte sie ein paar bitterböse Worte über ihren Schwiegersohn auf der Zunge.

Josef stand hinter dem Küchentisch auf und sagte: »Diese Weiber gehen mir auf die Nerven. Komm mal mit, ich will dir etwas zeigen.« Im Wohnzimmer hielt er mir eine Zeitung hin: »Lies das. Hier ...«

Aus Bad Homburg wurde gemeldet, daß in der Nacht von Donnerstag auf Freitag aus dem Büro eines Maklers fünfundzwanzigtausend Mark an Lohngeldern gestohlen worden waren. Die Täter hätten den Stahlschrank aufgebohrt. Vorher hätten sie auf äußerst raffinierte Weise die Alarmanlage außer Betrieb gesetzt.

»Du bist doch öfter nach Homburg gefahren?« fragte Josef.

Gegen zwei Uhr nachts habe ein Mann vom Nachbarhaus gesehen, wie zwei Gestalten das Grundstück des Maklers verließen. Einer der beiden habe eine große Aktentasche getragen.

Ich brauchte nicht zu überlegen. Diese Zeitung schrieb über Cicipek, Plenna und mich. Cicipek hatte eine Aktentasche getragen. Wir waren kurz nach zwei Uhr wieder in meinen Wagen gestiegen. Ich erinnerte mich genau: »Fahren Sie, so schnell Sie können ... Wir haben uns verspätet ...«

»Was sagst du?« fragte Josef.
Ich sagte: »Donnerstagnacht war ich nicht in Homburg.«
Er nickte. »Es ist gut, bleib dabei. Ich wollte dir nur diese Zeitung zeigen.«
Die Zeitung war eine Woche alt. Ich hatte Cicipek und Plenna seit jener Nacht nicht mehr gesehen.
Ich stand im Hof und putzte an meinem Auto herum. Ich sah seine Anfälligkeiten, Roststellen und blinde Flecke auf dem Lack. Die Lichtmaschine funktionierte nicht mehr richtig, und die Reifen waren auch schon abgefahren. Sie waren nie besonders gut gewesen. Josef kam vorbei und schaute mir eine Weile zu. »Eigentlich wollte ich mit dir Egon suchen. Ich brauche dringend Geld. Ich weiß, in welchem Spielcasino er meistens sitzt.«
»Wovon lebst du jetzt?« fragte ich.
»Die Oma hat Rente, aber so kann es nicht weitergehen. Wir leben von unserer Oma. Johann gibt auch was dazu . . .«
»Ich kann dich jetzt nicht fahren. Ich muß erst noch zum Elektriker. Dieser Wagen frißt mir die Haare vom Kopf. Jeden Tag finde ich einen anderen Defekt.«
Mein Auto gefiel mir nicht mehr. Ich hatte damit angeben wollen, aber nun besaß ich kaum noch das Geld für eine Tankfüllung. Das Fahrzeug machte mich lächerlich, zeigte mir meine Schwäche. Und ich wußte es, ich hatte jetzt eine Menge Schwächen. Mein Auto brachte sie an den Tag.
»Was willst du denn anfangen?« fragte Josef.
»Ich weiß es noch nicht.«
»Du solltest etwas Anständiges anfangen. Du kannst doch in was hineinwachsen. Im Kaufmännischen . . .«

»Ja, ja«, sagte ich und dachte: Ich will nichts verkaufen.

»Du hast keine Lust?«

Nein, ich hatte keine Lust. Ich hätte auch sagen können: Ich nehme die Bedingungen nicht an. Ganz gleich, was ich anfange, die Bedingungen werden mir diktiert oder aufgeschwätzt. Aber ich brachte es nicht in Worte. Ich ertrug meine gelinden Verzweiflungen schweigend, zeigte noch nichts von meinem Groll, der so stark war, daß ich glaubte, er müsse uralt sein, obwohl ich ihn früher nie in mir entdeckt hatte. Ich wurde aus mir selber nicht klug. Ich wehrte mich und sagte nur: »Ich will nicht.«

Josef wackelte mit dem Kopf und zog die Augenbrauen hoch: »Mein lieber Mann, ich glaube, du mußt dir in den Hintern treten. Wenn du es nicht selber tust, werden das die anderen besorgen.«

»Und du?« fragte ich. »Was wirst du machen?«

»Also ich ...« Er seufzte. »Ich werde jetzt erst mal den Lesezirkel ausfahren. Radfahren kann ich noch.«

Johann fuhr zu dieser Zeit den Lastwagen einer Möbelspedition. Er verdiente nicht schlecht, beklagte sich jedoch über die harte Arbeit: »Ich muß fahren und auch Möbel schleppen. Das macht Spaß, wenn du mit einer schweren Couch bis in den vierten Stock hinauf mußt. Vielen Dank! sagen dann manche Leute und drücken dir zwanzig Pfennig in die Hand ...«

Es wäre nur ein Übergang. Schlosser wollte er nicht mehr werden. Zu den Amerikanern konnte er nicht zurück. Er war jetzt vorbestraft, und die Dienststellen der Armee stellten keine Vorbestraften ein.

Manchmal ging ich am Main spazieren und besuchte die Plätze, die ich als Kind geliebt hatte. Doch das sagte ich niemand. Ich dachte auch daran, nach Amerika zu gehen, nach Afrika oder Kanada. Vielleicht könnte ich zur See fahren. Es dauert ein paar Jahre bis einer Kapitän wird. Ich wollte schnelle Veränderungen, tiefgreifende Wandlungen. Das Leben ist ein Geschenk. Darüber wußte ich einiges, der Krieg hatte es mich gelehrt. Nach dem Trommelfeuer war ich aus diesem verfluchten Schützenloch gekrochen und hatte mich wie neugeboren gefühlt. Und die Ruhr hatte ich überstanden, obwohl ich schon in dem totenähnlichen Schlaf lag, der, wie alle im Lager wußten, der Anfang vom Ende gewesen war. Mein Leben war mir ein paarmal geschenkt worden. Blieb mir jetzt keine Möglichkeit?

Da wartete noch etwas auf mich, da stand noch etwas aus, das besser sein würde als die festgelegte Karriere in einem Beruf. Aber wie war das mit den anderen? Merkten sie nicht, daß ihr Leben zu einem schlechten Preis verkauft wurde? Ich könnte mich hineinschieben in ein Amt, eine Position, könnte die Dressur annehmen und würde dadurch profitieren. Aber ich begriff: ich würde trotzdem elend bleiben.

Hatte ich mich nicht schon abgesondert? War ich nicht bereits untauglich für ihre Tretmühlen? Ich grübelte, fühlte mich als unwissender Tölpel, der von seinem Ekel geschüttelt wurde und nichts dagegen unternehmen konnte. Ich würde so weitermachen: dahintrotten, mit wachsendem Mißtrauen, ohne eine Idee der Begeisterung.

Ein Mädchen wollte ich haben. In einem Bett wollte ich mit ihr liegen, und sagen wollte ich: Ich brauche ein Meer von Liebe. Du kannst mich noch retten, aber es ist schon höchste Zeit.

Ein Mädchen sagte: »Er ist nie lustig.« Sie ging, und die

nächste blieb auch nicht lange. Freunden erzählte sie: »Er macht das Maul nicht auf. Aber im Bett fängt er an zu phantasieren.«

Es ist wahr: ich war mürrisch und redete nicht mehr viel. Dafür aber träumte ich um so mehr, träumte von einer Ordnung, die sich in meinem Leben ganz automatisch einstellen würde, eine Gesetzmäßigkeit würde es erhellen und einen Sinn deutlich machen. Das würde ich verstehen, wenn es soweit wäre. Dann wären die Niederlagen keine Demütigungen mehr.

Ich hütete mich, mit jemand über mich zu sprechen, denn ich hätte mich nicht erklären können. Vielleicht hätte ich es einem Mädchen ins Ohr geflüstert, wenn sich ein Mädchen dafür interessiert hätte.

9

Cicipek meldete sich wieder, als ich schon nicht mehr mit ihm gerechnet hatte. Egon war aufgetaucht, er trug eine teure Jacke, sagte: »Ist sie nicht schön? Bester englischer Stoff.«
Dann erst sagte er, daß ihn Cicipek geschickt hätte.
Ich fragte: »Was will er von mir?«
»Ich weiß es nicht, Junge. Wahrscheinlich braucht er deinen Wagen.«
Ich fuhr ins Café, nahm mir unterwegs vor, ihm die Meinung zu sagen. Aber Cicipek empfing mich freundlich lächelnd: »Ich habe gehört, du brauchst Geld.«
»Von wem hast du das gehört?«
»Egon hat mir gesagt, dein Wagen kostet in letzter Zeit ziemlich viel. Nimm dies hier . . .« Er griff in die Tasche und reichte mir unter dem Tisch ein Bündel Banknoten. »Es sind dreitausend. Damit kannst du den Wagen in Ordnung bringen lassen, und es bleibt noch etwas für dich.«
»Es ist gut«, sagte ich. »Das wird reichen. Hast du mich deshalb rufen lassen?«
»Ja, das Geld stand dir zu.«
»Ich habe über uns gelesen. Wir waren in der Zeitung.«
»Ah, du hast es gelesen? Du bist mit drin.«

»Wenn ich wirklich mit drin wäre, stände mir ein Drittel zu. Wenn ich euch schon zum Einbrechen fahre, möchte ich ein vollwertiger Partner sein.«

»Willst du denn voll einsteigen? Du würdest große Risiken eingehen.«

Ich dachte: Ich habe einen berechtigten Zorn. Und ich sagte: »Ich stehe dazu. Ich nehme das Risiko auf mich.«

Ich habe niemals etwas anderes gesagt, auch später nicht. Von Anfang an ahnte ich, worauf ich mich einlassen würde. Meine Herausforderung war bewußt. Sie bereinigte meine unklaren Verhältnisse, hatte für mich die Bedeutung einer Kriegserklärung. Ich redete mit mir, fühlte eine nie gekannte Geschmeidigkeit und Kraft. Ich greife jetzt an, sagte ich mir in diesen Tagen.

Josef und Johann hörten mir schweigend zu. Ich redete mich in Feuer, hielt ihnen Vorträge. Sie waren überrascht von meiner plötzlichen Entscheidung. Was ich da sagte, schien ihnen zu verworren, meine Beispiele aus der Geschichte konnten sie nicht überprüfen, weil sie sich nie mit Geschichte beschäftigt hatten. Ich erzählte ihnen auch von Prometheus, der den Göttern das Feuer gestohlen hatte, weil sie es nicht freiwillig herausrücken wollten. Und alles, was uns zustände, müßten wir uns stehlen. So sei das von jeher gewesen, nur hätten die wenigsten Menschen den Mut dazu aufgebracht, weil sie sich einer Sklavenmoral untergeordnet hätten, die speziell für die Ausbeutung erfunden worden sei.

»Junge, Junge«, sagte Josef, »du mußt doch nicht gleich größenwahnsinnig werden, wenn du dir ein bißchen Vermögen zusammenklauen willst.«

Seine Antwort kränkte mich, denn ich sah mich bereits

voll gerechtfertigt durch den Entschluß, nach einem eigenen Gesetz zu leben, das ich mir mit soviel Mühe zusammengebastelt hatte.
Der verzinkte Egon mußte gewaltig lachen, als er mir zuhörte. »Seht nur diesen Romantiker!« rief er. »Keine Ahnung hat er. Er weiß nicht, von was er redet, er ist ein Phantast!«
Die Großmutter lief wieder in der Wohnung herum, hatte Gesprächsfetzen aufgeschnappt und murmelte Grimmiges. »Guck nur, guck nur«, sagte Josef und deutete auf sie. Wir vermuteten, sie gebrauchte wieder ihren alten Kraftausdruck. Johanns Mutter war nicht in der Wohnung. Sie ging jetzt ein paarmal in der Woche putzen, um das Haushaltsgeld aufzubessern.

Cicipek wurde mein Lehrmeister.
Er hatte gesagt: »Einbrechen ist schwer, es ist beinahe eine Kunst. Wohnungseinbrüche und solchen Dreck kann jeder machen. Aber eine richtige Arbeit will gelernt sein.«
Wir fuhren in die Nähe von Höchst. Dort hatte er in einem Obstbaumgrundstück eine Werkstatt gemietet, die noch eine kleine Anliegerwohnung hatte, zwei Zimmer mit Küche und Bad. Darin hauste er mit Plenna.
Als wir ankamen, bügelte Plenna gerade Hemden. Er grinste und fuhr mit dem Bügeleisen über den Stoff, als hätte er niemals etwas anderes getan. Plenna war auch der Koch. Er briet Schnitzel, die er später servierte. Sie lebten fast wie Gefangene in ihrer Wohnung. Früher hatte in der Werkstatt ein alter Klempnermeister gear-

beitet. Er war ins Altersheim gegangen und bezog nun von Cicipek eine Rente.
Das Grundstück war von der Straße her nicht einzusehen und hatte an seinem hinteren Teil einen Zaun, der es zum Industriegebiet hin begrenzte. Noch nie hatte ich eine solche Werkstatt gesehen. An den Wänden hingen, nach Größen geordnet, mindestens dreißig Bohrmaschinen, daneben Eisensägen, Bolzenschneider, Rohrzangen und alle möglichen Arten von Zangen, dann Blechscheren, Feilen, Meißel, die verschiedensten Schneideköpfe, dazu die Schweißgeräte. Es herrschte eine mustergültige Ordnung.
Ohne danach zu fragen, wußte ich, daß Cicipek diese Ordnung geschaffen hatte. In einer Ecke standen Gas- und Sauerstoffflaschen, es sah aus, als wären sie dort der Größe nach angetreten.
»Wir haben uns die Sache mit dir überlegt. Du kannst bei uns hin und wieder mitmachen. Wir glauben nämlich, daß du das Maul halten kannst.«
Plenna gab mir allerdings zu verstehen, daß er nicht viel von den Deutschen hielt: »Sie sind keine guten Einbrecher. Sie können auch nicht Knast ertragen. Drei Monate in der Zelle, und sie sprechen.«
»Ich glaube, er würde auch nach drei Monaten nicht sprechen«, sagte Cicipek.
Er zeigte mir die verschiedensten Schlösser. Ich war überrascht, wie einfach sie zu öffnen waren, wenn man ihr System verstand. Er hatte Prospekte von Geldschränken, ganze Stöße davon. Und diese Tresore waren erklärt. Die Firmen überboten sich in ihren Versprechungen. Jede pries ihr Fabrikat als absolut sicher an und gab dazu die nötige Erklärung, die für jeden Fachmann ausreichend war.

Cicipek grinste. »Wenn man es weiß, ist es ganz einfach. Du mußt dir nur vorstellen: jedes Schloß oder jeder Schrank ist von jemand konstruiert worden. Wenn du nun weißt, was der Konstrukteur wußte, kannst du alles öffnen.«
Für ihn als ehemaligen Ingenieur war das eine einfache Geschichte. An einem Nachmittag fragte ich ihn: »Du könntest doch auch in deinem Beruf viel Geld verdienen?«
»Nein, ich bin Russe. Es ist hier fast unmöglich für mich.«
Cicipek war Einbrecher aus Verbitterung. Er war in jedem Land schlecht behandelt worden. Plenna wollte nichts arbeiten. »Ich?« sagte er. »Nein, ich nicht arbeiten.« Er war Einbrecher aus Leidenschaft.
Cicipek war ein grüblerischer Mann. Während er neben der Werkbank saß und auf kleinen Zetteln Zeichnungen machte, die er mir erklärte, fragte er: »Du möchtest viel Geld verdienen, nicht wahr?«
Ich sagte: »Ja, sehr viel Geld.«
Er nickte und sagte fast eine Minute später: »Ich bringe dir so viel bei, daß du genug verdienen kannst. Übrigens, eine Pistole ist nur gut, wenn der Mann, der sie benutzt, auch gut ist.«
»Ich habe nicht vor zu schießen.«
»Dann ist es in Ordnung. Aber dein Zorn muß sich noch ein bißchen abkühlen . . .«
Sie bereiteten eine große Sache vor, wie sie sagten. »Wir müssen ein paarmal in die Nähe von Fulda, um es genau zu beobachten. Weißt du, die Stümper gehen auf eine Sache los, ohne sie zu kennen.«
»Ist eine Molkerei«, sagte Plenna. »Große Molkerei.«
Cicipek sagte nur: »Etwa vierzigtausend.«

An einem Morgen fuhren wir los. Fulda – dort arbeitete mein Vater. Vielleicht konnte ich ihn besuchen. Ich hatte ihn lange nicht gesehen. Cicipek war einverstanden. Er wollte ohnehin den Wagen ohne Plenna und mich benutzen.
»In Fulda lade ich euch ab. Du kannst deinen Vater besuchen, und Plenna kann in den Dom gehen, um zu beten.«
Ich dachte, es wäre ein Spaß, aber Plenna sagte ernst: »Ich gehe gern in einen Dom und bete.«
Mir war es recht, daß ich mit der Sache jetzt noch nichts zu tun haben würde. Es hätte den Besuch bei meinem Vater belastet. Ich sagte: »Es ist besser so.«
Cicipek durchschaute mich. Er meinte: »Du bist noch nicht ganz ehrlich zu dir. Du versteckst dich noch. Du kannst dir sagen: Ich gehe jetzt einbrechen, dann bist du ein Einbrecher. Du kannst aber auch sagen: ich gehe nicht einbrechen – und du bist kein Einbrecher.« Er lachte leise.
Ich sagte nichts.
Am frühen Nachmittag kamen wir in Fulda an. Cicipek übernahm den Wagen, wir verabredeten uns auf dem großen Platz vor dem Dom. Dort würde er in etwa drei Stunden eintreffen.

Mein Vater trug einen grauen Kittel und hatte ein Hemd mit einer Krawatte an. Ich dachte: Er hat hier etwas zu sagen. Er war kaum gealtert, an den Schläfen sah ich graue Haare.
Mein Besuch war eine Überraschung für ihn: »Warum hast du nicht angerufen? Ich hätte mir ein paar Stunden

freinehmen können. Warum kommst du so selten? Du schreibst nicht. Du meldest dich nicht.«
Ich sagte: »Du meldest dich auch nicht.«
Danach waren wir beide unsicher. Es breitete sich Verlegenheit zwischen uns aus. Wir hatten uns zu lange nicht gesehen, und dieses Zusammentreffen war zu plötzlich für ihn gekommen.
»Erzähl mir, was du treibst. Du mußt doch etwas arbeiten?«
»Ich bin Geschäftsmann«, sagte ich. »Ich kam zufällig hier vorbei und habe gedacht, ich könnte dich schnell mal in deiner Firma besuchen.«
»Es freut mich«, sagte er. »Ja, wirklich, es freut mich. Geschäftsmann? Was für Geschäfte?«
»Oh, es sind Elektrogeräte.«
»Ich habe ganz gute Verbindungen. Vielleicht könnte ich . . .«
»Nein, nein«, sagte ich, »es sind nur Warmwassergeräte.«
»Ach so«, sagte er.
Während ich dort saß, dachte ich, daß es ein Fehler gewesen war, meinen Vater zu besuchen. Es machte mich schwächer, weicher. Und ich wollte nicht mehr weich sein.
»Soll ich dir mal den Betrieb zeigen?«
»Nein, nein, ich muß gleich weiter.«
»Du wirst doch eine halbe Stunde Zeit haben?«
»Leider nein.«
»Wir könnten eine Tasse Kaffee trinken. Geht es dir gut? Brauchst du etwas?«
»Nein, ich brauche nichts. Es geht mir glänzend. Ich habe einen neuen Wagen und werde mir auch bald eine Wohnung suchen. Ich bin wirklich sehr zufrieden . . .«

»Na, das freut mich.«
Er fragte nur einmal nach meiner Mutter. Ob sie gesund wäre. Und ich sagte: »Ja, sie ist gesund. Aber ich wohne nicht mehr bei ihr. Ich habe ein Zimmer.«
Ein paarmal ging das Telefon. Er sagte: »Ich komme in einer Viertelstunde. Jetzt habe ich keine Zeit. Mein Sohn ist hier.« Wir gingen dann aus seinem kleinen Büro hinaus. Er brachte mich bis zur Tür. Jawohl, ich würde wiederkommen, das versprach ich. Und ich meinte es wirklich. Wir gaben uns die Hand. Er stand noch lange oben vor der Treppe und winkte. In der Brusttasche seines grauen Kittels steckten Bleistifte.
Ich drehte mich um und winkte noch einmal zurück. Danach habe ich ihn nie wiedergesehen.

Cicipek, Plenna und ich fuhren noch fünfmal nach Fulda. Zweimal blieben wir über Nacht. Plenna und ich schliefen im Wagen, während Cicipek beobachtete. Er sagte dann: »Ich habe genug gesehen. Es ist ein schwerer Schrank. Wir brauchen die großen Flaschen. Es gibt keine Alarmanlage. Nur ein Wächter geht abends und gegen Morgen um vier Uhr am Tor vorbei. Er hat einen Hund.«
Plenna sagte: »Wenn er geht, um zu schauen, er sieht alles.«
»Und wann schlagen wir los?« fragte ich.
»Wenn Cicipek ruft!« Plenna lachte. Ich sah ihm an, daß er sich schon jetzt auf diese Arbeit freute.
Cicipek erklärte: »Wir müssen warten bis kurz vor dem Ersten. Dann ist am meisten dort. Vorher würden wir Geld verschenken.«

Ich hatte noch über eine Woche Zeit. Ich besuchte Johann und Josef, die beide noch nicht wußten, daß ich mir ein Zimmer genommen hatte.
Johann sagte: »Ich fahre den Lastwagen nicht mehr.«
»Jawohl!« rief seine Mutter. »Er arbeitet nicht mehr. Genau wie sein Alter, der arbeitet auch nichts.«
Johann winkte nur ab, und Josef rief: »Halt deine Klappe! Du tötest mir noch den Nerv. Ich finde schon eines Tages das Richtige.« Zu mir sagte er: »Ich kriege bald eine Stelle als Portier.«
Johann fuhr jetzt illegal Taxi. Er erzählte, der blasse Karl wäre aufgetaucht und hätte gesagt, sein Sohn sei auf eine Bombenidee gekommen. Ich wußte nicht, daß der blasse Karl einen Sohn hatte.
»Aus seiner geschiedenen Ehe«, erklärte Josef. »Er ist so alt wie ihr.«
»Und er taugt auch nichts!« stellte Johanns Mutter fest.
»Er ist in Ordnung!« widersprach Johann.
Der blasse Karl war in die Wohnung gekommen und hatte gesagt: »Mein Friedo ist wieder da. Er hat sich ein Auto gekauft, damit fährt er nachts die Amerikaner. Jede Nacht macht er einen bis zwei Scheine. Aber er könnte noch mehr verdienen, wenn er einen Partner hätte. Er kassiert in Dollar, die tauscht er bei einem Juden um. Der Jidd gibt ihm einen guten Kurs. Ein schönes Stück Geld verdient er, wie gesagt: mindestens zweihundert in der Nacht. Überhaupt ist er auf Draht, mein Friedo. Flink wie ein Wiesel ist er. Wenn ihr mal ein Geschäft habt, das sich lohnt, dann sagt ihm Bescheid. Ihr wißt ja, auch unsere Familie ist altdeutsch ...«
Der blasse Karl hatte seinen Sohn am nächsten Tag

vorgestellt. Josef hatte den Sprößling seines alten Freundes gemustert und gesagt: »So, so, das ist also das Wiesel. Gewachsen isser. Das letzte Mal habe ich ihn gesehen, da war er noch ein Baby. Wo war er denn die ganze Zeit?«

»Pech hat er gehabt, der Junge«, sagte sein Vater. »Eine schöne Sache hatte er aufgerissen. Sie haben die Weinkellerei eines Hotels ausgenommen. Fünftausend Flaschen hatten sie schon aufgeladen. Dann wurden sie umstellt. Aber er hat nicht etwa aufgegeben, er ist bis auf den Schornstein des Hotels geklettert. Dort haben sie ihn leider gesehen. Es wurde nämlich schon Tag. Die Feuerwehr mußte ihn herunterholen, denn er wollte nicht kommen. Ihr müßtet den Schornstein einmal sehen. Wenn du genau vorm Hauptbahnhof stehst, kannst du ihn sehen. Er ist so hoch wie drei Häuser ...«

»Waren die Weine gut?« fragte Josef.

»Die besten, die es gibt.«

»Bei fünftausend Flaschen hätte sich das gelohnt«, rechnete Josef. »Wieviel hast du dafür gekriegt?«

»Zweieinhalb Jahre.«

Und der englische Willi solle auch wieder einsitzen.

»Das Wiesel hat's gesagt«, erzählte Johann. »Aber er wußte nichts Genaues.«

Seine Mutter sagte laut: »Es wird euch alle wieder erwischen! Ihr werdet alle wieder einsitzen!«

»Wieso!« protestierte ich. »Ich habe noch nie eingesessen.«

»Du kommst auch noch dran! Glaube mir.«

»Keiner!« sagte Josef. »Keiner kommt von uns wieder rein. Und weißt du, warum? Weil wir die richtigen Wege gehen!«

»Bei diesem Geschäft kann nichts passieren.« Johann wußte es, denn er war vor ein paar Tagen beim Wiesel eingestiegen und gab mir den Rat: »Guck dir die Sache mal an. Dabei kommt was rum.«
Es gab zu wenig Taxis in Frankfurt. Die amerikanischen Soldaten kamen aus ihren Garnisonen und in der Gegend um den Hauptbahnhof fanden sie viele Mädchen, aber nicht genug Autos für die Heimfahrt. Sie standen in Schlangen und mußten bis zu einer Stunde auf ein Auto warten.
»Du siehst doch ein, daß das ein Geschäft ist?« fragte Johann.
Ich fing in der gleichen Nacht an. Manche Soldaten kamen ungefragt auf uns zu: »You have a car?« Sie hatten genug von Frankfurt, hatten eine Nacht hinter sich, die sie enttäuscht oder befriedigt, in jedem Fall aber müde gemacht hatte. Jetzt wollten sie noch ein paar Stunden schlafen. Sie kamen aus Hanau, Gießen, Gelnhausen, Darmstadt, aus den Kasernen in Frankfurt oder bei Frankfurt. Ich fuhr siebenmal in der Nacht.
Es war tatsächlich ein Geschäft, und das Wiesel beherrschte es perfekt, obwohl er erst seit ein paar Tagen mitmachte. Von Anfang an hieß er bei uns das Wiesel. Sein Gesicht war wach, mit schnellen neugierigen Augen. Er war schlank, fast hager, schien keine Kraft in den Armen zu haben und war doch ein flinker Schläger. Sein Englisch war eine phantasievolle Mischung aus deutschen und englischen Vokabeln. Er ging an der Schlange der wartenden Soldaten auf und ab und rief: »We have a quick Wagen nach Darmstadt. We brauch noch two men!«
Dieses Geschäft war noch zu steigern. Das Wiesel sagte: »Wir müssen volle Wagen haben. Nach Darm-

stadt fahre ich nur, wenn ich fünf Mann beisammen habe.«
Ich sagte: »Fünf Mann ist zuviel. Ich nehme vier.«
Die Amerikaner waren geduldige Fahrgäste. Sie quetschten sich in sein altes Vehikel und jeder zahlte ohne zu murren den vollen Preis. Das Wiesel fuhr ein für seinen Wagen mörderisches Tempo, kam schon nach einer erstaunlich kurzen Zeit aus Darmstadt zurück, ging wieder auf und ab und rief: »Come on, boys, time ist money!« Er hielt die gespreizten fünf Finger hoch: »Five Mann nach Darmstadt!«
Das alles spielte sich genau vor dem Hauptbahnhof ab. Straßenbahnen rumpelten aus allen Richtungen heran, hielten mit kreischenden Bremsen. Reisende eilten auf das große Portal zu. Ich sah ein Mädchen aussteigen, das solide aussah, aber ich hörte sie dann sagen: »Ich nehme noch einen Ami mit nach Hause.« Und ein Soldat fragte: »How much?« Sie sagte: »Thirty Marks. Die ganze Nacht.«
Die legalen und illegalen Taxis flitzten hin und her, wobei die echten den unechten Fahrern manchmal mit den Fäusten drohten, weil sie dachten, es würde ihnen etwas weggenommen. Dabei waren sie nicht einmal fähig, auch nur die Hälfte des Andrangs zu bewältigen. Von den hohen Häusern, die den Bahnhofsplatz umrahmten, leuchteten die Neonröhren und färbten die Gesichter fahl. Dort oben hatte er irgendwo auf einem Schornstein gesessen und auf die Feuerwehr gewartet. »Das ist ein Leben, was?« sagte er und zählte sein Geld.
Der Wirbel vor dem Bahnhofsplatz hielt an bis gegen vier Uhr morgens, dann erlahmte die Bewegung allmählich und sackte völlig ab, als die Zeiger der Bahn-

hofsuhr die halbe Stunde erreicht hatten. Der große Platz schien eine Viertelstunde zu schlafen.
Und wieder eine Viertelstunde später kamen die Arbeiter mit den ersten Zügen aus den Vororten. Die Männer, die zur Arbeit gehen, tragen kleine Aktentaschen, darin haben sie ihr Essen für den Tag. Die Frauen haben um diese Uhrzeit Kopftücher um, ihre großen vollgestopften Henkeltaschen halten sie im angewinkelten Arm. Sie gehen die Büros putzen. Sie beeilen sich alle, haben wenig Zeit, schauen weder rechts noch links. Es sieht so aus, als dächten sie schon jetzt an die Arbeit und litten bereits darunter.
Das Wiesel, Johann und ich stehen noch vor dem Bahnhof. Wir haben die beiden Wagen nebeneinander auf dem Parkplatz abgestellt. Wir wollen im Bahnhofsrestaurant eine warme Wurst essen und eine Tasse Kaffee trinken. Danach müssen wir bei Isaak unsere Dollars umtauschen. Das Wiesel sagt: »Wir könnten auch ins Casino gehen. Dort sitzt Isaak oft. Er spielt ein bißchen.«
Johann und ich wollten nicht in den Spielclub gehen.
»Warten wir lieber noch eine Stunde und gehen dann in seine Wohnung«, schlug Johann vor.
»Spielst du etwa auch?« fragte ich das Wiesel.
»Nicht viel, nicht viel, nur zum Zeitvertreib mal ein bißchen.«
Als wir auf das Bahnhofsportal zugingen, kamen wir an einer Gruppe von illegalen Fahrern vorbei. Sie musterten uns mißtrauisch. Wir waren die Neuen, waren in ihr Geschäft eingedrungen, und das gefiel ihnen nicht. Sie waren sich einig in ihrer Ablehnung.
»Die haben uns noch gefehlt«, sagte einer.
»Ja, auf die haben wir gerade noch gewartet.«

»Macht euch hier nicht mausig!« rief ihr Wortführer. »Wir sind nämlich hier schon vollzählig.«
Sie waren zu sechst, und sie sahen bedrohlich aus, gerissene, abgehärtete Burschen. Ich hatte die Befürchtung, daß wir ihrer Brutalität nicht gewachsen sein würden. Sie warteten nur darauf, uns aus diesem Unternehmen hinauszuprügeln.
Der Wortführer, ein kräftiger Kerl, der sich zur Tarnung eine Taxi-Fahrermütze aufgesetzt hatte, sagte: »Wenn ihr einem von uns in die Quere kommt, dann knallt's!«
»Wie meint ihr?« fragte das Wiesel und legte die Hand ans Ohr. »Ich bin nämlich schwerhörig.«
»Dann knallt's!« rief der Mützenträger.
»Hoffentlich vertragt ihr das Echo auf euren Knall«, sagte Johann und grinste.
Als wir gingen, hörten wir, daß ihnen unser Grinsen nicht gefallen hatte. »Die werden bald nicht mehr grinsen!« erklärte das Großmaul.
Wir aßen unsere warme Wurst im Stehen, und ich sagte: »Wahrscheinlich wird es tatsächlich knallen. Das gefällt mir nicht.«
Johann war unzufrieden mit mir: »Was soll das? Du schaffst zwei und ich schaffe auch zwei. Und er . . .«
Das Wiesel warf sich in die Brust: »Ich schaffe auch zwei.«
Wir bestellten jeder noch einen Kaffee und rührten nachdenklich darin herum. Dabei legten wir eine Taktik fest: wir müßten schnell sein. Wenn eine Prügelei schon nicht mehr zu vermeiden wäre, müßten wir gemeinsam losschlagen.
Wir gingen zu den Wagen zurück und wollten dann zu Isaak fahren. Unsere Konkurrenten standen friedlich an

der Straßenbahnhaltestelle. Was wollten die noch dort? Jetzt gab es keine Fahrten mehr.
Ich sollte hinter dem Wiesel herfahren, weil ich Isaaks Wohnung nicht kannte. Johann saß neben mir. Ich ließ den Wagen an, schaltete, aber der Wagen bewegte sich nicht. Ich trat auf das Gaspedal, der Motor ging auf Touren, aber der Wagen rührte sich nicht von der Stelle. Ich bewegte die Kupplung, sie war in Ordnung.
»Das gibt's doch nicht!« sagte Johann.
Das Wiesel drehte die Scheiben herunter und rief: »Bei mir auch nicht. Er fährt nicht.«
Wir stiegen aus und waren einen Augenblick ratlos. Unsere sechs Freunde schlenderten heran und spotteten: »Na, fahren sie nicht, eure Rennwagen?« – »Bleibt Fußgänger, das ist für euch gesünder.« Sie lachten, rissen die Mäuler auf und wieherten, während wir um unsere Autos herumgingen, und auch die Hauben öffneten, um dort nachzusehen.
Sie hatten unsere Wagen schnell hochgebockt und Pflastersteine unter die Achsen geschichtet. Die Räder drehten durch. Die Reifen hatten trotz der Belastung den Boden nicht berührt. Wir setzten unsere Wagenheber an und holten die Steine hervor. Nicht weit von hier war eine Baustelle. Die Straße war aufgerissen, und von dort mußten sie die Steine geholt haben. Wir waren immerhin eine halbe Stunde im Restaurant gewesen, genug Zeit für eine solche Arbeit.
Das Wiesel rief: »Wer war das?«
Sie lachten, fühlten sich überlegen. Das Großmaul mit der Mütze schlug sich an die Brust und sagte: »Ich war das.«
»Ja, der Franz hat das gemacht«, sagten die anderen. »Der starke Franz hat mit der linken Hand gerade mal

eure Wagen angehoben und Steine untergelegt. Er hat nämlich immer Steine in der Tasche.«
»Da staunt ihr, was?« rief Franz.
Das Wiesel sprang dem starken Franz mit beiden Füßen genau gegen den Bauch. Im Sprung lag er für den Bruchteil einer Sekunde waagerecht in der Luft. Franz überschlug sich zweimal und seine Mütze schwirrte in einem hohen Bogen davon.
Das Wiesel rief: »Drauf!« Johann sagte: »Drauf!« Und ich dachte: Nichts zu machen. Drauf!
Es wurde eine fürchterliche Schlägerei. Sie waren primitive Straßenschläger.
Aber der starke Franz konnte gewaltig einstecken. Ich traf ihn richtig, er fiel dreimal um und kam dreimal wieder hoch. Auf wackeligen Beinen stehend, schlug er mit weit hergeholten Schwingern auf mich ein, die alle gut zu kontern waren. Dann fiel er um und blieb liegen. Er war ein schwerer Mann, und es staubte, als er aufs Pflaster fiel.
Als ich den Schlag am Hinterkopf empfing, wußte ich, daß mich ein harter Gegenstand getroffen hatte. »Er hat einen Totschläger!« rief Johann. Jetzt war ich wackelig auf den Beinen, konnte aber noch einen erwischen. Er war nicht stark und gab unter meiner Faust nach, als hätte ich gegen einen Vorhang geschlagen. Das Wiesel hockte auf einem Schnurrbärtigen und traktierte ihn mit den Fäusten. Dabei rief er: »Du verdammter Schnurrbart, ich poliere dir die Fresse!« Und das tat er so lange, bis der Schnurrbärtige um Hilfe rief. Johann stieß mich an. Er deutete auf einen, der am Boden lag: »Der da war es. Er hat einen Totschläger. Damit hat er dich getroffen.«
Jetzt lagen drei, einer saß und hielt sich ein Taschen-

tuch vor die Nase. Die zwei anderen liefen davon, das Wiesel hinter ihnen her. Er kam jedoch gleich zurück und sagte: »Wir lassen ihnen die Luft raus. Dann schauen wir zu, wie sie wieder aufpumpen müssen.« Er kannte ihre Wagen und begann sofort mit der Arbeit. Sie hatten vier Autos, die eines nach dem anderen auf die Felgen sackten, nachdem er die Ventile herausgeschraubt hatte.

Der starke Franz stand torkelnd auf und fragte laut: »Wo ist meine Mütze?«

Die Zuschauer lachten? Ein Betrunkener rief: »Er braucht jetzt Kopfwehtabletten!« Ein paar Dutzend standen herum und beobachteten uns. Ich blutete am Hinterkopf, eine Frau sagte: »Guck mal, wie er blutet. Das muß man verbinden.«

Wir fuhren davon. Johann hatte mir im Genick ein Taschentuch in den Hemdkragen gesteckt. Er fuhr den Wagen. Unterwegs sagte ich: »Halt an, ich muß kotzen.«

Das Wiesel hielt auch und kam angelaufen: »Bei Isaak können wir die Wunde auswaschen. Ich fahre langsam vor.«

Die beiden hatten keinen Kratzer. Johann gab mir den Totschläger. »Den habe ich ihm abgenommen, nachdem ich ihn getroffen hatte. Erst ein Leberhaken und dann ein volles Ding unters Kinn. Es war wie im Bilderbuch.«

Die Bleikugel an der elastischen Stahlfeder war schwer. Ich wog sie in der Hand. »Ich brauche Kopfwehtabletten«, sagte ich zu Johann.

Isaak hatte noch geschlafen. Er trug ein langes Nachthemd, darüber einen Mantel. So kam er an die Tür, wo er uns empfing: »Was kommter zu dritt? Habter so viele Dollar, dasse nicht einer kann tragen allein?«
Er ging durch den dunklen Flur voraus. Seine Frau lag noch im Bett. Sie schaute uns verschlafen an und murrte: »Müssen die schon so früh kommen.«
Das Zimmer war dürftig eingerichtet. Isaak teilte mit seiner Frau ein breites Bett, das an der Wand stand. Es gab noch einen Kleiderschrank, einen Tisch mit vier Stühlen. In einer Ecke sah ich drei große Koffer.
»Was haste zu muckschen, Lieselotte? Wo ich doch den Jungs gesagt habe, sie kennen zu Isaaken kommen, wann se wollen!«
Sie sagte nichts. Lieselotte drehte sich zur Wand und schlief weiter. Isaak musterte mich und fragte: »Isser a Freund?«
»Er ist ein Freund, er ist in Ordnung und außerdem ist er verletzt«, antwortete das Wiesel. »Wir müssen seine Kopfwunde auswaschen.«
Ob wir uns geschlagen hätten, wollte er wissen. Aber er ging schon und brachte ein nasses Handtuch. Es war eine Platzwunde, etwa so lang wie mein Daumen.
Johann fragte: »Hast du Kopfwehtabletten?«
Isaak sagte: »Ich hab keine Kopfwehtabletten, weil ich nie kein Kopfweh habe, und weil ich auch nie hingehe, wo sie mir kennten ein Kopfweh machen . . .«
Das war ein Vorwurf. Das Wiesel klärte ihn auf: »Wir wurden herausgefordert.«
Isaak ging und brachte ein neues Handtuch. Er schob Johann und das Wiesel zur Seite und betrachtete sich genau die Wunde. »Es wird heilen in acht Tagen. Aber Kopfweh wird er haben. Wie viele Dollar habt ihr?«

Wir hatten zusammen fünfundvierzig Dollar, das waren nach dem schwarzen Kurs über dreihundert Mark.
Jetzt kam auch noch Moses Leib herüber, mit dem er die Zweizimmerwohnung gemietet hatte. Beide waren verheiratet. Moses Leib war ein nervöser Mensch. Als er die blutigen Handtücher sah, schlug er die Hände zusammen und rief: »Wai! Wai! Immer müssense sich schlagen!«
Isaak winkte ab: »Die Menschen kennten in Frieden leben, und es kennte jeder verdienen. Aber se kennen nicht. Sie missen sich die Köpfe einschlagen.«
Die Blutung hatte aufgehört. Jetzt sollte ich ein Pflaster haben. Isaak und Moses hatten auch kein Pflaster in der Wohnung. Sie wiederholten beide, sie brauchten so etwas nicht. Aber im Casino, da wäre ein Verbandskasten, denn da gäbe es ja auch oft Schlägereien. Der dicke Willi hätte bestimmt ein Pflaster für mich.
Isaak war ein kleiner drahtiger Mann mit abstehenden Ohren. Er hatte ein pfiffiges Gesicht und redete sehr schnell. Wie Moses Leib war er in Polen geboren. Sein schwarzes Haar war von grauen Fäden durchzogen. Ich schätzte ihn auf fünfzig Jahre.
Er sagte jetzt: »Lieselotte, ich könnte mit dem Jungen zum Casino fahren, damit er sein Pflaster bekommt von Willi . . .«
Sie fuhr hoch und herrschte ihn an: »Isaak, du bleibst hier! Ich weiß, was du im Casino willst. Spielen willst du!«
Er zuckte mit den Achseln und machte eine beschwichtigende Handbewegung: »Es ist gut. Ich bleibe.«
Ehe wir gingen, erklärte uns Moses Leib noch: »Wenn Isaaken nich hier ist, kennt ihr zu mir kommen. Nur, geht immer leise de Treppen hoch. Damit die Leite

euch nicht hören. Er hier . . .« Er deutete auf das Wiesel. »Isser a feiner Kerl, kommter immer leise de Treppen hoch. Deshalb geb ich ihm gern a Fufzigerl mehr . . .«
Wir fuhren zum Casino, das in einer berüchtigten Straße in der Nähe des Hauptbahnhofs lag. Unter dem Licht der grünen Lampe saßen mindestens dreißig oder vierzig Spieler um den ebenso grünen Spieltisch.
»Mann«, sagte Johann, »hier riecht's nach Mensch.«
Die Männer hatten graue Gesichter. Sie waren müde, aber sie spielten. Ich sah nur wenige Frauen.
Und dort trafen wir den verzinkten Egon. Er kam fröhlich auf uns zu und sagte: »Jungens, was macht ihr denn hier? Wollt ihr etwa auch spielen?«
Nein, nein, wir schüttelten die Köpfe.
»Im Vertrauen«, er zupfte mich am Jackenärmel und flüsterte: »Ich bin in einer kleinen Bredouille . . . Kannst du mir nicht mal mit einem Pfund aushelfen? Oder vielleicht mit einem Zehner?«
»Du schuldest mir immer noch Geld«, sagte ich. »Ich habe dich lange nicht gemahnt.«
»Ich weiß, Junge, ich weiß. Du bekommst dein Geld, auf mein Wort.«
Der dicke Willi trug seinen Namen zu Recht. Er hatte einen kugelförmigen Bauch. Wenn er lachte, bildeten sich zwei Grübchen in seinem Gesicht. Egon erklärte: »Das sind gute Freunde.«
Willi nickte. »In Ordnung, Leute, in Ordnung.«
Jetzt brachte das Wiesel unser Anliegen vor: »Du hast doch einen Verbandskasten, Willi. Er hat was abgekriegt.«
»Aber klar habe ich einen Verbandskasten. Kommt mit.« Wir gingen in einen kleinen Nebenraum. Der Verbandskasten war so groß wie eine mittlere Kom-

mode. »Wir brauchen ihn manchmal«, erklärte Willi. Die Ausstattung war perfekt. Willi verstand sich auf die Behandlung von Wunden. Er rasierte mir vorsichtig die Haare rund um die Blessur ab. »Da muß Jod drauf.« Er betupfte die Wunde, es biß höllisch und mir wurde wieder übel. Ich bekam ein Pflaster und auch Kopfwehtabletten.

Sie redeten mir gut zu. Der dicke Willi sagte: »Er muß liegen. Wenn er eine leichte Gehirnerschütterung hat, dann muß er liegen.«

Egon stimmte eifrig zu: »Selbstverständlich, der Junge muß liegen.« Er begleitete uns zur Tür. Dort zupfte er mich noch einmal am Ärmel: »Nur wegen der kleinen Bredouille. Vielleicht ein halbes Pfund . . .«

Ich gab ihm zehn Mark, mit denen er schnell zum Spieltisch ging.

Das Wiesel fuhr nach Hause, und auch Johann und ich waren müde. Als wir am Bahnhof vorbeifuhren, sahen wir die sechs Geschlagenen. Sie hatten sich eine Luftpumpe besorgt. Der starke Franz hatte seinen Mantel und die Jacke abgelegt. Mit verdrossenem Gesicht stand er neben seinem Wagen und pumpte Luft in die Schläuche.

10

Ich lag im Bett mit einer leichten Gehirnerschütterung. Es war nicht schlimm, ich hatte nur zwei Tage lang die Kopfschmerzen, die mir Isaak prophezeit hatte. Trotzdem blieb ich darüber hinaus noch vierundzwanzig Stunden liegen, um mich völlig auszukurieren, denn ich war an einem bestimmten Tag dieser Woche mit Cicipek und Plenna verabredet. Einmal besuchte mich Johann. Er sagte: »Deine Mutter fragt nach dir. Was soll ich sagen?«

»Sage ihr, es ginge mir gut.« Sie fragte zuviel, und ich wollte sie nicht ständig anlügen. Sie sollte nicht wissen, daß ich jetzt zwei Leben führte: ein öffentliches und ein verborgenes. Sie hatte ohnehin Sorgen genug.

Johann erzählte mir: »Sie fressen uns jetzt aus der Hand. Der starke Franz hat bei unserer Schlägerei einen Zahn verloren. Wann kommst du wieder?«

»In ein paar Tagen«, sagte ich. »Es liegt was in der Luft. Ich habe ein größeres Eisen im Feuer. Später werde ich dir davon erzählen.«

»Paß auf, daß dir nichts dabei passiert.«

Danach ging er, ich blieb in meinem Bett liegen und dachte über meine beiden Leben nach. Sie fügten sich nicht zusammen und waren doch wie Licht und Schatten, das eine ohne das andere nicht denkbar. Ich konnte

einem Menschen begegnen, er fragte mich: »Wie geht es dir?« Und ich log ihm etwas vor. Und so mauerte ich mich allmählich ein in ein ganzes Lügengebäude, zu dem nur wenige Freunde Zugang hatten.
Jetzt würde ich mit Cicipek und Plenna zum erstenmal die Grenze überschreiten. Ich war in einer Spannung, die mich nachts nicht schlafen ließ. Froh war ich, als ich endlich im Wagen saß und mir sagen konnte: Heute nacht wird es losgehen.
Ich kam eine Stunde zu früh in Höchst an, aber Cicipek stand schon am Tor und sagte: »Gut, daß du jetzt schon kommst. Ich habe mir nämlich überlegt, daß wir wahrscheinlich den rechten Vordersitz herausnehmen müssen. Die Stahlflaschen passen nicht in deinen Wagen.«
Er war gelassen wie immer, trug einen kleinen grünen Hut auf dem Kopf und hatte Turnschuhe an den Füßen. Plenna schaute einmal aus einem Fenster, grinste und verschwand dann wieder. Ich sah ihn später in der Küche. Er machte Kaffee und schnitt Brötchen in zwei Hälften. »Schinkenbrötchen«, sagte er. »Wir werden großen Hunger haben, wenn der Schrank gemacht ist. Wir brauchen auch Obst und Kaffee. Ich habe das schon oft erlebt.«
»Es ist wahr«, sagte Cicipek. »Ein Schrank kostet viel Kraft.«
Und dieser Schrank war groß, wir würden eine Menge Gas brauchen. Cicipek konnte es genau abschätzen. Ich fuhr den Wagen in die Werkstatt. Nachdem wir den Sitz herausgenommen hatten, paßten die großen Flaschen hinein. Dazu kam noch ein Koffer mit Werkzeug und den verschiedenen Schneidbrennern. In einen Sack verpackte er armlange Zangen und schwere Brecheisen. Das alles würden wir schleppen müssen.

Die beiden vergaßen nichts, kontrollierten zweimal die gesamte Ausrüstung. Plenna sagte: »Ist alles da.«
Es war fast wie die Vorbereitung zu einer Expedition. Cicipek war schweigsam, konzentriert. Ich sah, daß er einen langläufigen Trommelrevolver aus einem Wandschrank nahm. Er drehte die Walze, schüttelte die Patronen heraus, prüfte genau.
»Einen Revolver«, fragte ich. »Muß das sein?«
»Es ist für alle Fälle. Nur zur Abschreckung.«
Wir hatten die Stahlflaschen mit einer Zeltbahn zugedeckt. Plenna mußte sich darauf setzen. Es war unbequem, und er maulte: »Bis Fulda werde ich einen steifen Rücken haben.«
Das Gewicht war einigermaßen gut verteilt. Das war wichtig für die Straßenlage des Wagens. Cicipek hatte gesagt: »Wenn wir unterwegs von einer Streife angehalten werden sollten, mußt du durchfahren. Mit diesem Gepäck glaubt uns keiner, daß wir unterwegs sind, um deine Tante zu besuchen. Mach genau das, was ich dir sage.«
»Ja«, sagte ich.
Noch ehe wir in Hanau waren, wurde es dunkel. »Wir werden den Wagen auf einem Feldweg abstellen, wo nachts niemand vorbeikommt. Unser Gepäck müssen wir dann ein Stück schleppen«, sagte Cicipek.
Kurz vor elf Uhr nachts kamen wir an. Beim Eingang der Molkerei standen zwei hohe Bogenlampen. Am Haus waren noch mehrere Lampen befestigt.
»Es ist sehr hell«, sagte ich.
»Wir werden von hinten kommen«, erklärte Cicipek.
Jetzt hat es angefangen, dachte ich. Mir blieb jedoch nicht viel Zeit zum Nachdenken, wir mußten einen Platz für den Wagen suchen. Die Straßen waren men-

schenleer, ein paar Häuser standen in der Nähe, mit dunklen Fenstern, die Leute gingen hier früh schlafen. Wir fanden einen Feldweg etwa fünfhundert Meter vor der Molkerei. Obstbäume würden den Wagen decken. Als ich den Motor abstellte und die Lichter ausschaltete, blieben wir noch einen Augenblick sitzen. Die Nacht war so still, daß ich das Blut in meinen Ohren summen hörte.

Dann gingen wir los. Das Gras raschelte unter unseren Füßen. Es raschelte überhaupt ständig, die aufgescheuchten Mäuse piepsten bei ihrer Flucht. Es roch nach Erde und den Pflanzen, die hier wuchsen, ein herber, reiner Duft. Plenna und ich trugen je eine Flasche. Cicipek schleppte den Rest. Es war Schwerstarbeit. Plenna schnaufte: »Verdammt! Drückt mich auf die Schulter, diese Flasche.«

Zweimal mußten wir rasten, dann hatten wir den hinteren Zaun erreicht. Cicipek schnitt mit einer Blechschere die Maschen durch. Er flüsterte: »Das ist unser Fluchtweg, falls etwas passiert.«

Neben der Molkerei stand ein dreistöckiges Wohnhaus, vor dem eine Lampe brannte. Dort wohnte der Direktor. Ich sah Lastwagen im Hof, Hunderte von Milchkannen. Es war eine Zentrale und es war glaubhaft, daß sich hier viel Geld sammelte.

Cicipek arbeitete bedächtig und mit großer Ruhe. Es war wie bei einer Operation. Er flüsterte: »Den Bolzenschneider.« Damit schnitt er in einer Minute die Gitter zu einem Bürofenster durch und legte die Stäbe in den Schatten der Hauswand. Er flüsterte wieder: »Den Schraubenzieher.« Plenna reichte ihm den Schraubenzieher. Es knirschte ganz leise, und dann war das Fenster auch schon offen.

Leise, leise. Es kommen die Diebe in der Nacht. Auf dem Buckel tragen sie Gasflaschen und einen Revolver in der Brusttasche. Nebenan schläft der Besitzer, seine Frau liegt an seiner Seite. Es ist gut, daß sie schlafen, denn es wäre gefährlich für die Diebe und den Besitzer, wenn sie aufeinander träfen. Die Stille wird nicht unterbrochen, und die dunklen Räume des Hauses leisten keinen Widerstand. Seltsam ist es, unwirklich wie ein Traum. Es ist eine andere Dimension des Lebens. Jetzt habe ich die Grenze überschritten.
Zehn Minuten später standen wir im ersten Stock vor dem Geldschrank. Er war mannshoch und sah so aus, als würde er sich hartnäckig widersetzen. Zweifel beschlichen mich. Dieses Ding wog bestimmt seine zehn Zentner. In dem Raum roch es noch nach den Zigaretten, die die Angestellten hier vor ein paar Stunden geraucht hatten.
Zuerst mußten wir die sechs Fenster des Raumes mit der schwarzen Leimfarbe bestreichen. Auch daran hatte Cicipek gedacht. Wir brauchten über eine halbe Stunde dazu, obwohl wir breite Pinsel benutzten. Dann stellte Cicipek das Gasgemisch ein. Es knallte zwei-, dreimal leise, bis der Flammenkegel nur noch zischte.
Dies alles war so gut vorbereitet, daß sich bei mir das Gefühl einstellte, es könne nicht mißlingen. Das Rad und das Schloß des Schranks glänzten im Schein der Flamme. Der Schrank hatte zwei Schlösser. Cicipek zeigte sie mir. Er erklärte genau, wie er schneiden müsse und wie der gesamte Mechanismus funktionierte. Dann begann er zu arbeiten. Mit der dunklen Schutzbrille vor den Augen sah er fremd und gefährlich aus. Sein Schatten tanzte über die Wände.
Plenna paßte auf. Er saß im Erdgeschoß der Molkerei

hinter einem Fenster. Von dort konnte er das Nebenhaus überschauen.
Cicipek arbeitete schweigend am Schrank. Die Stahlplatte, die durch Pottasche oder andere Füllungen isoliert war, warf schon nach wenigen Minuten die Hitze zurück. Ich sah die kreisrunde, rotglühende Stelle auf der Tür. Sie wurde allmählich weiß. Langsam frißt sich der Schneidbrenner durch das Material: Millimeter um Millimeter.
Es war jetzt so heiß in diesem Büro, daß mir der Schweiß in Strömen herunterlief. Bösartig klang das Fauchen der Flamme. Es stank nach dem Gasgemisch, daß mir fast die Luft wegblieb. Nach zwanzig Minuten gab mir Cicipek einen Wink: »Geh und hol Plenna. Er muß mich ablösen. Ich brauche frische Luft.«
Ich ging leise hinunter. Auch ich brauchte Luft, dachte an nichts anderes: Luft, Luft. Es roch hier nach Milch, ein wenig säuerlich, ich pumpte mir gierig die Lungen voll.
Plenna fragte: »Geht es gut?«
»Ich denke, es geht gut«, sagte ich.
Er ging hinauf. Cicipek kam schweißtriefend herunter. Schwer atmend stellte er sich ans Fenster. Er erholte sich schon nach ein paar Minuten. »Es wird klappen«, flüsterte er.
Aber es dauerte unendlich lange. Noch dreimal wechselten sie sich ab. Fast zweieinhalb Stunden arbeiteten wir an dem Schrank. Cicipek ließ mich einmal für ein paar Minuten an den Schneidbrenner. Er hatte mir in seiner Werkstatt die Theorie beigebracht, aber hier war für Praxis wenig Zeit. »Es genügt«, sagte er. »Du kannst üben, wenn wir zu Hause sind. Ein andermal . . .«

Sie arbeiteten jetzt mit den großen Greifzangen und den schweren Brecheisen. Ich mußte hinunter, Wache halten. Cicipek drängte: »Schnell! Wir müssen uns beeilen!« Schon nach wenigen Minuten kam Plenna, um mich zu holen. »Wir müssen zu dritt arbeiten«, sagte er.

Wir schwitzten, daß uns das Wasser aus den Ärmeln troff. Es war etwa drei Uhr, als Cicipek am Rad drehte. Plenna und ich beobachteten jede seiner Bewegungen. Die Tür bewegte sich, schwang auf. Wir starrten in die Öffnung. Akten lagen vor unseren Augen, mustergültig geordnet. Nur Akten.

»Hier oben, das große Stahlfach«, sagte Cicipek. Er setzte bereits den Handbohrer an. »Das Schloß ist schnell gemacht.«

Ich ging wieder hinunter auf meinen Posten. Plenna und Cicipek öffneten das Stahlfach in knapp zehn Minuten. Sie wollten die Kassette, die so groß war wie ein Fußballkoffer, nicht hier öffnen. Dafür hätten wir auch in der Werkstatt noch Zeit, meinte Cicipek. »Das Geld ist jedenfalls drin.«

Wir wurden noch schneller, packten unser Werkzeug zusammen. Raus hier, nichts wie raus hier. Schwer beladen schlichen wir auf dem gleichen Weg zurück, den wir gekommen waren. Die Nacht war still, und die frische Luft des Morgens kühl. Ich dachte: Es ist gutgegangen.

Wir stolperten über die Felder zum Wagen zurück. Plenna schlug einmal lang hin und ließ dabei die Flasche fallen. Cicipek schimpfte leise mit ihm: »Paß auf, du Idiot!«

»Bin ich gestolpert«, entschuldigte sich Plenna. »War ein Loch im Boden.«

Wir waren erschöpft, aber wir hatten gewonnen. Ich hatte einen trockenen Hals und meine Zunge klebte am Gaumen, ich hatte einen schlechten Geschmack in meinem Mund, den ich kannte. Im Krieg, nach gefährlichen Aufträgen und schweren Strapazen hatte ich den gleichen Geschmack im Mund gehabt.
Wir räumten die Flaschen und das Werkzeug ein. Im Osten zeigte sich ein erster Schimmer des Tages. Vielleicht würde der Wächter das geöffnete Gitter entdekken. »Wir müssen uns beeilen«, sagte Cicipek. »Du brauchst nicht zu rasen, aber fahr zügig.«
Während wir über den Feldweg holperten, öffnete Plenna bereits die Thermosflasche. Er füllte Kaffee in den Becher. Ich spürte gewaltigen Hunger, nachdem ich getrunken hatte. In Plennas Tüte waren außer den Schinkenbrötchen auch Bananen und Äpfel. Plenna schälte Bananen für mich. Ich aß vier Stück hintereinander. Die Straßen waren leer, und wir kamen gut voran.

Bei Hanau war es fast schon hell geworden. Cicipek hatte im Wagen versucht, die schwere Kassette zu knacken, aber er sagte: »Ich habe hier hinten nicht genug Platz zum Arbeiten. So geht es nicht. Wir können warten, bis wir in der Werkstatt sind.«
»Schade«, sagte Plenna. »Ich hätte das Geld gern gesehen.«
Und dann tauchen weit hinter mir die Scheinwerfer eines Wagens auf. Ich gebe etwas mehr Gas und halte den gleichen Abstand. Der Wagen wird schneller. Jetzt ist es so hell, daß ich die Scheinwerfer ausschalten kann.

Auch der Wagen hinter mir fährt ohne Licht. Im Rückspiegel sehe ich, daß er näher kommt.
Cicipek hatte ihn längst gesehen. »Fahr weiter wie du jetzt fährst. Laß ihn noch etwas näher herankommen.«
Es ist ein schwarzer Personenwagen älteren Baujahrs. Als er auf vierzig oder fünfzig Meter aufgerückt ist, sagt Cicipek, und seine Stimme ist dabei ruhig: »Es ist Kripo. Ich kann die Antenne auf dem Dach sehen. Fahr, was du drin hast.«
Ich spürte mein Erschrecken im Magen, ein Augenblick der Schwäche, gemischt mit Zorn. Dann hatte ich mich wieder in der Hand. Ich trat das Gaspedal durch.
Unser Abstand blieb gleich. Oder verringerte er sich doch langsam? Kurz nur schielte ich zum Rückspiegel. Sie kamen doch ein wenig näher. »Sie holen uns ein!« rief ich.
Cicipek drehte die Scheibe herunter und sagte: »Ich werde in die Reifen schießen. Fahr ruhig weiter. Bleib ruhig!«
Er schoß dreimal. Im Rückspiegel konnte ich sehen, daß sie anhielten und aus dem Wagen sprangen. Es waren drei Männer. Ein paarmal blitzte es auf, aber für ihre kurzläufigen Pistolen war die Entfernung schon zu groß geworden. Der Abstand betrug jetzt mindestens hundertfünfzig Meter. Sie trafen nicht.
»Sie sind fort!« rief Plenna. »Wir haben sie abgehängt.«
»Ich habe auf den linken Reifen gezielt«, sagte Cicipek. »Jetzt müssen wir uns beeilen. Es geht um Minuten.«
»Aber was ist mit der Nummer?« rief ich. »Sie haben doch meine Autonummer gesehen. Der Wagen ist auf mich zugelassen.

Sie schwiegen, und jetzt begriff ich auch, warum sie nie ein Auto gekauft hatten. Ein Wagen führt immer zu seinem Besitzer – besonders in einem solchen Fall.
»Ich mußte schießen«, sagte Cicipek. »Jetzt nur nicht die Nerven verlieren.«
»Sollen wir nicht den Wagen verstecken?« fragte Plenna.
»Blödsinn!« rief ich. »Wir biegen ab und fahren über kleine Dörfer zur Werkstatt. Ich kenne mich hier aus.«
»Er hat recht«, stimmte Cicipek zu. »Runter von den großen Straßen und so schnell wie möglich zur Werkstatt.«
Es war noch immer früh, und der Verkehr würde auf den Straßen erst in einer Stunde anrollen. Wir fuhren durch verschlafene Dörfer. Cicipek hatte mir sein grünes Hütchen gegeben. »Damit niemand dich beschreiben kann. Es könnte ja sein . . .«
Und damit traf er meine Befürchtungen. Was sollte ich machen? »Was ist, wenn sie mich wiedererkennen?«
»Sie haben dich nur von hinten gesehen. Es war noch nicht ganz hell und die Entfernung war noch zu groß. Sie haben deine Wagennummer, das ist alles.«
»Gut«, sagte ich. »Gut.« Aber ich wußte, daß da etwas auf mich zukommen würde.
Als hätte er meine Gedanken erraten, sagte Cicipek: »Es kann dir nichts passieren, wenn du folgerichtig reagierst.«
»Er wird nicht sprechen«, sagte Plenna. »Ich weiß es.«
»Nein«, sagte ich. »Davor habe ich keine Angst. Nur . . .«
»Du meinst die Zelle?« fragte Cicipek.
»Ja, ich meine die Zelle.«
Auf diesem Umweg von beinahe fünfzig Kilometern

sprachen wir die Möglichkeiten durch. Wir siebten aus, und von allen Möglichkeiten blieb nur eine. In einem großen Bogen fuhren wir nach Höchst und dann an die Werkstatt heran. Plenna öffnete das Tor. Als ich den Motor in der Halle abstellte, sagte Cicipek sofort: »Jetzt müssen wir uns schnell entscheiden.«
»Er wird nicht sprechen«, wiederholte Plenna.
Was sollte ich denn sprechen. Sollte ich mir die Schlinge selber um den Hals legen und zugeben, mit den beiden einen Kassenschrank aufgeschweißt zu haben? Wußten sie überhaupt etwas von dem Schrank? Und warum hatten sie uns verfolgt?
»Sie haben meine Nummer«, sagte ich. »Wir haben geschossen und das genügt, um mich in die Zelle zu sperren. Ich habe nur eine Chance: ich muß sagen, mein Wagen wäre gestohlen worden, und ich muß selber die Anzeige machen.«
»Genau.« Cicipek zählte auf: »Hingehen und die Anzeige machen, beim Verhör abstreiten, daß du im Wagen gesessen hast. Wenn sie dich einbuchten, auf deiner Aussage bleiben, das ist alles.«
Das war die einzige Möglichkeit, darüber waren wir uns einig: »Aber es fehlt noch etwas«, sagte ich. »Ein Rechtsanwalt.«
»Nein«, sagte Cicipek. »Das würde zu geschickt aussehen. Die Kripo kennt dich noch nicht. Wenn du ohne Rechtsanwalt und ohne Alibi daherkommst, werden sie dir mehr glauben. Sie werden denken: Er ist nicht so gerissen.«
»Die Kassette«, mahnte Plenna. »Er muß sein Geld haben.«
Cicipek öffnete die Kassette mit einem Meißel und einem Hammer. Wir zählten das Geld, so schnell wir

konnten. Es waren dreißigtausend Mark, meist in großen Scheinen. Cicipek teilte durch drei. Er gab mir meinen Anteil und warnte: »Damit mußt du vorsichtig sein.«
Ja, ja, ich wollte schon aufpassen. Aber wie ginge es jetzt weiter? Ich müsse mich schleunigst auf die Socken machen: Mit dem Taxi nach Hause, Kleider wechseln, Geld verstecken. Dann zu einem Polizeirevier. »Wir werden den Wagen innen und außen waschen, wegen der Fingerabdrücke. Am Abend fahren wir ihn irgendwohin und lassen ihn stehen. Er wird gefunden . . .«
»Gut, dann gehe ich jetzt.«
»Meinen grünen Hut kannst du behalten.« Er gab mir die Hand. »Viel Glück. Du bist schlau genug, das Richtige zu machen. Wir sehen uns bestimmt wieder.«
Plenna klopfte mir auf die Schulter: »Alles Gute. Ich weiß, du wirst nicht sprechen.«
Ich ging durch das Grundstück auf die Straße hinaus und winkte dem ersten Taxi, das vorbeifuhr. Dem Fahrer sagte ich: »Fahren Sie schnell. Ich muß zur Arbeit und habe mich verspätet.«

Schwer sind solche Wege. Die Verlassenheit fällt dabei über dich her. Aber es nutzt nichts, sich zu beklagen. Die Alleingänge und die Verlassenheit waren einkalkuliert. Ich nehme das auf mich, hast du gesagt. Beim Rasieren, wenn du in den Spiegel guckst, fällt dir irgendwann auf, daß deine Augen anders aussehen. Darum kannst du dich nicht herummogeln: auf dem Grunde, in der Tiefe der Augen gewahrst du etwas Neues. Es ist manchmal von Härte verdeckt, aber es ist trotzdem Entsetzen. Josef hatte solche Augen, Cicipek, der blasse Karl, Johann, das Wiesel, Isaak und andere, die ich gekannt habe.

Natürlich würden sie mich einsperren. Mein Gefühl sagte es mir.

Die Polizisten auf dem Revier waren freundlich. Ich hörte, daß bereits nach meinem Wagen gefahndet wurde. Als die drei Kriminalbeamten, die schon nach einer Viertelstunde aufgetaucht waren, meine Geschichte hörten, schüttelten sie nur die Köpfe.

Ihr Wortführer, der sich als Inspektor Klein vorgestellt hatte, grinste: »Sauber, sauber. Und dieses Märchen sollen wir dir glauben? Du bist gefahren, und der Mann, der hinten saß, der hat geschossen!«

»Und deshalb komme ich hierher und stelle mich?«

»Ja, gerissen bist du, das muß man dir lassen. So jung und schon so abgefeimt.«

»Mein Wagen wurde gestohlen. Mehr kann ich nicht sagen.«

Sie legten mir Handschellen an und fuhren mich in ihrem klapprigen Auto zum Polizeipräsidium. Der Haftrichter, ein hagerer Mann mit Glatze, musterte mich genau. Er schien zu schwanken: »Haben Sie Zeugen für die Nacht?«

»Nein, ich habe keine Zeugen. Ich habe geschlafen. Darf ich jetzt endlich erfahren, um was es geht? Die Beamten hier behaupten, aus meinem Wagen wäre geschossen worden. Warum?«

»Ein Streifenwagen der Hanauer Kripo folgte Ihrem Wagen. Und er wurde aus Ihrem Wagen beschossen. Mehr kann ich Ihnen jetzt nicht sagen. Es ergeht Haft wegen Verdunkelungsgefahr.« Er zuckte bedauernd die Schultern, die Amtshandlung war für mich beendet.

In einem der karg möblierten Dienstzimmer der Kriminalpolizei wurde noch ein schriftliches Protokoll aufgenommen. Ich unterschrieb, danach fuhren sie mich in die Hammelsgasse. Inspektor Klein, der mir vor dem schweren Eisentor die Handschellen abnahm, sagte: »Da drin bist du bestens aufgehoben. Vor allem kannst du da auch gut nachdenken.«
Diese Möglichkeit habe ich genutzt, allerdings anders, als er es gemeint hatte. Ich hatte viel Zeit zum Nachdenken, denn sie ließen mich vier Monate schmoren. Jetzt war ich in der Mühle . Sie konnten mit mir machen, was sie wollten, und die Mühle drehte sich langsam. Johann verwahrte mein Geld. Ich hatte nur hundert Mark in kleinen Scheinen eingesteckt. Falls ich doch einen Rechtsanwalt brauchen würde, wollte ich ihm schreiben. »Verlaß dich auf mich«, hatte Johann gesagt. »Wenn du einen Anwalt brauchst, dann besorge ich den besten, den es gibt.«
Drei Tage lief ich in meiner Zelle auf und ab und wartete darauf, daß etwas geschehen würde. Sie schienen nicht viel Interesse an mir zu haben. Am vierten Tag wurde ich endlich gerufen. Ein Wachtmeister brachte mich in den unteren Stock. Inspektor Klein und seine beiden Assistenten erwarteten mich in einer Sprechzelle.
»Dein Wagen ist da«, empfing mich Klein.
»Wo habt ihr ihn gefunden?« fragte ich.
»Das können wir dir nicht sagen.«
»Und wie sieht er aus?«
»Er ist in Ordnung.«
Sie waren nicht gekommen, um mir das mitzuteilen. Ich mußte mich auf einen Stuhl setzen, mit dem Rükken zur Tür. »Dreh dich nicht um!« befahl Klein.

»Was soll das?« fragte ich.
»Das wirst du gleich sehen.«
Er gefiel mir nicht. Ich kannte diesen Typ, hatte ihn beim Militär getroffen, in der Gefangenschaft, ja sogar schon in der Schule: der Petzer, der Ehrgeizling, der geborene Belastungszeuge und in seiner Vollendung der eifrige Denunziant. Ich drehte mich auf dem Stuhl um. Er packte mich hart am Arm und wollte mich herumdrehen: »Du sollst mit dem Rücken zur Tür sitzen!«
»Laß meinen Arm los«, sagte ich und schüttelte ihn ab. »Dabei kann leicht etwas passieren. Ich spüre nämlich schon, wie sich bei mir die Haare am Hinterkopf aufstellen . . . Das liegt bei uns in der Familie. Da knallt es dann auch gleich.«
»Seht ihr! Seht ihr! Ich wußte, daß er hartgesotten ist.« Klein suchte Beistand, aber die beiden anderen waren gelassener als er. Sie erklärten, es ginge darum, mich den Hanauer Streifenbeamten vorzuführen. Da sie den Fahrer von hinten gesehen hätten, sollte ich einsehen, daß sie auch mich von hinten betrachten müßten. Das war ein anderer Ton, und ich gehorchte.
Sie holten die Beamten herein. Ich hörte sie flüstern, aber die Hanauer konnten zu keinem Ergebnis kommen. Sie machten verdrossene Gesichter und gingen wieder aus der Zelle hinaus. Cicipek hatte recht behalten, die Dämmerung hatte mich noch geschützt.
»Du kannst zurück in die Zelle«, sagte Klein.
»Und wie lange wollt ihr mich noch brummen lassen?« fragte ich.
»Für dich nehme ich mir Zeit«, sagte der Inspektor. »Für Typen wie dich habe ich eine Witterung.«
Wir erkannten einander sofort, und keiner hatte sich im anderen getäuscht. Mein Inspektor machte schon zwei

Jahre später Schlagzeilen. Er leistete sich in einem Strafverfahren Veruntreuungen, der Ehefrau eines Gefangenen machte er eindeutige Anträge. Es kam eine ganze Latte zusammen. Es roch nicht gut für die Polizei. Aber ihm passierte nichts: Er wurde nur aus dem Polizeidienst entfernt. Ich hatte ihn von Anfang an gehaßt. Er hatte Macht über mich, während ich in der Hammelsgasse einsaß.

Die Frankfurter Hammelsgasse war ein berüchtigtes Untersuchungsgefängnis. Die winzigen Zellen waren ständig überbelegt. Nachdem die Polizei in meinem Fall unsicher geworden war, flog ich aus meiner Einzelzelle hinaus. Wir waren dann zu dritt. Es war so eng, daß keiner von uns mehr als drei Schritte machen konnte. Der Kübel war zu klein für drei Mann, er stank in der Ecke vor sich hin. Die ersten Tage konnte ich kaum etwas essen.

Einer meiner beiden Zellengenossen war ein Bahnhofspenner, ein kräftiger Kerl, rosig wie ein Schwein, mit einer niedrigen, gebuckelten Stirn. Er hieß Albert. Der andere war noch jünger als ich. Er wirkte gepflegt, und er erzählte mir gleich, daß er in einem Schweizer Internat aufgewachsen wäre. Sein Vater war Rechtsanwalt. Ich habe ihn später kennengelernt. Er war ein alter Mann, der vor Gericht äußerst bedächtig plädierte. Sein Sprößling hatte aus einem Büro fünftausend Mark gestohlen. Albert sagte von ihm: »Er ist ein Bettpisser.«

»Aber nur noch ganz selten!« rief der Junge. Er schwätzte den ganzen Tag über, und der Penner sagte ein paarmal: »Halt doch endlich mal das Maul, sonst haue ich dir eine auf die Fresse.«

Der Penner wusch sich nicht. Nach einer Woche sagte ich zu ihm: »Du stinkst wie ein nasser Fuchs.«

»Es geht dich einen Dreck an, ob ich stinke.«
Die Spannung in der Zelle wuchs. Winzige Anlässe erhielten plötzlich Gewicht. Der Penner hatte dem Jungen die Marmelade weggefressen, der Junge schimpfte und wollte sich beschweren.
»Ich gebe dir die Scheißmarmelade wieder!« rief Albert.
»Du stinkst mir«, sagte ich.
Aus einem Stück Papier improvisierten wir ein Schachbrett. Der Junge spielte jämmerlich schlecht, aber unser Rohling war erstaunlich gut. Er hatte es im Knast viele Jahre lang geübt. In der ersten Woche gewann ich kein Spiel gegen ihn. Dann wurde ich langsam besser. Schach war gut, es schärfte das Denken, war nicht nur Beschäftigung, sondern auch eine Therapie gegen die Qual dieser Gefangenschaft.
Der Zellenbau war ein weiträumiges Viereck, in dessen Hof wir täglich zwanzig Minuten lang zum Spaziergang geführt wurden. In diesem Quadrat fing sich jedes Geräusch. Die Gefangenen riefen sich Nachrichten zu. Sie beschimpften sich von Fenster zu Fenster und ein Schwein rief dem anderen zu: »Du Schwein hast mich in die Pfanne gehauen!« Und es gab viele, die einander in die Pfanne gehauen hatten.
Die Wachtmeister hatten einen schweren Stand. In dieser Meute von Verdächtigen oder schon Überführten brodelte es wie in einem Sauerteig. Die Schlägereien in den überbelegten Zellen dröhnten durch das ganze Haus.
Es gab Häftlinge, die drei- oder viermal am Tag einfach irgend etwas zum Zellenfenster hinausbrüllten, um sich Luft zu machen. Da war der Mann, der täglich ein paarmal rief: »Was schert mich Weib, was schert mich

Kind – die sollen betteln gehen, wenn sie hungrig sind!« Ein anderer rief morgens gleich nach dem Wecksignal, einer scheppernden Glocke, die uns von den Matratzen scheuchen sollte: »Hier spricht der Frankfurter Wecker. Gestern gab es wieder einen Saufraß in der berüchtigten Hammelsgasse! Der Hering hat gestunken und die Kartoffeln waren faul. Der Küchenwachtmeister hat wiederum unterschlagen ...«
Diese Sprüche wiederholte er täglich. Dann erwischten ihn eines Morgens die Aufseher. Er wurde in den Keller gesperrt. Von dort hörten wir am nächsten Morgen seine Stimme, sie klang dumpf und schien von tief unten zu kommen: »Hier spricht der Frankfurter Wekker ...«
Ich dachte: Wie lange wirst du das aushalten?
Am Sonntagmorgen strömte die ganze Bande in die Kirche. Sie ging nicht etwa aus religiösem Bedürfnis dorthin, die Kirche war nur Umschlagplatz für Tabak, Lebensmittel und Kassiber. Der Pfarrer, ein schmächtiger Mann mit einer hohen Fistelstimme, gab sich alle Mühe. Er zelebrierte den Gottesdienst mit unbeirrbarem Eifer. Die sechs Wachtmeister, die zur Bewachung über den Raum verteilt standen, konnten die Tauschgeschäfte und den Lärm in der Kirche nicht verhindern. Der Pfarrer wollte beten, aber es war so laut in der Kirche, daß er sich wütend am Altar umdrehte und mit kreischender Stimme rief: »Ruhe! Ich will mit meinem Gott sprechen!«
Darüber lachte die buntgewürfelte Rotte los. Der kleine Mann vor dem Altar war hilflos. Der Gottesdienst wurde abgebrochen. Unser Penner brachte ein Paket Tabak und ein halbes Pfund Butter aus der Andacht mit in die Zelle.

Wir spielten Schach, saßen uns dabei an dem kleinen Tisch gegenüber. Ich gewann drei Spiele hintereinander. Er sagte zu mir: »Du bist ein Arschloch.«
Ich erwiderte: »Du bist eine schmierige Drecksau.«
Ich sagte: »Jedenfalls stinke ich nicht, denn ich wasche mich.« Auf diesem Niveau bewegten sich unsere Feindseligkeiten. Und ich dachte: Was ist los mit dir?
Als der Penner Besuch von seinem Rechtsanwalt hatte, erzählte mir der Junge: »Er ist nur ein kleiner dreckiger Dieb. Er klaut aus Autos, was er finden kann: Mäntel, Hüte, Handschuhe und so Zeug. So ein richtiger mieser Hund.« Und dann machte er mir einen Vorschlag: »Paß mal auf«, sagte er. »Zu dir habe ich Vertrauen. Wir können eine feine Sache machen. Ich weiß, wo eine Briefmarkensammlung von mindestens einer halben Million ganz leicht zu holen ist.«
»Und wo ist sie zu holen?«
»Auch bei einem Rechtsanwalt. Er ist ein Kollege meines Vaters. Ich kenne das Haus genau. Wir waren dort schon oft zu Gast.«
»Du scheinst mir ja ein sauberes Früchtchen zu sein«, sagte ich.
»Daran sind meine Eltern schuld«, rief er wütend. »Ich sage dir mal die ganze Wahrheit: Jawohl, ich war Bettnässer und bin es manchmal immer noch. Sie haben mich von einem Internat ins andere geschoben.«
»Was soll denn nur aus dir werden?« fragte ich.
»Und aus dir?« entgegnete er. »Bist du etwa kein Ganove?«
»Ich?« fragte ich. Seine Frage hatte mich verblüfft. »Ja, ich bin ein Ganove. Aber nicht wie du und er. Ich mache keinen Kleinkram.«
»Geklaut ist geklaut«, sagte der Junge.

An einem Nachmittag griff mich Albert an. Er hatte wieder zwei Partien Schach verloren. Bei der Schlägerei zerbrach das Holzspind, der ohnehin schon wacklige Tisch, und dann fiel der Kübel hin und schwappte seinen Inhalt über den Zellenboden. Der Sohn des Rechtsanwalts saß oben auf dem Bett, hielt sich am Fenstergitter fest und rief begeistert: »Schlag ihn zusammen, den Stinker!« Dann aber brach auch das Bett auseinander. Jetzt hatte er nur noch Angst. Er rief aus dem Fenster: »Hilfe! Hilfe! Sie bringen sich um!«
Der Penner war kein leichtes Stück Arbeit. Ich kam nicht ungeschoren davon. Als er endlich vor der Tür liegenblieb, spürte ich, daß mein linkes Auge bereits anschwoll.
Das Rollkommando kam mit Gummiknüppeln und trieb uns aus der Zelle. Den Penner schleppten sie ins Krankenrevier. Mir drehten sie die Arme nach hinten und riefen: »In den Keller mit ihm!« Der Sohn des Rechtsanwalts jammerte fortwährend: »Ich habe nichts gemacht! Ich bin unschuldig! Es waren diese beiden!« Sie zogen ihm aber doch noch ein paar über den Rükken.
Ich hatte den ersten Monat Haft hinter mir.

11

Die Dunkelzelle ist eine alte Einrichtung. Ende des vorigen Jahrhunderts wurde sie in fast jedes deutsche Gefängnis eingebaut. Sie liegt immer im Keller und ist beinahe so etwas wie das Fundament der Strafanstalt. Sie hatte sich millionenfach bewährt, denn der Geist beginnt in der Dunkelheit zu torkeln, das Auge erkennt keine räumlichen Begrenzungen mehr. Das genügt, um bei den Schwachen allmählich ein Gefühl der Todesangst hervorzurufen. Viele deutsche Anstalten haben ein halbes Dutzend Dunkelzellen. Darum geht es in dieser Zelle: dein Rückgrat muß gebrochen werden, dein Widerstand soll zerbröckeln, bis du vor ihnen winselst.

Als ich nach ein paar Stunden in der Dunkelheit bei mir die Vorstellung breitmachen wollte, ich schwebe in einer tödlichen Gefahr, begriff ich das Prinzip sehr schnell. Ich redete mit mir, befahl mir, die Zelle genau auszumessen. Mit den ausgestreckten Händen tastete ich die Wände ab, bis mir die Dimension des Raumes vertraut war. Nun konnte ich hin und her gehen. Ich fing an zu pfeifen, Schlager und klassische Melodien und dachte dabei: Ich werde es euch schon noch zeigen.

Vor allem braucht der Gefangene in der Dunkelzelle ei-

nen Gegner, auf den er sich konzentrieren kann. Er muß seinen Haß nähren, denn nur der Haß ist ein Gegengewicht zu diesem Versuch der Einschüchterung.
Mich hatten sie hierher verlegt, weil wir zu dritt die Treppe hinuntergepurzelt waren: zwei Wachtmeister und ich. Sie waren besonders eifrig gewesen, mir die Arme nach hinten zu drehen, als sie mich nach der Schlägerei in den Keller transportieren wollten. Es schmerzte in den Schultergelenken, und ich hatte versucht, ihren Griff zu lockern. Dabei verloren wir die Balance: Zuerst der Aufseher rechts von mir. Ich stolperte, fiel über ihn und ritt dann auf ihm die Treppe hinunter. Das bekam ihm schlecht, und sie sagten, ich hätte es mit Absicht getan, denn wie hätte er sich sonst zwei Rippen brechen können.
»Die Treppe war es«, sagte ich. »Er ist gestolpert und ich bin über ihn gefallen.«
Der zweite Wachtmeister, der weniger hart gefallen war, behauptete:
»Erst hat er ihn umgestoßen, und dann hat er sich auf ihn gesetzt.«
»Das ist gelogen!« sagte ich.
Das half mir nichts, denn wenn ein Gefangener auf einem Wachtmeister die Treppe hinunterrutscht, beweist das schon seine Schuld. Wäre er nämlich schuldlos, könnte er niemals dabei oben sitzen. Gegen diese Auslegung war ich machtlos.
Sie führten mich dann zur Dunkelzelle: diesmal waren sie zu viert, obwohl wir nur noch die Kellertreppen hinunterzugehen hatten.
Niemals zuvor hatte ich mich über den Schaden oder über den Schmerz eines anderen gefreut. Jetzt war das anders: ich ging in der Dunkelzelle auf und ab und

dachte: Recht ist ihm geschehen, daß er zwei gebrochene Rippen hat.
Ich war nun weit weg von allem, was bisher mein Leben ausgemacht hatte. Ich war unter der Erde, und vielleicht liefen da draußen Menschen vorbei, die mich kannten. Was hätten sie wohl gesagt, wenn sie es gewußt hätten? Er sitzt da unten in einem dunklen Loch, hätten sie gesagt. Und ihre Gesichter konnte ich mir vorstellen, ihre Verblüffung. Aber ich werde nicht in diesem Loch bleiben. Jetzt bin ich ganz unten, und von hier aus wird mein Aufstieg beginnen. Jawohl, hart sind die Gesetze der Natur. Wenn der Wolf kommt, wissen die schwachen Kreaturen, daß ihre Stunde geschlagen hat.
Der Wagen war schuld daran, daß ich hier saß. Wäre er schneller gewesen, hätte ich ihnen einfach davonfahren können. Es ist also notwendig, einen schnellen Wagen zu fahren. Dafür werden wir Geld brauchen, denn ein starker Wagen ist teuer. Wir werden überhaupt viel Geld beschaffen müssen: für verschwiegene Garagen, für Waffen und Spezialwerkzeug. Wir werden eine kleine, aber schlagkräftige Organisation bilden. Wir werden schnell und präzise sein. Banken und andere Geldinstitute kommen da in Frage. Die Schlacht wird geplant. Sie wird auf dem Papier vorgezeichnet, das nennt man Strategie. Ich werde planen! Ein Perfektionist des Verbrechens werde ich sein!
Ich hatte auch schon meine Mannschaft: Johann wird dabeisein. Vielleicht Cicipek und Plenna. Das Wiesel? Ich war nicht ganz sicher, es fehlte da noch ein Quentchen Vertrauen. Allerdings nahm mich für ihn ein, daß er auf dem hohen Schornstein gesessen hatte. Es wird zu prüfen sein, *ob* er für die ganz großen Coups taugt.
Hier in dieser Zelle mit ihrer Finsternis, hier ist mein

Feuerofen. Hier werde ich gehärtet. Ein harmloser Bursche war ich bis jetzt. Ich balle die Faust und rufe in die Dunkelheit: »Ich werde euch das Fürchten lehren!«
Meine Visionen trugen mich davon, über alle Grenzen und Verbote. Die Welt sieht anders aus, wenn du sie aus der Dunkelzelle betrachtest. Der Haß muß geschürt werden, denn er vertreibt die Trödelei und die Trägheit, und wenn draußen die Bequemlichkeit dich lähmen will, dann mußt du an diese Zelle denken.
Mein Schatten wird über diese Stadt fallen. Die Idee eines Doppelraubes fasziniert mich. In der gleichen Viertelstunde an zwei Plätzen zuschlagen. Etwas noch nie Gewesenes würde ich ausdenken. Ich war bereit, ein ungeheures Risiko einzugehen. Was bleibt den Schwächlingen? Sie werden alt und sterben einen häßlichen Tod, ohne eine Spur zu hinterlassen. Das ist ihr Los.
Meine Erregung trieb mich in der Zelle hin und her. Dabei knabberte ich wie verrückt an meinen Fingernägeln. Erst als meine Finger zu schmerzen begannen, bemerkte ich es und tadelte mich laut: »Du kaust ja an den Fingernägeln!«
Ich wollte nach draußen lauschen, wollte die Geräusche hören. Dabei stieß ich mit dem Kopf hart gegen die Kante der Türnische. Nun schmerzte mein Auge, das nach der Schlägerei angeschwollen war. Meine Fingerkuppen taten weh und mein Schädel brummte. Verwundert dachte ich: Was bist du für ein armes Schwein. Aber diese Feststellung mißfiel mir augenblicklich. Ich begann laut zu lachen und rief: »Ich bin ein König!« Aber auch das fand ich unpassend und dachte: Hör auf mit dem Schwachsinn. Du phantasierst! Ich redete mir gut zu: Aufpassen jetzt. Ganz ruhig bleiben. Auf die

Pritsche legen und ruhig bleiben. Es ist nicht zu ändern.
Ich wurde sanfter, versöhnlicher. »Aus der Tiefe rufe ich zu dir ...« Das war eine gute Zeile. Jawohl, dachte ich: ich rufe. Und wie ich rufe! Ich ordnete meine Gedanken, wurde gelassener und unterwarf mich der Vorstellung, daß ohnehin Unheil auf mich zukäme, ganz gleich, was ich anfinge. Es ist das Gesetz, dachte ich, und jeder erhält Nachricht von seinem Gesetz, auch wenn er es nicht annehmen will. Die Ahnung davon blitzt auf in erleuchteten Augenblicken wie hier in der Dunkelzelle.

Sie holten mich am Nachmittag des dritten Tages aus der Dunkelzelle. Diesmal waren sie nur zu zweit. »Kommen Sie heraus«, sagte einer der beiden.
Wir gingen ohne ein weiteres Wort die Treppen hinauf. Sie brachten mich in meine alte Zelle zurück. Das Tageslicht schmerzte in meinen Augen, und ich fühlte mich wie nach einer überstandenen Krankheit.
Ich dachte nun wieder langsamer, ging in der Zelle auf und ab und wartete auf die Mahlzeiten. Das Essen war minderwertig, ständig hatte ich Hunger.
Wenn ich nicht die fünf Schritte hin und her ging, lag ich auf der Pritsche und starrte gegen die Decke. Unten liefen sie im Hof ihre Runden ab, täglich zwanzig Minuten für jeden Gefangenen. Jetzt, nach der Mittagspause, ist mein Stockwerk an der Reihe. Der Kalfaktor geht von Tür zu Tür und ruft: »Fertigmachen zum Hofgang!«
Warum entlassen sie mich nicht? Cicipek und Plenna

machen keine Fehler. Was geschieht mit meinem Wagen? Jetzt kommt der Sommer. Es fängt an, heiß zu werden, und je wärmer es wird, um so mehr stinkt dieses Haus. Die Stadt dröhnt bis zu mir in die Zelle. Ich höre deutlich das Hupen der Autos, Straßenbahnen klingeln. Manchmal höre ich ein entferntes Frauenlachen. Dann gehe ich ans Fenster. Ja, so lachen die Frauen in den Sommernächten. Es ist die Freude am Leben, die große selbstverständliche Übereinstimmung.
So wird auch Friederike lachen, sie wird sich freuen. Wir lagen in einem Kornfeld und haben uns geliebt. Sie soll lachen, soll sich freuen. War ich jetzt nicht großzügig? Ich verzieh ihr alles. Und meine Großzügigkeit trieb mir fast die Tränen in die Augen. Meine Stimmung schlug Purzelbäume. Ich befahl mir: Hör auf damit. Es fehlt gerade noch, daß du dein Leben beweinst. Ich gehorchte mir meistens, aber ich begann zu begreifen, daß ich bereits eine Geschichte hatte.
An einem Morgen sah ich den verzinkten Egon. Er lief mit den anderen im Kreis herum, schaute durch seine dicke Brille eifrig umher, als würde er Bekannte suchen. Er war lebhaft, wirkte beinahe fröhlich und schien nichts zu fürchten. Aber seine Jacke war abgetragen, eine schlechte Jacke. Wahrscheinlich hatte er wieder alles bis auf den letzten Knopf verspielt.
Ich freute mich, ihn zu sehen, ein bekanntes Gesicht zwischen den anderen, die mir fremd waren.
Obwohl es streng verboten war, rief ich hinunter: »Egon!«
Er zuckte zusammen, blickte genau auf mein Fenster. Ich brachte meinen Kopf so dicht ans Gitter, daß er mich trotz seiner Brille erkennen mußte. Er nickte und winkte einmal mit der rechten Hand.

»Weg vom Fenster!« rief ein Wachtmeister herauf. Ich zog mich sofort zurück, wartete fünf Minuten, dann stieg ich wieder auf den Hocker und schaute hinunter. Er hatte darauf gewartet, denn er legte sofort die Hand an den Mund und rief: »Alles in Ordnung!« Dazu nickte er.
»Ruhe!« schrie der Aufseher.
Alles in Ordnung? Damit konnte nur die Sache mit Cipek gemeint sein. Ich ging auf und ab, war fast heiter, denn es beruhigt, wenn die Nachricht kommt: »Alles in Ordnung!«

Dann aber begann ich zu zweifeln, daß alles in Ordnung war, denn warum holte mich die Kripo wieder zum Verhör? Am Morgen, gleich nach der Kaffeeausgabe, kam ein Wachtmeister in meine Zelle und sagte: »Sie fahren heute zum Polizeipräsidium.«
Der Gefangenenwagen, der die Grüne Minna genannt wird, stand unten im Hof. Er war nichts weiter als ein großer stabiler Kasten mit einer Tür. Etwa dreißig Mann wurden einer nach dem anderen hineingeschoben. Wir standen so eng, daß sich keiner umdrehen konnte. Weiter vorn war ein kleines Abteil für Frauen. Durch die Drahtmaschen konnten wir sie sehen: fünf Weiber, häßlich und ordinär.
Ein aufgeblasener Bursche, der während der ganzen Fahrt sein Maul aufriß, rief: »Spritzer-Anni, hast du wieder einen Freier beklaut?«
Die Angesprochene keifte los: »Halt dein Maul, du dreckiger Penner. Du bist doch zu dumm zum Anschaffen!«

»Hebt mal den Rock hoch!« rief ein anderer, schränkte aber gleich ein: »Laßt es bleiben, ihr habt ja doch Falten am Arsch.«
Spritzer-Anni war gekränkt. Sie klopfte gegen die Wand der Fahrerkabine und rief: »Herr Wachtmeister! Herr Wachtmeister, wir werden beleidigt!«
Der Wagen war überladen. Er schaukelte und quietschte in den Federn. Die Gefangenen grölten und rissen fade Witze. Ich dachte: Eine Ladung Dreck.
Die Luft war nach zehn Minuten verbraucht. Es stank, und in dem höllischen Lärm hörte ich einen Mann rufen: »Mir wird schlecht! Ich hab's am Herzen! Ich halte das nicht aus! Ich falle um!«
Aber das hörte niemand. Er hielt es aus und er fiel auch nicht um, obwohl er alle fünf Minuten rief: »Ich hab's am Herzen!«
Wir fuhren ruckweise durch den Verkehr der Innenstadt. Der Schweiß lief mir in Strömen am Körper herunter. Als wir endlich im Hof des Polizeipräsidiums hielten, war mir übel. Ich dachte: Gleich wird mir der Kaffee hochkommen.
Wir wurden auf einige Zellen verteilt und mußten warten, bis wir an die Reihe kamen. Ich saß auf einer Holzbank mit fünf anderen Gefangenen und döste vor mich hin. Es waren kleine Diebe und Betrüger. Sie kannten sich alle. Ihre Gesichter waren so stumpf wie ihre Reden. Sie hatten ihre kleinen Diebstähle und Betrügereien gestanden oder waren bereit, jetzt zu gestehen. Einer fragte: »Wieviel wirst du einfangen?«
»Nicht mehr als sechs Monate«, sagte der andere. Es war keiner unter ihnen, der mehr als sechs Monate wert gewesen wäre.
Nach drei Stunden holte mich Inspektor Klein. Seine

beiden Assistenten begleiteten ihn. »Na, gut erholt?« fragte er. »Du sollst ja tüchtig gewesen sein in der U-Haft. Wieviel Rippen hast du ihm gebrochen?«
»Nicht so viele, wie ich Ihnen brechen möchte«, antwortete ich, denn sein hämischer Ton reizte mich jetzt noch mehr als bei unseren ersten Begegnungen.
»Das glaube ich«, sagte er. Seine Assistenten waren freundlicher. Einer schaute mich prüfend an und sagte leise: »Mager ist er geworden.«
Es gab nichts Neues: ein Routineverhör: Klein versuchte es noch einmal auf die weiche Tour: »Ich habe ein bißchen in deinem Leben geschnüffelt. Da ist ja alles in Ordnung. Du scheinst ja ein ganz ordentlicher Kerl zu sein. Mal so reingeschlittert mit diesen Ganoven. Wenn du uns sagst, wer dabei war, kann dir nicht viel passieren. Es wäre ja schließlich das erste Mal, und ...« Er hob den Zeigefinger: »Du kannst heute noch frei sein.«
»Ich kann nichts anderes sagen als das, was ich bisher gesagt habe.«
Er war plump und verriet gleich mit seiner ersten Entgegnung, daß er Taktiken gebrauchte: die weiche und die harte Tour. »Na ja, ich hätte es mir denken können. Hartgesotten. Und ich wette meinen Kopf, das war nicht das erste Ding, das du gedreht hast!«
Sie hatten nichts in der Hand. Es war also doch alles in Ordnung. »Was ist mit meinem Wagen? Wo befindet er sich? Wann kriege ich ihn wieder?«
»Den kriegst du so schnell nicht wieder. Nicht, bis der Fall geklärt ist.« Er deutete zur Tür. »Abführen!«
Und am Nachmittag war noch einmal die gleiche Tortur wie am Morgen in der Grünen Minna zu überstehen. Ich fühlte mich zerschlagen, als ich in meiner Zelle

ankam. Um Luft zu schnappen, stellte ich mich ans Fenster, hielt aber den Kopf so weit vom Gitter entfernt, daß mich kein Aufseher vom Hof aus sehen konnte. Nur eine Ecke des Hofes überblickte ich, während ich so am Fenster stand. Dort kamen sie auf ihren Runden immer wieder in mein Blickfeld, einer nach dem anderen, im Abstand von drei Metern. Und dann sah ich Cicipek.

Ich erschrak, sagte mir aber gleich: Es kann nichts mit unserer Sache in Fulda zu tun haben, denn Klein hätte diesen Trumpf bestimmt ausgespielt.

Ich schaute Cicipek zu. Er schien gelassen wie immer, aber sein Gesicht hatte sich verändert. Es war noch kantiger geworden, er hatte abgenommen. Doch das war es nicht allein. Er sah aus, als grübele er über eine schwere Sache nach. Jetzt erst fiel mir auf, daß er wieder Turnschuhe trug. Die hatte er nur bei Einbrüchen getragen. Allmählich begriff ich, daß er ein geschlagener Mann war.

Ich wußte nicht, auf welchem Stockwerk er lag. Wie sollte ich mit ihm in Verbindung kommen? Ich konnte jetzt nicht hinausrufen und seinen Namen nennen. Aber ein Zeichen ... Ich überlegte. Ich würde etwas rufen, was nur er verstehen konnte. Ich rief hinunter: »Dein grüner Hut!« Danach verschwand ich sofort vom Fenster. Er hatte jetzt Zeit, nachzudenken. Dieses Signal konnte nur er verstehen. Eine Minute später schaute ich wieder hinaus. Und er hatte verstanden. Die Hände auf dem Rücken haltend, ging er langsam unten vorbei und nickte kaum merklich mit dem Kopf. Jetzt wußte er, in welcher Zelle ich lag.

Schon am nächsten Tag klopfte es nach der Essenausgabe kurz gegen meine Tür. »Was ist los?« fragte ich.

»Cicipek schickt mich. Lies den Zettel und verbrenne ihn danach über dem Kübel.«
Es raschelte unten an der Tür, und dann kam durch den Spalt ein langes Stück Papier. Ich zog es vollends herein, fragte aber noch schnell: »Wer bist du?«
»Ich bin der Kalfaktor vom sechsten Stock.« Ich hörte, daß er um die Ecke rannte.
Cicipek hatte auf englisch geschrieben, das konnte der Kalfaktor bestimmt nicht verstehen. Die Nachricht war neutral. Sie hätte mich nicht belasten können.
Ich las: »Plenna ist tot. Erschossen . . .«
Sie waren bei Darmstadt während der Arbeit gestört worden. Amerikanische Militärpolizei hatte sie beschossen. »Es wird sehr schwer. Mach dir keine Sorgen. Vergiß meinen Namen . . .«
Ich saß ein paar Minuten auf dem Hocker neben dem Kübel und hielt den Zettel in der Hand. Dann folgte ich mechanisch seinen Anweisungen. Ich verbrannte das Stück Papier, zerkleinerte auch noch die Asche. Danach ging ich wieder in der Zelle hin und her.
In den nächsten Tagen stand ich am Fenster, wenn sein Stockwerk Hofgang hatte. Aber Cicipek war nicht zu sehen. Nach einer Woche sagte ich zu unserem Kalfaktor: »Du kannst dir ein Paket Tabak verdienen.«
Er nickte, während er mir den Eßnapf füllte. Es war der übliche Preis für die Übermittlung von Nachrichten. Er kam gleich nach der Ausgabe des Essens zu mir zurück und fragte durch die Tür: »Wann kriege ich das Paket?«
»Wenn du den Auftrag erledigt hast.«
»Schieß los«, sagte er.
Ich erklärte ihm, was ich wollte, und so erfuhr ich, daß Cicipek jeden Tag zum Verhör geholt wurde. Deshalb

war er nie im Hof. Zwei Tage später warf mir der Kalfaktor bei der Essenausgabe ein zusammengeknülltes Stück Zeitungspapier in die Zelle.
Es war der Bericht einer Darmstädter Zeitung über den letzten großen Einbruch Cicipeks. Sie hatten den Schrank schon geöffnet. Dann war eine Polizeistreife aufgetaucht. Plenna hatte einen Fehler gemacht. Er war über ein freies Feld gerannt. Sie hatten ihn gejagt, deutsche und amerikanische Polizei. Und sie hatten ihn zur Strecke gebracht. So stand das in der Zeitung.
Aber da war noch ein dritter Mann, einer, der im Auto auf die beiden gewartet hatte. Er war mit dem Auto geflüchtet, sie hatten ihn nicht schnappen können. Cicipek hatten sie gefunden, nachdem sie Suchhunde eingesetzt hatten. Er habe eine Aktentasche getragen. Ihr Inhalt: zwei Schinkenbrötchen.
Ich hörte nichts mehr von ihm. Es kostete mich wieder ein Paket Tabak, um zu erfahren, daß Cicipek im Krankenrevier lag.
»Warum?« fragte ich durch die Tür.
»Er hat sich den Mund zugenäht.«
»Was?« fragte ich. »Was hat er?«
Aber es kam jetzt keine Antwort mehr. Erst nach seinem Prozeß habe ich erfahren, daß Cicipek hartnäckig geschwiegen hatte. Sie holten ihn wochenlang täglich zum Verhör. Den dritten Mann wollten sie haben. Und dann hatte er ihnen gezeigt, daß es zwecklos wäre, ihn zu verhören.
Jeder Untersuchungsgefangene kann sich Nadel und Faden auf die Zelle bringen lassen, um seine Kleidung auszubessern oder um Knöpfe anzunähen. Cicipek ließ sich Nadel und Faden bringen und nähte sich den Mund zu. Am Morgen wurde er zum Verhör geholt. Er hielt

sich die Hand vor das Kinn, und die Hand nahm er erst herunter, als er den Beamten gegenübersaß, die ihn wieder ins Kreuzverhör nehmen wollten.
Sie haben ihn nie wieder geholt.
Er machte seine Aussage erst, als er zehn Monate später vor Gericht stand. Aber auch vor seinem Richter sagte er nicht mehr, als die Polizei ohnehin wußte. Sie verurteilten ihn zu sechs Jahren Zuchthaus, wobei der Vorsitzende in der Urteilsbegründung auch gebührend den zugenähten Mund würdigte.
Ich hatte nach unserer ersten Begegnung im Untersuchungsgefängnis noch oft am Fenster gestanden und in den Hof geschaut. Cicipek war nicht mehr gekommen. Ich hörte, er wäre in eine andere Anstalt verlegt worden.
Um diese Zeit lief auch ein Doppelmörder seine Runden in der Hammelsgasse. Er hatte mit einem Komplizen eine Bank überfallen und dabei ohne Anruf sofort zwei Bankbeamte erschossen. Mayer hieß der Stümper. Er genoß keine Sympathie. Er war Brillenträger und mußte einen schweren Sehfehler haben, denn er verdrehte den Kopf auf der Schulter, daß er von oben fast wie ein Krüppel aussah. Die Gefangenen erzählten sich Mayers Geschichte von Fenster zu Fenster. Er war der letzte beim Hofgang, und er mußte allein gehen.
Wenn er kam, riefen die Gefangenen: »Mayer ist da!«
Ich sah ihn oft und ich dachte: Der Mann ist krank. Etwas stimmt nicht mit ihm. Im Sturmschritt lief er seine zwanzig Minuten ab. Sein Gesicht war dabei rot vor Scham. Er wehrte sich dagegen, und deshalb rannte er wie ein Irrer durch den Hof. Ich hatte ihn lange genug beobachtet, um das zu wissen.
Als die Gefangenen damit begannen, nasse Papierku-

geln nach ihm zu werfen, wurde der Hofdienst verdoppelt. Aber das half nichts: Mayer war eine Herausforderung.

Die vier Aufseher standen unten im Hof und beobachteten die Fenster. Doch es waren zu viele Fenster, aus denen Papiergeschosse flogen. Sie riefen hinauf: »Nehmt Vernunft an, Männer! Wen wir schnappen, für den gibt es drei Tage Arrest!«

Auch das nutzte nichts, die Gefangenen hatten ihre tägliche Sensation gefunden. Aus nassem Zeitungspapier kneteten sie Kugeln, so groß wie Schneebälle. Die meisten warfen daneben, aber jeden Tag wurde Mayer mindestens dreimal am Kopf getroffen. Das hielt er eine Woche aus.

Am siebten Tag fiel er in der Mitte des Hofes plötzlich auf die Knie und flehte: »Hört auf damit! Hört auf!« Er wiederholte es ein paarmal, blieb dabei auf den Knien und reckte die Arme hoch.

Es wurde still an den Fenstern. Mayer ging dann langsam und weinte vor sich hin. Von da an warf kein Gefangener mehr eine Papierkugel nach ihm.

Am späten Abend dieses Tages hörte ich Detonationen. Sie waren nicht weit entfernt, und über den dunklen Himmel zuckte es hell wie bei einem Gewitter. Mein Zellennachbar stand auch am Fenster. Ich hörte ihn sagen: »Das ist das Mainfest. Sie machen ein Feuerwerk. Im vorigen Jahr war ich mit meinem Sohn beim Mainfest.«

Ich sagte nichts, aber ich war froh, daß ich keinen Sohn hatte.

Im September wurde ich entlassen. Der Torhüter mußte das schwere graugestrichene Tor für mich aufschließen. Es fiel scheppernd hinter mir ins Schloß. Ich bin frei. Ich kann jetzt nach Hause gehen. Da drin ist etwas geblieben von mir, aber ich weiß noch nicht genau, was es ist.

Ich gehe, gehe, bin schon hundert Meter von dem Tor entfernt. Die Gefangenen jubeln, wenn sie aus dem Gefängnis entlassen werden. Der Sommer war schon vorbei. Es war das zweite Mal, daß ich aus einer Gefangenschaft nach Hause kam.

12

Das Fest begann schon am frühen Nachmittag. Josef hatte es gesagt: »Mann, bist du wieder da! Wir machen ein Fest! Gib mir ein bißchen Geld, dann hole ich an der Ecke Bier und eine Flasche Korn.«
Ich gab ihm fünfzig Mark, Josef zog sich gleich die Jacke an und ging los. Johann kam im Schlafanzug aus dem Zimmer. »Na endlich!« sagte er. »Sie haben dich ganz schön braten lassen.«
»Du hast abgenommen«, stellte seine Mutter fest. »Aber das holst du schnell wieder auf.«
Die Großmutter saß am Tisch und lauschte neugierig auf jedes Wort, das wir redeten. Ich war der Heimkehrer, kam von weit her. Sie blinzelte aufgeregt und betrachtete mich genau, sie wollte ergründen, wie ich es überstanden hatte, ließ mich nicht aus den Augen, wollte erfahren, ob es mich verändert hätte.
Johann gab mir einen Wink. Wir gingen ins Zimmer.
»Ich will dir dein Geld holen«, sagte er. »Es fehlt kein Pfennig, du kannst es nachzählen.«
Er hatte es im Fußboden versteckt. Mit dem Schraubenzieher hob er eine Diele an und griff in die Öffnung. Es war ein dickes Bündel Banknoten. Ich hielt es in der Hand und dachte: Es sieht aus, als wäre es viel Geld. Aber ich hatte einen zu hohen Preis dafür gezahlt.

»Paß auf, der Alte wird dich anpumpen. Er weiß, daß ich das Geld aufbewahrte. Er pumpt auch mich laufend an. Er tut nichts. Neulich ging er wieder mal einbrechen. Die Wechselkasse einer Großhandlung hat er gebracht, mit achthundert Mark in Mark- und Pfennigstücken. Ich habe gesagt: Hör auf damit. Eines Tages werden sie dich schnappen. Er ist nämlich schwerhörig, aber das gibt er nicht zu.«
Das Wiesel würde in einer Stunde vorbeikommen. Sie wollten dann bei Isaak ihre Dollar umtauschen. Das illegale Taxiunternehmen florierte noch immer, aber es war gefährlicher geworden. Die Kripo machte Stichproben, und man konnte den Wagen nicht mehr vor dem Bahnhof abstellen. Die Amerikaner hatten jedoch Verständnis dafür, daß sie ein Stück zu Fuß gehen mußten.
»Hör mal«, sagte Johann nachdenklich. »Du warst in ein dickes Ding verwickelt. Hast du noch Lampen? Egon hat gesagt: Der Junge steht wie eine Eins, aus dem holen sie kein Wort heraus.«
»Nein, es ist alles in Ordnung. Ich habe keine Lampen mehr.«
»Dann ist es gut. Behalte es für dich. Du weißt, daß hier niemand redet.«
Das sagte auch Josef, der mit zehn Flaschen Bier und einer Flasche Korn zurückkam. »Es geht uns nichts an. Begrab das in dir. Ich weiß nur, daß es ein heißes Eisen war. Egon hat's gesagt. Aber der redet ja auch nicht.«
Und was war mit Egon? Ich erzählte ihnen von unserem Zusammentreffen. Nichts Schlimmes war mit Egon passiert, er hatte nur drei Monate abzumachen, die müsse er in Dieburg nutzbringend abdienen: bei der Kartoffelernte.

Josef grinste, als er sich Egon beim Kartoffelausmachen vorstellte.
»Falsche Fleppen hat er in der Tasche gehabt. Er hat gesagt, die Papiere wären in der Jacke gewesen, die er gekauft hatte.«
»Die Jacke habe ich gesehen. Die war schlecht«, sagte ich.
Josef füllte die Gläser. »Schön, daß du wieder da bist, Junge. Du bist aus dem richtigen Holz.« Er hob das Glas: »Prost. Und viel Glück.«
»Viel Glück«, sagten wir und tranken die Gläser aus.
Johanns Mutter nahm auch ein Schnäpschen. Die Großmutter hustete, als sie am Glas nippte. Sie verzog das Gesicht und machte: »Bäh!«
Das Wiesel kam mit seinem Vater, dem blassen Karl.
Johann flüsterte mir zu: »Der Karl muß was Großes gedreht haben. Er macht eine Kneipe auf. Nicht weit vom Bahnhof, gute Gegend. Seine Freundin kriegt die Genehmigung, aber er führt das Lokal.«
Das Wiesel klopfte mir auf die Schulter und rief: »Gut hast du es überstanden! Und einem Grünspecht hat er die Knochen gebrochen. Ich habe davon gehört.«
»Du hast davon gehört?«
»Oh, es wird so einiges gesprochen in unseren Kreisen.«
Ich sagte: »Sie haben mich dafür in die Dunkelzelle gesperrt.«
»Da war ich einmal vier Wochen lang drin«, erzählte Josef. »Danach war ich ein paar Tage fast blind.«
Eine Woche nur, meinte der blasse Karl, eine Woche nur wäre er in der Dunkelzelle gewesen. »Weißt du schon, daß ich ein Lokal aufmache?« fragte er mich. »In drei Wochen ist Eröffnung.«

»Und wie heißt es?« wollte ich wissen.

»Zu den sieben Raben«, sagte er stolz.

Josef füllte die Gläser nach. Er gab mir einen Schubs mit dem Ellenbogen: »Soll ich noch eine ... Noch ein Fläschchen?«

»Ich muß etwas essen, ich habe einen leeren Magen«, sagte ich.

»Ja, ich bringe ein paar Ringe Fleischwurst, dazu Sauerkraut, Brot und Senf. Ist das recht?« fragte er.

Johann flüsterte mir zu: »Karl stellt dreißigtausend Mark Kaution für seine Kneipe.«

»Soviel?«

»Ja, soviel.«

Wir aßen und tranken, dabei redeten wir pausenlos, füllten das Zimmer mit Lärm und fidelen Reden. Es war ein unerwartetes Fest, denn ein Frevler war zurückgekehrt zu seiner Clique, war durch die Maschen geschlüpft, was ihnen bestätigte, daß es jederzeit möglich war, das Schlupfloch in diesen Maschen zu finden. Es war erfreulich, zwischen Freunden zu sitzen, ich aß und trank gewaltige Mengen. Und dabei hatte ich das Gefühl, als kehre Kraft zurück, als hätte ich neues Mark in den Knochen.

»Ihr seid alle eingeladen zur Eröffnung!« rief der blasse Karl.

»Wir werden kommen!« entgegnete Josef. »Darauf kannst du dich verlassen!« Dann mußte er lachen, daß ihm die Tränen herunterliefen, denn er fand es zu komisch, sich den blassen Karl hinter der Theke vorzustellen. »Karl!« rief er. »Wenn von dir alles rausgekommen wäre, hätten sie dich als Volksschädling geköpft!«

»Und dich etwa nicht?«

»Ja, mich auch.« Er griff sich an den Hals. »Ist aber noch dran, das Köpfchen.«
»Und uns?« fragte Johann. »Hätte man uns auch . . .«
»Na klar«, sagte Karl. »Euch auch.«
»Das finde ich aber gar nicht komisch«, sagte Johann.
Darüber mußten Karl und Josef noch mehr lachen.
Als sie sich die Lachtränen abgewischt und ihr Glas ausgetrunken hatten, murmelte Josef: »Ich wüßte noch eine schöne Sache . . . Ein schönes Ding . . .«
»Du sollst das Einbrechen lassen!« rief Johann. »Du bist zu alt dafür. Und wenn du es auch nicht zugeben willst: du bist schwerhörig!«
»Blas dich nur nicht auf«, murrte Josef.
»Es ist wahr!« rief Johanns Mutter. »Es ist Zeit für dich, damit aufzuhören!«
»Hör dir das an«, sagte Josef zu mir. »Gibst du noch was aus?«
»Wir haben nie jemand ein Haar gekrümmt«, erklärte mir Karl. »Nie gab es bei uns einen Verletzten, aber wir wurden hart genommen.«
Und dann pumpte mich Josef an, wie Johann es vorausgesehen hatte. Er sagte: »Kannst du mir nicht mal einen Hunderter . . . Ich weiß doch, du hast es. Du bist doch gestopft . . .«
Ich gab ihm den Hunderter. Josef blinzelte mir dankbar zu und steckte das Geld ein. Karl mahnte zum Aufbruch: »Ich will mit euch in die Stadt fahren. Deshalb bin ich hergekommen.«
»Ja, wir müssen zu Isaak«, sagte Johann. »Und Peter müssen wir auch mitnehmen.«
Im ehemaligen Lager der Schwarzmarktzeit wohnte jetzt ein Freund. Josef hatte ihm das Zimmer im dritten Stock gegeben, als dieser Peter aufgetaucht war. Sie

kannten sich aus Dachau. Ein ruhiger Mensch, der niemand zur Last fiel.
»Du«, sagte Johann, »das ist ein Könner. Er hat immer Geld. Jeden abend geht er um acht Uhr aus dem Haus. Morgens kommt er Punkt vier Uhr zurück.«
»Und was macht er in dieser Zeit?«
»Ladenkassen, aber nur große. Du solltest mal sein Etui mit den Nachschlüsseln sehen. Das hat er alles in einem Brillenetui, sein gesamtes Werkzeug.«
Die Großmutter räumte den Tisch ab. Wir gingen dann aus der Wohnung. Johann wollte noch bei Peter klingeln: »Wir nehmen ihn abends mit in die Stadt.«
Josef blieb sitzen und sagte: »Ich werde noch ein paar Flaschen Bier trinken.« Er blinzelte mir zu: »Wir müssen uns mal auf deutsch unterhalten. Du wirst staunen, was Josef noch in petto hat ...«
»Hör auf damit!« rief seine Frau.
Peter war ein schmaler unscheinbarer Mann. Er war etwa so alt wie Josef. »Ich habe von dir gehört«, sagte er zu mir, als er in den Wagen stieg.
Das Wiesel hatte noch seinen alten Wagen, und der war nicht besser geworden, seit ich ihn das letztemal gesehen hatte. Zu fünft fuhren wir in die Innenstadt. Peter, der Meistereinbrecher, sagte kein Wort. Er war ein undurchsichtiger Mann, ein Einzelgänger, vielleicht ein gefährlicher Kunde.

Was tut ein Mann, der gerade aus dem Gefängnis kommt? Isaak wußte es: »Isser krank? Hat er Schmerzen?«
»Nein«, sagte ich.

»Nu, was hats ihm gemacht? Will er Ehre? Will er werden a Minister? Also, was machts, daß er war im Gefängnis? Wird er seinen Kopf nitzen, wird er Geld verdienen.«
Wir saßen in Isaaks Zimmer, das Wiesel und Johann holten ihre Dollars aus der Tasche. Isaak zählte sie und nannte einen Preis. Die beiden lachten ihn aus. Er legte noch etwas zu, blätterte das Geld blitzschnell auf den Tisch: »Weil ihr Freinde seid.«
Lieselotte, seine Frau, saß auf dem Bett und schaute zu. Ihr Gesicht war hübsch, aber sie hatte den leblosen Blick einer Kuh. Um einen Kopf überragte sie den kleinen wendigen Isaak.
Nachdem das Geschäftliche erledigt war, ging Isaak zum Schrank und holte eine Flasche Wodka heraus. Er füllte lange schmale Gläser. »Wollen wir trinken auf sein Massel.« Er meinte mich.
Moses Leib kam mit seiner Frau herüber. Sie war eine Jüdin aus Galizien und hieß Ruth, eine vollbusige, stramme Ruth, die das Kommando führte. Mir schien, Lieselotte hatte von ihr gelernt.
Isaak füllte die Gläser ein paarmal: »Weil unser Freind zurückgekommen ist.«
Er war ständig in Bewegung und gab mir gute Ratschläge in seiner Mischung aus deutsch und jiddisch, die ich recht gut verstand.
»Was wird a Mensch machen, was kommt aus dem Gefängnis? Er wird scheene Kleider anziehen und dann wird er gehen ins Kaffeehaus, um zu sehen seine Freinde. Sie werden ihn anschauen, von Kopf zu Fießen, und denken werden sie: Scheene Kleider hat er an. Musser verdient haben im Gefängnis. Und dann werden sie warten, ob er a Geld hat in der Taschen. Was

wird er machen, der Mensch aus dem Gefängnis? Gut wird er essen, teuer wird er essen. Sie werden schauen, was er hat auf dem Teller und se werden schauen, mit was für Münz er wird bezahlen. Sie werden Geld sehen und nicht reden werden sie vom Gefängnis.«
»Isaak«, rief Lieselotte. »Halte keine langen Reden. Wir wollen in den Club gehen.«
Isaak strafte sie mit Blicken. »Was willste? Willste mich stören, wenn ich spreche mit mein Freind?«
Ruth und Lieselotte gingen voraus. »Wir sehen uns dann im Club«, sagte Lieselotte.
Er winkte nur ab, als die beiden das Zimmer verlassen hatten, und auch Moses Leib schien erleichtert, daß seine Frau gegangen war. »Sie verstehen nicht«, sagte er.
»Wie lange biste gewesen?« fragte mich Isaak.
»Vier Monate.«
»Ha!« machte er. »Frag ihm hier, wie lange ich war. In Rußland bin ich gewesen im russischen Gefängnis. In Polen im polnischen Gefängnis. Und dann kamen die Deutschen. Da war ich im Lager.«
»Und in São Paolo . . .« ergänzte Moses Leib.
»Ja, bin ich auch gewesen, auch im Gefängnis. In São Paolo bin ich noch verheiratet, aber mit ein böses Weib.«
»Du bist doch auch hier verheiratet?« fragte das Wiesel.
Isaak lächelte und legte den Kopf schief: »São Paolo ist weit.«
Johann grinste: »Und wenn sie hierher käme?«
»Sie wird nicht kommen«, antwortete Isaak.
»Was wird er machen heite?« fragte Moses. »Isser a junger Mensch und ist lange gewesen ohne Frau.«

Wir fuhren dann zum Club. Ich fragte Johann: »Spielst du etwa auch?«
»Ich nicht. Das Wiesel spielt manchmal ein bißchen.«
»Nicht der Rede wert«, verteidigte er sich. »Aber Isaak spielt ganz flott. Er darf nicht, Lieselotte hat mit Aschenbechern nach ihm geworfen, als er in der Bank saß.«
»Sie hat nicht getroffen. Ruth hat auch schon geworfen.«
»Sie hat auch nicht getroffen«, sagte Moses.
»Wir gehen jetzt nachts oft dorthin«, informierte mich Johann. »Ich trinke da ein Bier. Und da ist immer was los, auch mit Weibern.«
»Aber aufpassen mißt ihr. Da hat es gute Jungs und da hat es welche, was sind Spitzel für die Polizei.« Isaak mahnte: »Könnt ihr schon hingehen, sollt aber nicht reden übers Geschäft.«
Der Club lag in der Straße, die von allen Eingeweihten *der Schmock* genannt wurde. Eine Minute vom Hauptbahnhof entfernt, ein Treffpunkt der Ostjuden, der Polen, Russen, Griechen und Araber. Der Krieg hatte sie alle nach Frankfurt verschlagen, und hier waren sie hängengeblieben: ein Sammelbecken. Die Spieler, die Zuhälter, die großen und kleinen Diebe und ihre Hehler: der Schmock war ihre Heimat.
Links vom Club gab es eine Nachtbar. »Da sitzen sie wie die Hühner auf der Stange«, sagte Johann. »Sie verlangen fuffzig Mark.« Über dem Club war auch eine Bar, allerdings ohne Huren. »Alles Schwule«, erzählte das Wiesel. »Die sind so warm, mit denen kannst du zwei Hosen bügeln.«
Vor dem Club tippelten ein paar Nutten auf und ab. Isaak kannte sie alle. Er blieb bei ihnen stehen und

fragte: »Habt ihr schon was zu tauschen?« Aber sie hatten noch nichts verdient.
Der dicke Willi begrüßte mich, als wäre ich ein vertrauter Gast. »Haben sie dich endlich rausgelassen? Kommt an die Bar, ich gebe einen aus.« Willi schenkte selber die Gläser voll. Ruth und Lieselotte stellten sich dazu, die große Lieselotte neben ihren kleinen Isaak. Wir tranken Cognac, und ich begann zu spüren, daß ich schon am Nachmittag gefeiert hatte.
»Die Bank hat gewonnen!« rief der Croupier. Um den Spieltisch standen dichtgedrängt die Spieler und machten ihre Einsätze. Dazwischen sah ich ein Mädchen, das mir gefiel. »Wer ist das?« fragte ich das Wiesel.
»Das ist Katja. Wenn sie dich mag, nimmt sie dich mit. Ohne Geld.«
»Nimm sie mit zum Tanzen«, riet Willi. Dabei nickte er und kniff ein Auge zu.
»Ich lade euch ein«, sagte ich.
»Ich muß noch ein paar Fahrten machen«, bedauerte das Wiesel. »Ich brauche Geld. Aber danach komme ich. Wohin geht ihr?«
Isaak flüsterte mir zu: »Gut machste, richtig machste. Sollense sehen, daß du a Geld in der Taschen hast. Se werden Respekt haben vor dir.« Und laut sagte er: »Werden wir alle gehen in die Kinstlerklause.«
Der dicke Willi fuhr mit seinem Wagen. Er nahm Katja mit. Sie hatte mich gefragt: »Willst du mich einladen? Willst du feiern?«
»Ja, ich habe Grund dazu.«
Sie sagte: »Ich weiß, ich habe davon gehört.«
Dann fuhren Isaak und Moses mit ihren Frauen im Taxi. Johann und ich standen vor dem Club auf der Straße und warteten noch.

Ich fragte: »Moses und Isaak ... Sind sie zuverlässig?«
»Hundertprozentig, die schweigen wie ein Grab.«
»Und das Wiesel? Was hältst du von ihm?«
»In Ordnung. Der ist gut für jedes Ding. Und das Maul hält er auch.«
»Das Geschäft am Bahnhof taugt nichts mehr«, sagte ich.
»Ich weiß, es macht viel Wind und gibt nichts her. Vor ein paar Monaten war das noch anders. Jetzt sind ständig Kontrollen. Ich steige auch aus. Ich habe nämlich ein Ding. Eine Wurstfabrik.« Er begann zu schwärmen: »Großartig, eine feine Sache. Ich kenne das Ding schon lange, aber es hat nicht bei mir gezündet. Ich habe damit auf dich gewartet.«
Dann kam unser Taxi. Wir fuhren zur Künstlerklause, wo die anderen schon an einem Tisch saßen. »Ist es nicht scheen hier?« fragte mich Isaak. »Und hör nur die Kapelle. Hör nur ...«
Es gefiel mir. Die Ober gingen im Frack. Wir saßen in bequemen Polstersesseln, die Wände hatten rote Seidentapeten. Auf der Tanzfläche sah ich elegante Frauen. Die Sektflaschen wurden in silbernen Kübeln serviert. Katja lächelte, sie hatte weiße Zähne und einen schönen Mund.
»Stimmt es, daß du einmal Arzt werden wolltest?« fragte mich der dicke Willi.
Ich sagte: »Das ist lange her.«
Er wandte sich an Katja: »Siehst du, es stimmt.«
Mit gravitätischen Gesten füllte der Kellner die Sektgläser. Wir tranken uns zu. Der Sekt war gut und teuer. Ja, es gefiel mir, hier zu sitzen. Aber ich dachte: Du darfst dich nicht daran gewöhnen.

Der dicke Willi gab mir einen Wink: »Los, mach dich auf die Socken und tanz. Sie steht auf dich.«
Ich tanzte noch nicht. Ich wollte noch mit Isaak und Moses sprechen. »Eine kleine Sache, wir kommen sofort wieder«, erklärte ich den anderen.
Wir gingen an einen leeren Tisch. Isaak und Moses hörten mir zu. Moses zog die Brauen hoch. Er hatte Bedenken: »Pistolen? Was wird a Mensch tun mit einer Pistole? Schießen wird er damit . . .«
»Könnt ihr sie besorgen oder nicht?«
Moses wiegte den Kopf hin und her. Isaak fuhr ihn an: »Kannste nicht schießen in die Luft mit einer Pistole? Gibt es doch Menschen, was umfallen, wenn sie nur hören den Knall. Unser Freind hier . . . Er sieht nicht aus wie a Mörder! Wieviel sollen es sein?«
»Drei.«
»Gut, ich werde besorgen.«
»Und wenn man sie faßt mit die Pistolen? Ist es doch möglich, daß man sie faßt.«
Isaak winkte ab: »Wenn die Katz Fliegel hätt, gäb es kein Vogel nich mehr auf der Welt. Aber sie hat keine Flügel nicht. Ich werde besorgen in einer Woche.«
Danach tanzte ich fast eine Stunde mit Katja. Sie hatte freundliche Augen, es gab nichts in ihrem Gesicht, das zur Vorsicht gemahnt hätte. Sie sagte: »Ich habe einen dreijährigen Sohn. Er ist im Nebenzimmer. Stört es dich?«
»Nein, es stört mich nicht.«
»Dann ist es gut.«
Isaak ließ sich von der Kapelle dreimal hintereinander die *jiddische Mamma* vorspielen. Dabei machte er ein trauriges Gesicht und summte leise mit.
Der dicke Willi stand plötzlich auf: »Mann, ich muß die

Abrechnung machen im Club. Ich muß gehen. Laß dich mal wieder blicken«, sagte er zu mir.
Ruth und die lange Lieselotte schwatzten unaufhörlich miteinander. Sie redeten nur dummes Zeug: über Kleider und Dauerwellen.
Johann nickte mir zu: »Das wird ein feines Ding . . .«
Gegen vier Uhr morgens bezahlte ich die hohe Rechnung. Isaak grinste und sagte: »Die Katz hat keine Flügel nicht . . .«
Ich fuhr mit Katja in ihre Wohnung. Im Taxi fragte ich: »Hast du einen Mann?«
»Ich bin geschieden. Er hat nichts getaugt.«
»Und das Kind?«
»Ich werde mir Arbeit suchen.« Sie fragte: »War es schwer da drin?«
»Ja, aber es kommt mir vor, als wäre es schon lange her.«

Johann hatte gesagt: »In der Nacht von Freitag auf Samstag ist es am besten. Freitags kommen nämlich viele Wurstbudenbesitzer und ambulante Händler und decken sich ein. Die zahlen alle in bar. Das Geld liegt in zwei Kassetten.«
Johann mußte es wissen, denn er hatte als Fahrer bei der Möbelspedition an einem Freitagabend noch Büromöbel abgeliefert. Eine Angestellte war gerade dabei gewesen, die Kassetten in einen einfachen Stahlschrank zu stellen. Er hatte es vergessen, und dann war es ihm eines Tages wieder eingefallen. Vielleicht war er noch nicht hart genug gewesen, als er es gesehen hatte.
In der Nacht fuhr das Wiesel mit uns zum Haus seiner

Mutter. Sie besaß ein kleines Grundstück in Eschersheim, einem Vorort Frankfurts.
Ich fragte: »Was wird sie sagen, wenn wir so spät kommen?«
»Da kennst du aber meine Mutter schlecht«, antwortete das Wiesel. »Die hat schon Schmiere gestanden für mich. Die ist clever. Außerdem wohne ich ja dort, wenn ich auch bei meinem Alten gemeldet bin.«
Es war ein Gartenhaus. Sie hatte es gekauft und dann angebaut. Ihr Bruder lebte in Amerika und schickte manchmal Geld, dazu kam noch eine Rente. Zehn Jahre hatte sie Stein auf Stein gesetzt. Ein Maurer hatte ihr am Wochenende manchmal dabei geholfen.
»Ja«, sagte das Wiesel. »Da staunt ihr. Meine Mutter ist Hausbesitzerin.«
Als er gegen die Tür klopfte, rief es von drinnen: »Friedo, bist du es?«
»Ja, mach schon auf.«
Sie öffnete erst ein kleines Fenster und fragte: »Was sind das für zwei Kerle, die du dabei hast?«
»Das sind Freunde. Mach schon auf.«
Das Häuschen hatte drei kleine Zimmer. Wir saßen in der schlecht beleuchteten Küche und tranken eine Tasse Kaffee. Die Mutter des Wiesels hatte einen Bukkel. Sie war eine kleine Frau mit einer durchdringenden hohen Stimme. »Da läuft doch was«, sagte sie. »Ich kenne mich aus. Ihr habt ein Ding vor.«
»Quatsch«, sagte ihr Sohn. »Ich leihe den beiden jetzt meinen Wagen. Sie bringen ihn noch in der Nacht zurück.«
»Wenn sie das Ding gedreht haben. Hahaha!« Sie schaute uns amüsiert an, war nicht zu beirren: »Ich sehe es doch ihren Gesichtern an. So ein Gesicht hat dein Al-

ter auch immer gemacht, ehe er losging. Und du ja auch, du alter Gauner.« Sie wechselte den Tonfall: »Er ist besser als sein Alter. Der hat sich aus dem Staub gemacht, weil ich einen Buckel habe. Dabei bringt ein Buckel Glück. Das weiß doch jeder, daß ein Buckel ein großer Glücksbringer ist.« Sie klopfte ihrem Sohn auf die Wangen: »Mein Friedo läßt mich nicht im Stich.«
Sie waren sich ähnlich im Charakter, es war die gleiche Zähigkeit, die gleiche Angriffslust. Als wir wieder im Wagen saßen, fragte ich Johann: »Was denkst du von ihr?«
»Sie ist eisenhart«, sagte er. »Er hat's nicht nur vom Alten, er hat's auch von der Mutter.« Und das dachte ich auch.
Wir fuhren zur Wurstfabrik. Johann saß am Steuer, denn der Wagen war ihm vertraut. Unterwegs fragte er: »Wann liefert Isaak die Pistolen?«
»In ein paar Tagen, hat er gesagt.«
Es gab jetzt nicht mehr viel zu besprechen. Das Büro lag im ersten Stock. Johann würde einsteigen, weil er die Räume kannte. Er hatte ein halbes Pfund Hackfleisch in der Tasche: für den Hund. »Sie sieht harmlos aus, eine Boxerhündin. Ich habe sie damals gestreichelt.«
Um zwei Uhr nachts kamen wir an. Die Straße war menschenleer, eine stille, kaum bewohnte Straße mit alten Häusern. Die Nacht hat Gesichter. Alle Diebe wissen das, und diese Straße hatte ein freundliches verträumtes Gesicht.
»Wir lassen den Zündschlüssel stecken, damit wir schnell abfahren können«, flüsterte Johann. Über ein Trümmergrundstück schlichen wir von hinten an die Fabrik heran. Im Erdgeschoß öffneten wir ein Fenster und stiegen ein. Wir waren in der Fabrik. Große Zink-

kübel standen herum, von der Decke hingen Tausende von Würsten. Ganze Viehherden wurden hier zu Wurst gemacht. Die Deckel der fast mannshohen Dampfkessel waren aufgeklappt.

Die Fabrik umschloß einen rechteckigen Innenhof. Durch ein anderes Fenster stiegen wir in den Hof.

»Hoffentlich sind die Leitern noch da«, flüsterte Johann. Er hatte sie damals gesehen. Sie lagen unter einem Vordach, hatten wohl immer dort gelegen.

Wir waren leise. Jede der Leitern war drei Meter lang. Wir stellten die erste an die Hauswand. Johann stieg hinauf, dann folgte ich mit der zweiten Leiter. So war es besprochen. Jetzt fing die Arbeit an. Auf der ersten Leiter stehend, mußte ich die zweite halten. Johann turnte hinauf. Dann stand er vor dem Fenster. Leise knirschte das Glas. Er war schwer, dieser Johann, etwas mehr als hundertsiebzig Pfund. Dazu kam noch die Leiter. Ich spürte das Gewicht in den Armen. Eine Minute, noch eine. Dann war der Druck plötzlich weg. Er war oben eingestiegen. Lang wurden mir die Sekunden auf der Leiter. Was für ein seltsamer Augenblick, dachte ich. An einer Hauswand klebe ich, eine Leiter unter mir, eine über mir. Ich bin das Zwischenstück. Johann konnte schon als Kind gut klettern. Wir hatten es geübt. Oben schlug plötzlich der Hund an. Etwa zehn Meter neben mir wurde ein Fenster aufgerissen, eine männliche Stimme schrie: »Hilfe! Einbrecher!« Dann ging das Licht im Hof an. Johann kam noch nicht. Ich mußte an meinem Platz aushalten. Johann brauchte die obere Leiter. Der Hund bellte jetzt so laut, daß ich erkannte: er war mit Johann in einem Raum.

Dicht neben meinem Kopf krachte etwas gegen die Hauswand. Es war ein Blumentopf. Ich zog den Kopf ein

und fürchtete bereits die nächsten Töpfe. Sie verfehlten mich nur um einen halben Meter.
Der Hund bellte. Johann rief fortwährend: »Pfui! Pfui!« Und der Mann am Fenster schrie nach der Polizei.
Dann knallten die beiden Kassetten in den Hof. Johann hatte sie aus dem Fenster geworfen. Ich konnte die Geldstücke sehen, die über das Pflaster hüpften. Die Kassette mit dem Hartgeld war aufgeplatzt.
Endlich kam Johann. Er turnte auf mir herum, daß mir Hören und Sehen verging. Der Mann am Fenster schrie: »Polizei! Einbrecher!« Aber sein Ruf fing sich in den Wänden des geschlossenen Hofes.
Wir rannten mit den schweren Kassetten zur Fabrik, stiegen durch das Fenster, nahmen den gleichen Weg, den wir gekommen waren.
Der Wagen sprang nicht an. Ich verfluchte alle schlechten Autos, meinte damit auch mein eigenes Auto.
»Du mußt schieben!« rief Johann.
Ich stieg wieder aus und schob mit aller Kraft, drückte, bis ich Funken vor den Augen sah. Es blubberte, es puffte. Ich stemmte mich gegen das Blech, holte das letzte bißchen Kraft aus mir heraus. Dann sprang der Motor an und ging auf Touren. Mit einem Satz war ich bei Johann, ließ mich auf den Sitz fallen. Und während Johann hart anfuhr, sagte er: »Der Hund hat mich gebissen.«

Das Wiesel erwartete uns bereits. Als wir vor dem Grundstück den Motor abstellten, tauchte er schon neben dem Wagen auf. »Hat alles geklappt?« fragte er. »Ging es gut?«

»Es geht«, antwortete Johann, und ich sagte: »Laß ihn verschrotten. Er wollte nicht anspringen.«
»Das macht er aber sonst nie«, verteidigte er sein Auto.
»Los, rein«, sagte ich. »Der Hund hat ihn gebissen. Können wir die Kassette im Haus öffnen?«
Johanns Hose hing in Fetzen hinten herunter. Wir stellten die beiden Kassetten auf den Tisch. Das Wiesel begann zu lachen: »Jetzt möchte ich ein Foto machen!«
»Hör ja auf. Das war heiß. Ich warf dem Köter das Hackfleisch hin, er fraß es mit dem Papier. Dann wurde er trotzdem böse.«
»Bleib im Bett!« rief das Wiesel seiner Mutter durch die Tür zu.
Es war nur eine kleine Wunde. »Aber sie muß versorgt werden«, sagte ich. Das Wiesel brachte eine Flasche. Mit dem hochprozentigen Kornschnaps wusch ich Johann die Wunde aus. »Es brennt ein bißchen«, sagte er.
Durch die Tür hörten wir die Stimme der Mutter: »Ei, was sehe ich denn da? Das sind doch zwei Geldkassetten . . .«
»Du hast durchs Schlüsselloch geguckt!« rief das Wiesel.
»Natürlich«, antwortete sie hinter der Tür. »Es ist ja schließlich mein Schlüsselloch.«
Das Wiesel hängte mit einem Handtuch das Schlüsselloch zu. Wir brachen die verschlossene Kassette auf. »Oh, wie schön! Ist das nicht herrlich!« begeisterte sich das Wiesel und betrachtete die Geldbündel mit glänzenden Augen.
Wir begannen zu zählen. Als wir zehntausend Mark in

Scheinen gestapelt hatten, kam sie herein. »Ich sehe doch so gern, wenn Geld gezählt wird.«
Sie stellte sich dazu und zählte mit. Als wir fertig waren, klatschte sie in die Hände: »Sechzehntausend! Wie schön, wie schön!« Dann aber blickte sie ihren Sohn strafend an und sagte: »Soviel hast du noch nie nach Hause gebracht. Und du bist doch jetzt schon ziemlich lange ein Gauner.«
Sie ging und holte ein Pflaster für Johann. »Hier, kleb das drauf. Mein Alter ist auch mal in den Hintern gebissen worden. Nicht von einem Hund. Es war ein Fuchs ...«
»Nie wieder mit einem solchen Wagen«, sagte ich. »Anfänger fahren mit solchen Autos zum Einbrechen.«
»Ja, wir brauchen einen erstklassigen Wagen«, stimmte Johann zu. »Aber auf wen sollen wir ihn zulassen? Du siehst ja, was mit deinem Wagen passiert ist.«
Ich überlegte: »Ja, auf wen?«
Friedos Mutter tippte sich an die Brust und rief: »Auf mich!«
Wir lachten. Sie lief aufgeregt hin und her, und ihr Hökker, der große Glücksbringer, schien auf ihr zu sitzen wie ein Tier und warf einen ungeheuren Schatten an die Wand. »Jawohl!« rief sie. »Ich habe eine Rente. Ich bin Hausbesitzerin und habe einen Bruder in Amerika. Ich könnte mir ein Auto leisten.«
»Und wenn die Kripo kommt, fällt sie um«, sagte Johann.
»Pah!« sagte des Wiesels Mutter. »Ich lüge schneller als ein Rennpferd läuft. Aber ich will was sehen. Wie ist es denn mit dem Kleinkram da?« Sie deutete auf die geplatzte Kassette, in der noch viel Hartgeld lag.

»Sie lügt wirklich gut«, sagte das Wiesel. »Während ich schlafe, klaut sie mir oft das Kleingeld aus der Jacke. Aber sie hat es noch nie zugegeben.«

Sie freute sich über das Kompliment, auf ihrem Gesicht erschienen viele kleine Falten des Grinsens. »Na, gebt eurem Herzen einen Stoß. Ihr wißt doch, so ein Haus ist teuer . . .«

Johann und ich wurden nachdenklich. Wir schauten sie an. Sie war ein Gnom, aber in ihren Augen schimmerte Intelligenz. Sie war nicht feige, sie hatte ihren Buckel besiegt und mit ihren Händen ein kleines Haus gebaut.

Wir einigten uns. Wir wollten es mit ihr versuchen. Wir gaben dem Wiesel einen Tausender, und ihr überließen wir die Kassette. Sie kippte sie auf den Tisch und begann sofort, die Münzen nach ihrem Wert zu ordnen. »Schön«, sagte sie dabei. »Schön. Das werde ich sparen. Aber schließlich kriegt es ja doch mein Friedo.«

13

Das Schloß lag in einem Park, um den eine hohe Mauer gezogen war. Wir fuhren fünf Minuten mit dem Wagen an dieser Mauer entlang, bis wir zu dem schmiedeeisernen Gittertor kamen. Einen solchen Park hatte ich noch nie gesehen: die Eichen und Buchen darin waren so hoch wie fünfstöckige Häuser und mußten jahrhundertealt sein, und so alt war auch das Geschlecht der Besitzer. Johann und ich schauten uns an: Ja, wir glaubten, daß dort für eine Million Gold und Brillanten zu holen waren. Die Griechin hatte im Club zu Johann gesagt: »Ich habe einen großen Tip.«
Johann schwor auf die Griechin, schon von Anfang an. Er hatte gesagt: »Schau dir nur mal die Haare an, die sie an den Beinen hat . . .«
Isaak hatte mißbilligend den Kopf geschüttelt: »Eine Frau, was solche Haare hat an den Beinen, hat auch Haare auf den Zähnen.«
Die langen schwarzen Haare entzündeten Johanns Phantasie. Um das Kinn hatte die Griechin jenen bläulichen Schimmer, der verrät, daß sie sich rasieren mußte. Aber sie war trotzdem eine schöne Frau, das mußte auch Isaak zugeben. Nachdem Johann das erstemal mit ihr geschlafen hatte, sagte er: »Alles voller Haare, der Bauch, die Brust . . .«

Die Griechin war mit einem Deutschen verheiratet, der eine fünfjährige Strafe im Zuchthaus Butzbach absaß. Und von dort hatte er den Mann mit dem großen Tip geschickt. Er hieß Bäumling und war vor Jahren in dem noblen Schloß Fahrer gewesen. Er kannte sich genau aus, er zeichnete eine genaue Skizze, die uns überzeugte.

Die Griechin sagte dazu: »Mein Mann hätte den nie geschickt, wenn er nicht hundertprozentig wäre. Mein Mann ist clever.« Dabei leuchteten ihre dunklen Augen vor Begeisterung und Geldgier: »Der zehnte Teil für mich und meinen Mann.«

Ich sagte: »Damit wären wir einverstanden – wenn wir die Sache machen.« Ich wollte aber vorher noch mehr wissen über Bäumling. Er war zu achtzehn Monaten verurteilt worden und hatte nur zwei Drittel abgesessen, weil er ein Erstbestrafter war.

»Wegen was?« fragten wir.

»Einbruch.«

Die letzten sechs Monate hatte er mit ihrem Mann auf einer Zelle gelegen. Mit einem Empfehlungsschreiben auf Tütenpapier war er noch am Entlassungstag bei der Griechin aufgetaucht. Er war sechsundzwanzig Jahre alt, und deshalb fragte ich: »Was würdest du mit einer solchen Summe anfangen? In deinem Alter hat man noch nicht soviel Geld.«

»Eine Autovermietung, in einer Großstadt«, sagte er. »Ich würde mit einem Wagen einsteigen und dann ganz langsam vergrößern, das Geld ins Geschäft sickern lassen.«

Wir saßen zu viert in einem fast leeren Speiselokal in der Nähe des Clubs. Hier konnten wir ungestört sprechen. Es gab zu viele Augen und Ohren im Club.

Bäumling war ein zielstrebiger junger Mann. Er fragte: »Wer garantiert mir, daß ihr wirklich Spezialisten seid? Und könnte es nicht sein, daß ihr Fehler mit dem Geld macht?«
»Ich garantiere das«, antwortete die Griechin. »Das sind die besten, die du in Frankfurt finden kannst.«
»Hast du etwa bei ihr gequatscht?« fragte ich Johann, als ich mit ihm zum Club ging.
»Nein, wir haben im Bett gesprochen. Du weißt doch, wie das ist. Danach liegt man nebeneinander und redet ein bißchen. Und ich habe gesagt, wenn sie mal ein sicheres Ding hätte . . . Unser Wagen hat sie beeindruckt. Und da hat sie gesagt: Ihr seid auch nicht so ohne, du und dein Freund.«
Im Club fragte ich den dicken Willi: »Was war los mit ihrem Mann? War er in Ordnung!«
»Und ob«, sagte Willi. »Er war Klasse, aber er wurde verpfiffen von einem Griechen, der seine Haut retten wollte. Sie haben geklaute Autos nach Griechenland verschoben. Schweren Kies haben die gemacht.«
Als wir Isaak zur Seite nahmen und ihn fragten, ob er Gold und Juwelen absetzen könne, antwortete er: »Für Gold werde ich zahlen fuffzig Perzent, bei Steine kommt darauf an, ob sie müssen neu geschliffen werden. Sie gehen nach Paris, könnt ihr rechnen a reiches Drittel.«
Er wollte noch mehr wissen, aber wir sagten nur, es könnte sein, daß wir in den nächsten Tagen mit Juwelen zurückkämen. Er nickte und sagte: »Wenn du auf so ein Sach gehst, mußt du Augen haben an den Fießen. Und schießen sollste nur in die Luft.«
»Wir haben nicht vor, auf jemand zu schießen«, sagten wir.

»Weiß ich doch, weiß ich doch, hätte ich euch sonst gegeben de Pistolen? Wann wollt ihr fahren?«
»Morgen.«
»Gut. Soll euch Gott schützen und ihr kommt gesund zurück.«
Am nächsten Morgen machte das Wiesel ein enttäuschtes Gesicht: »Ihr fahrt schon wieder ohne mich.«
Wir steckten die Pistolen ein, die wir bei seiner Mutter versteckt hatten. »Mit denen wollt ihr doch nicht nur spazierenfahren . . .«
»Nehmt ihn doch mal mit, damit er auch zu ein bißchen Geld kommt«, sagte seine Mutter. »Er ist tüchtig, mein Friedo. Mit dem seid ihr nicht angeschmiert.«
Wir vertrösteten die beiden: »Das nächstemal. Wir vergessen ihn nicht.« Und dieses Versprechen wollten wir tatsächlich einhalten, denn seine Mutter hatte den Wagen für uns gekauft und ihn auf ihren Namen zugelassen. Das Wiesel hatte uns erzählt: »Als sie das Paket Hunderter aus ihrer Einkaufstasche zog, fielen dem Verkäufer fast die Augen aus dem Kopf. Sie hat gesagt: »Gell, da staunen Sie. Aber ich habe einen reichen Bruder in Amerika . . .«
Während wir die Pistolen holten, hatte Bäumling wieder in dem Speiselokal auf uns gewartet. Als er einstieg, sagte er nur: »Donnerwetter.« Er meinte den Wagen, und jetzt war er davon überzeugt, Spezialisten gefunden zu haben. Diese Gewißheit machte ihn redselig. Auf der Fahrt von Frankfurt nach München und dann bis in die Nähe der deutsch-österreichischen Grenze wurde er geschwätzig. Geizig wären sie, die Schloßherren, hochnäsig und hart mit ihren Angestellten. Riesige Ländereien gehörten ihnen, dazu noch Brauereien und landwirtschaftliche Betriebe. Und das hätten die alles

zusammengestohlen, das Geschlecht sei ja bekannt. Die hätten vor Jahrhunderten die Bauern hinrichten lassen und dann ihr Land übernommen. Verhaßt wären sie bei den Bauern, denn die hätten ja in den Kirchenbüchern und alten Chroniken nachlesen können, was das edle Geschlecht alles auf dem Kerbholz hatte.
So etwas klingt gut in den Ohren von Dieben, es hört sich an wie Wahrheit, und es erleichtert den Einstieg.

Wir saßen nebeneinander auf der Parkmauer und spähten hinüber nach dem Schloß. Im Bereich der Mauer war es so dunkel, daß wir einander kaum sehen konnten, aber aus den Glastüren des großen Saals fielen Lichtstreifen in den Park. Dort mußten wir durch, als wir gebückt zu den sorgsam gepflegten Rosensträuchern schlichen, die auf beiden Seiten die Terrasse einrahmten. Zwischen den Rosenbüschen versteckt, fühlten wir uns sicher: von hier aus konnten wir alles überschauen.
Eine Sängerin stand im Saal neben einem Konzertflügel und begleitete ihren Gesang mit weit ausladenden Gesten. Sie lehnte sich weit zurück und wackelte mit dem Kopf, als wolle sie die Töne aus sich herausschütteln.
»Guck dir das an«, murmelte Johann.
Eine festliche Gesellschaft war im Saal versammelt: die Männer im Smoking, die Frauen in Abendkleidern, etwa vierzig Personen, die einen großen Halbkreis um die Sängerin bildeten. Sie waren da aufgestellt wie zu einer Gruppenaufnahme und zeigten die freundlich-konzentrierten Gesichter von Konzertbesuchern, die sich gegenseitig zeigen wollen, daß sie die Kunst schätzen und auch etwas davon verstehen.

Groß war sie, die Sängerin, eine schwere Frau von mindestens einhundertachtzig Pfund. Im wallenden Kleid stand sie neben dem Pianisten. Sie bebte vor Anstrengung, wenn sie das hohe C schmetterte.
»Was singt sie?« fragte Johann.
»Ich glaube, es ist etwas von Schubert.«
»Sie soll nur recht laut singen, wenn wir drin sind.«
Drei, vier weiße Katzen schlichen vorbei. Sie äugten herüber, huschten dann davon. »Sie gehören der Frau«, sagte Bäumling. »Sie hat mindestens zehn Katzen.«
Trotz des schwachen Lichtes konnten wir erkennen, daß Bäumling aschfahl im Gesicht war. In diesem Schloß war er so etwas wie ein Lakai gewesen, ein Fahrer mit Dienstmütze. Jetzt war er zurückgekommen, um seinen ehemaligen Herrn zu bestehlen. Das regte ihn auf, das schlug ihm auf den Magen. Er sagte: »Ich muß mal.«
»Verdammt!« fluchte Johann. »Hättest du deinen Angstschiß nicht vorher hinter dich bringen können!«
»Ich habe was Falsches im Magen«, entschuldigte er sich.
»Wir wissen, was du im Magen hast«, sagte ich.
Er ging, um seine Hosen herunterzulassen. Als er zurückkam, zeigte er uns seinen Chef: »Der Große mit den weißen Haaren, da ganz rechts, unter dem Gemälde. Im Krieg war er General. Wenn ich mal was falsch gemacht habe, hat er ›du Holzkopf‹ zu mir gesagt.«
Der General sah aus wie ein Mensch, der keinen Widerspruch duldet. Das Gesicht verriet Energie und Härte. Er hielt ein Sektglas in der Hand.
Johann sagte: »Ein Nußknacker.«
Bäumling erklärte: »Da am äußersten Ende müßt ihr

bei dem dunklen Balkon hinein. Und dann kommen viele Zimmer. Das sind Gästezimmer, ich glaube, es sind zwölf. Dann kommt ein großes Zimmer. Da trinkt sie Tee mit ihren Söhnen, wenn die auf Besuch sind. Das sind Politiker. Dann kommen wieder Zimmer und ganz am Ende, da ist ihr Schlafzimmer. Und da steht auch die Truhe mit dem Schmuck.«
»Wir müssen auch in die Gästezimmer rein«, meinte Johann. »Das sind reiche Schweine, die haben dicke Brieftaschen, und die stecken sie doch bestimmt nicht in ihre Abendanzüge.«
Die Truhe sei schwer und habe zwei Spezialschlösser, erklärte Bäumling weiter. »Die müßt ihr am Seil runterlassen.«
Wir hatten in München ein Bergsteigerseil gekauft. An dem Seilende hatten wir ein Querholz befestigt. Wir wollten es so über das Balkongeländer werfen, daß es sich in den Streben verfing.
Drinnen applaudierte die Gesellschaft. Die Künstlerin lächelte dankbar. Sie brauchte jetzt eine Atempause, und wir mußten warten. Die Männer und Frauen redeten, nickten mit den Köpfen, lächelten, tranken sich zu. Zwei Diener gingen mit Tabletts herum und reichten volle Gläser.
»Ich habe Durst«, sagte Johann.
»Ich auch«, flüsterte ich. Und ich dachte daran, daß auch wir Sekt trinken würden: in der Künstlerklause.
Im Saal formierte sich die aufgelockerte Runde wieder. Die Sängerin warf sich in Positur, holte tief Luft und sang ein Volkslied aus dem fünfzehnten Jahrhundert: »All mein Gedanken, die ich hab . . .«
»Los jetzt«, sagten wir und schlichen zum rechten Flügel des Schlosses unter den Balkon. Johann stieg auf

meine Schultern. Obwohl es hier stockdunkel war, mußte er nur zweimal werfen, dann saß das Holz fest. Er hangelte sich hinauf. Ich folgte ihm, als er auf dem Balkon stand. Bäumling sollte in den Rosensträuchern hocken bleiben, um zu beobachten.

Als ich am Seil den Balkonrand erreicht hatte, hörte ich die Sängerin: ». . . du sollst an mich gedenken . . .«

Wir gingen durch das Zimmer in den dunklen Korridor, tasteten mit den Händen nach den Türklinken. Die Zimmer waren unverschlossen. Mit abgeblendeten Taschenlampen fingen wir an zu suchen. Und bei der ersten dicken Brieftasche, die in einem Glencheck gesteckt hatte, murmelte Johann: »Ich hab's doch gewußt: reiche Schweine . . .«

Diese Männer trugen in ihren Brieftaschen Tausende spazieren, dazu noch Scheckformulare. Wir nahmen das Geld heraus und steckten es in unsere Taschen. Auf einem Nachttisch glänzte es, und wir nahmen alles mit, was glänzte. Wir fanden Perlen, goldene Armbänder, Uhren, von Brillanten eingefaßt, Ohrringe, Ringe mit Steinen, einen goldenen Drehbleistift. Danach leerten wir in einem Zimmer gleich zwei Brieftaschen, und Johann murmelte dabei: »Ich hab's gewußt . . .«

Dann gingen wir leise nach hinten zum Schlafzimmer, standen vor der verschlossenen Tür und wollten sie jetzt öffnen. Es war die einzige Tür, die besonders gesichert war, und der Grund war einleuchtend: wegen der Truhe.

Plötzlich hörten wir das Getrappel von vielen Füßen, eine Flucht, eine Panik. Es kam vom rechten Flügel, wo wir eingestiegen waren. Die Schritte polterten die Treppe herauf, durch den Korridor auf uns zu. Das aufgeregte Stimmengewirr schwoll an.

»Nichts wie weg!« zischte Johann.
Das Schloß hatte am Ende eines jeden Flügels durchgehende Treppen, so daß man von beiden Seiten in den großen Saal gelangen konnte. Ehe unsere Verfolger bei uns ankamen, hatten wir die Treppe gefunden. Wir zogen die Pistolen hervor, hielten uns Taschentücher vor das Gesicht und rannten diese Treppe hinunter. Durch eine Flügeltür stürmten wir mitten hinein in die festliche Gesellschaft. Sie stoben auseinander wie erschreckte Hühner. Die Frauen schrien auf, und die dicke Sängerin fiel um wie ein gefällter Baum.
Die Verfolger waren hinter uns, wir rannten durch den Saal, die andere Treppe hinauf und kamen an dem Balkonfenster vorbei. Nur ein Blick genügte: unten standen mindestens zehn Männer um das Seil herum.
Wir mußten die gleiche Runde noch einmal wiederholen: wir, die Gejagten, dahinter fünf oder sechs Männer. Die Treppe hinunter, wieder durch den großen Saal, wo sie der Sängerin gerade etwas einflößten. Und dann noch einmal die Treppe hinauf. So hätte das weitergehen können. Aber Johann und ich riskierten den Sprung nach unten. Zu gleicher Zeit sprangen wir vom Balkon in die Gruppe von Männern, die erschreckt auseinanderlief.
Auf dem Dach des Schlosses gingen die Scheinwerfer an und beleuchteten den Park. Eine Männerstimme rief: »Dort laufen sie! Dort laufen sie!«
Hinter uns knallte es ein paarmal, aber die mächtigen Bäume gaben uns Deckung und wir hörten die Kugeln nicht einmal pfeifen. Ich dachte: Das war der General.
Unser Wagen stand dreihundert Meter entfernt vor einer Schenke zwischen anderen Autos. Dort hatte er nicht auffallen können. Als wir atemlos beim Wagen

ankamen, saß Bäumling schon darin und sagte mit kläglicher Stimme: »Ich konnte nichts machen ... Es waren die Katzen ...«

Er jagte den Wagen über die Bundesstraße, dann zur Autobahn. Unterwegs erzählte Bäumling: »Das Seil hing herunter und hat sich im Wind leicht bewegt. Da kam die erste Katze und hat sich davorgesetzt. Nachher kamen noch drei, und jetzt hockten sie zu viert davor und fingen an zu miauen.«

»Und du hast sie nicht verscheucht?« rief ich wütend.

»Ich wollte ja, aber da ging eine Terrassentür auf. Es kam einer heraus und wollte die Katzen beruhigen, weil sie das Konzert störten. Er hat das Seil gesehen und sofort gerufen: Einbrecher!«

»Und was hast du gemacht?« fragte Johann.

»Ich bin verduftet.«

»Du warst zu langsam«, sagte ich. »Du hättest schon die erste Katze verjagen müssen.«

»Davongelaufen ist er«, sagte Johann. »Schiß hattest du in den Hosen! Der General hat recht: Du bist ein Holzkopf.«

Wir wollten den Versager bald loswerden. Er hatte uns in Gefahr gebracht.

Das Wettrennen im Schloß hätte schlecht ausgehen können, denn der Schloßherr, so erzählte uns Bäumling, besaß eine ganze Sammlung von Gewehren und Pistolen. »Er geht oft auf die Jagd. Ich mußte immer das geschossene Wild in den Kofferraum legen. Rehe, Sauen und auch Hasen ... Er ist ein guter Schütze.«

»Ach du heiliges Kanonenrohr!« rief Johann.

Ich fragte: »Und das konntest du uns nicht vorher sagen?«
»Ich dachte: Euch wird nichts passieren. Die Griechin hat's auch gesagt.«
»Es kann uns aber etwas passieren, du Schafskopf!« rief Johann. Bäumling schwieg und schaute uns aus seinen leicht vorquellenden Augen nachdenklich an. Obwohl er uns auf der Fahrt nach München noch ganz genau eine Brauerei erklärte, die auch dem General gehöre und die wahrscheinlich leicht zu machen sei, wollten wir uns in München von ihm trennen.
»Was sollen wir ihm geben?« fragte mich Johann.
Ich schlug zweitausend vor, denn wir hatten viel Bargeld gefunden und würden auch noch die Juwelen umsetzen. Bäumling war damit zufrieden, ihm dämmerte, daß Johann die Wahrheit streifte, als er erklärte: »Ums Haar hättest du uns in den Knast oder gar ins Grab gebracht. Da wollen wir aber keineswegs hin.«
Er stand draußen neben dem Wagen. Johann ließ den Motor an. Durch die Scheibe fragte ich Bäumling: »Was wirst du jetzt machen? Jedenfalls vergiß diese Geschichte. Reden ist immer gefährlich, auch für dich . . .«
»Nein, nein«, beteuerte er. »Ich fahre zu meiner Tante und helfe ihr im Geschäft. Ich werde nie vom Schloß erzählen. Ich gehe auch nicht mehr einbrechen. Es ist vielleicht doch zu gefährlich.«

Die Wolken hingen tief, als wir von München nach Frankfurt fuhren. Ein Tag im Spätherbst. Ich war müde und träumte vor mich hin. Johann fuhr beinahe

Höchstgeschwindigkeit. Aber ich spürte, er war wachsam, verläßlich. Er verstand dieses Auto. Im Wagen hatten wir Geld und Juwelen versteckt. Die Pistolen lagen im Kofferraum in einer Werkzeugtasche.
Der starke Motor hatte bei dieser Geschwindigkeit einen hohen sirrenden Ton. Ich hörte ihm zu. Dieses Auto hatten wir uns leisten können. Wir waren erfolgreiche Diebe. Auf dem Kopf trug ich Cicipeks grünes Hütchen.
Ich dachte: Plenna ist tot.
»Wir müssen es anders machen«, sagte ich. »Ich mußte ziemlich oft davonlaufen in letzter Zeit.«
»Was willst du machen? Willst du stehenbleiben? Wenn du mich fragst: wir führen ein phantastisches Leben. Und wir sind jedesmal davongekommen.«
Ja, über des Messers Schneide ging es, ging um die berühmte Breite des Haares. Außerdem gefielen mir die Brieftaschen anderer Leute nicht. Ich wollte nutzen, was ich bei Cicipek gelernt hatte. Das Motorengeräusch lullte mich ein. Ich war entspannt, in mich zurückgezogen, dachte über die Schwere des phantastischen Lebens nach. Wo will ich hin? Ich gehöre zu keiner Partei, keiner Klasse, keiner Religion, fühle mich keiner Nationalität besonders verpflichtet, folge einer Gesetzmäßigkeit, die ich noch nicht erkenne. Leicht wie eine Vogelfeder bin ich. Der Wind hebt mich auf und trägt mich fort. Auf einer großen Reise bin ich, und es wird etwas Wunderbares mit mir geschehen, denn ich habe mich von allem losgesagt und mich dem Wind überlassen.
Johann weckte mich auf. »Jetzt brauche ich eine Frau«, sagte er. »Ich werde mit ihr ins Bett gehen und einen ganzen Tag bei ihr liegen bleiben.«

»Ich auch«, sagte ich. »Aber einen ganzen Tag mag ich bei keiner Frau liegen bleiben.«
»Wir machen ein Fest«, sagte er. »Und da ist ja auch noch die Eröffnung der ›sieben Raben‹. Da gehen wir hin, piekfein gehen wir hin und haben was in der Brieftasche.«
»Wir müssen es anders machen«, sagte ich. »Besser organisieren, planmäßiger arbeiten. Ich habe Ideen: wir machen ein paar Geldschränke. Du weißt, daß ich es gelernt habe. Wir brauchen eine perfekte Ausrüstung zum Schneiden, und eine günstig liegende Garage.«
»Das wird viel Geld kosten.«
»Wir haben genug Geld.«
»Wir sollten auch die Brauerei machen, von der uns Bäumling erzählt hat. Wir kennen doch jetzt alles ganz genau. Und der Schrank muß alt sein, denn er hat gesagt, er stände auf Tigerfüßen.«
»Den Schrank können wir machen. Aber du und das Wiesel, ihr geht in der nächsten Zeit wieder als Fahrer zu Speditionen. Ich gehe als Vertreter. So kommen wir herum. In einem Monat müßten wir drei oder vier gute Schränke gefunden haben.«
»Aber was machen wir jetzt als erstes? Es sind nur noch ein paar Kilometer bis Frankfurt.«
Zuerst wollten wir den Schmuck schätzen lassen. Peter wäre dafür der richtige Mann. Er verstehe etwas von Schmuck, denn er hätte genügend davon gestohlen, sagte Johann. Josef auch, aber vielleicht sei Peter doch der größere Experte. Danach wollten wir das Zeug zu Isaak tragen. Wir vertrauten ihm: er würde feilschen, jammern und zetern, aber er würde uns nicht betrügen. – Als wir angekommen waren, parkten wir den Wagen in einer kleinen Seitenstraße und gingen dann zu Fuß

weiter. Nur Josef und die Großmutter waren in der Wohnung.
»Wo ist die Mutter?« fragte Johann.
»Wo soll sie schon sein«, antwortete Josef mürrisch. »Sie ist putzen gegangen.«
»Das hört auf«, sagte Johann. »Sie geht von jetzt an nicht mehr putzen. Komm mal mit ins Zimmer.«
Josefs Augen wurden lebhaft. »Ist was gelaufen?« fragte er. »Habt ihr was?«
Die Großmutter war neugierig. Sie wollte auch ins Zimmer kommen, aber Josef rief durch die Tür: »Das ist nichts für dich! Bleib du in deiner Küche!«
Johann und ich packten aus, legten Armband zu Armband, die Uhren für sich, dann die Ringe. Josef schluckte: »Menschenskind ...« Er betrachtete die Perlenkette. »Die ist echt«, sagte er und biß darauf herum. »Das Armband hier ... Brillanten und Smaragde. Das ist unter Brüdern seine fünfzigtausend wert. Und der Ring ... Das sind anderthalb Karat. Und die Uhr hier, die hat ja auch noch Brillanten!«
Sogar der goldene Drehbleistift hatte in seinem oberen Ende einen Halbkaräter als Verzierung. Nun fingen wir an zu staunen, denn Josef nickte beeindruckt vor sich hin und erklärte: »Diese Sore ist hunderttausend wert.«
Wir wollten Peter auch dazu hören. Josef ging, um ihn zu holen. Peter habe eine Lupe, sagte er.
Peter hatte noch geschlafen. Er kam im seidenen Pyjama, trug darüber einen teuren Morgenmantel. Die Lupe hatte er mitgebracht. Josef war aufgeregt. »Was sagst du?« fragte er. »Was sagst du?«
Peter betrachtete jedes Stück mit Gelassenheit. Er machte den Eindruck, als sei er an den Umgang mit

Pretiosen gewöhnt, als habe er auf seinen Zügen diesen Plunder in Mengen erbeutet. Manchmal nickte er zustimmend, aber er ließ sich Zeit. »Guter Schliff«, murmelte er, die Lupe am Auge. »Die Uhr ist aus Platin.«
»Nun sag schon: Was schätzt du?« drängte Johann.
Peter lehnte sich in den Stuhl zurück und holte tief Luft: »Was hier auf dem Tisch liegt, das sind etwa einhundertfünfzigtausend.«
Johann und ich nahmen jeder einen Stuhl. Wir setzten uns hin, schauten uns an und sagten nichts. Dann fingen wir an zu grinsen, mußten kichern und betrachteten das Geglitzer vor uns auf dem Tisch.
Voller Respekt sagte Josef: »Eine gute Arbeit.«
Und Peter sagte: »Ja, eine gute Arbeit.«

Isaak brauchte keine Lupe. Er saß am Tisch, nahm ein Stück nach dem anderen und hielt es an die Augen. »Hm! Hm!« machte er ein paarmal. Als er das Armband mit den Brillanten und Smaragden prüfte, murmelte er: »Scheen, sehr scheen. A scheenes Stick.«
Wir standen dabei und schauten ihm zu. Es war uns recht, daß Lieselotte nicht in der Wohnung war. »Wo ist sie?« fragte ich.
»Wo kann sie sein: in Kino isse gegangen. Aber mach dir keine Sorgen nicht. Weiß ich doch, mit was für eine Frau ich lebe. Sie ist scheen, sie ist dumm, aber reden wird sie nicht.«
Ich sagte: »Wir wollen es hoffen.«
Er winkte nur ab und fragte: »Wie heiß? Habt ihr von weit her?«
»Na ja, eben heiß«, antwortete ich.

»Was musse bringen, die Sore?«
»Achtzigtausend«, antworteten wir gleichzeitig.
»Uh!« rief er. »Wollt ihr mir ruinieren!« Er spielte mit der Platinuhr, nahm die Perlenkette, griff jedes Stück noch einmal heraus und betrachtete es. Als er den Drehbleistift in der Hand hielt, schüttelte er den Kopf: »Was sind das für Menschen, was haben ein Brillant in a Drehbleistift?«
»Reiche Menschen«, sagte ich.
»Dumm müssense sein«, meinte er. »Sie zeigen alles, und da kommt a Ganeff und nimmt ihnen weg.« Er zuckte mit den Achseln: »Aber ist Natur. Es pickt a jeder Vogel dem andern was weg – wenn er kann. Werd ich sagen: Dreißigtausend.«
Wir lachten ihn aus. Er wiegte den Kopf hin und her, überlegte, rechnete. Er kratzte sich am Kopf, seufzte dabei, schien sich anzustrengen. Mit Kummer in der Stimme sagte er schließlich: »Soviel kann ich nicht allein.«
Er könne sich etwas leihen, schlugen wir ihm vor.
Er fuhr hoch: »Soll ich kauen mit fremde Zähn? Ich muß sprechen mit Moses . . .«
Und Moses Leib kam herein, als hätte Isaak auf ein verborgenes Knöpfchen gedrückt. Er nahm sich nicht Zeit, uns zu begrüßen, ging schnell an den Tisch, schätzte unseren Fang mit einem Blick ab und rief begeistert: »Hab ich gewußt, er hat a gildenes Händchen!« Dabei deutete er auf mich. »Hab ich ihn gesehen und gewußt: Er kennt a Doktor sein. Isser klug, hab ich gedacht, isser einer von denen, was kommt leise die Treppen hoch . . .« Er setzte die Hymne auf mich fort, dann aber bemerkte er, daß er Johann vergessen hatte. Und diesen Fehler wollte er schnell korrigieren: »Und er auch,

könnt er auch a Doktor sein. Kommen sie beide leise de Treppen hoch ... Wir werden geben zwanzigtausend.«
Wir hatten unseren Spaß, und außerdem holte Isaak die Wodkaflasche aus dem Schrank und schenkte ein. Sie erzählten uns, wieviel Frauen wir haben könnten, wie wir essen und trinken würden, was für Kleider man kaufen könne, und daß man wie ein Fürst leben würde – mit vierzigtausend Mark. Denn bei dieser Summe waren wir nach dem dritten Glas immerhin angekommen.
»Wir wissen genau, was das Zeug wert ist«, sagte ich. »Gebt uns siebzigtausend, und es gehört euch.«
Sie schüttelten wieder die Köpfe. Hätte man je gedacht, daß wir so harte Menschen sein könnten? Und wir sollten uns vorstellen, es hätte sein können, daß wir ohne Beute zurückgekommen wären. So aber würden wir vierzigtausend verdienen: für nichts, denn vorher hätten wir ja nichts gehabt. Also wäre es so, als hätten wir das viele Geld auf der Straße gefunden.
»An einem einzigen Tag!« rief Moses und schlug ergriffen die Hände vor das Gesicht.
Das ging noch eine Stunde so fort, in der wir uns gegenseitige Freundschaft und andauernde Wertschätzung zusicherten, in der wir aber trotz des großen Vergnügens, das wir aneinander fanden, hart verhandelten. Dann hatte ich die Idee, ihnen Geld zu zeigen. »Wir brauchen das Geld nicht. Wir haben genug in der Tasche.« Johann und ich holten ein paar Bündel Hunderter hervor. Sie beguckten sich das Geld und wurden nachdenklich. Sie hatten begriffen, daß wir bei sechzigtausend bleiben würden, denn bis zu diesem Betrag waren sie uns gefolgt.

Und nun spielten sie mit offenen Karten. »Wir können nicht allein«, gab Isaak zu. »Nehme ich den Jakob Landschaft mit. Isser a feiner Kerl, braucht ihr nichts zu fürchten.«
Moses Leib wollte auch einen feinen Kerl mit ins Geschäft nehmen, aber Isaak schlug die Hände über dem Kopf zusammen: »Isser a Dummkopf von hinten und vorn!«
»Gut, gut«, beschwichtigte Moses. »Werd ich nehmen auch das Geld von Ruth und den Rest wird mir geben der Silberkopp . . .«
Jetzt steckten sie zu fünft in diesem Geschäft. Und es sollte nicht das letzte bleiben, wie sie sagten, denn da gäbe es noch wunderschöne Sachen, die sie für uns verkaufen wollten: edle Pelze, teure Kameras, elektrische Rechenmaschinen und vor allem Gold.
Ruth und Lieselotte fingerten auch an dem Schmuck herum. Ihre Augen glänzten, und Ruth stupfte Moses an. Unwirsch sagte er: »Stör mich nicht. Du siehst, daß ich bin am Arbeiten . . .«
Silberkopp, den Moses geholt hatte, war ein kleiner vierschrötiger Bursche mit roten Haaren. Er gefiel mir nicht. Er schielte und hatte dadurch einen verschlagenen Gesichtsausdruck. Aber er brachte Geld – viel Geld. Das lag nun in Bündeln neben den Juwelen.
Jakob Landschaft war ein gemütlicher Mensch. Er trank zuerst einmal drei Schnäpse, dann betrachtete er sinnend unsere Beute. Er war schon alt, und ich hörte, daß er in Krakau früher ein Lebensmittelgeschäft betrieben hatte. Auch er war mit einer geschwellten Brieftasche gekommen.
Sie zahlten vierzigtausend Mark an. Wir waren nun zu acht in dem kleinen Zimmer. Isaak und Moses Leib

zählten das Geld dreimal. Dabei schauten wir alle zu. Und Johann stieß mich an und grinste. Die Bündel da auf dem Tisch sahen aus wie ein Vermögen.
Wir kassierten, steckten jeder zwanzigtausend Mark in die Tasche. Isaak fragte: »Wohin werden mer gehen? Nach so ein Geschäft sollt mer gehen, um zu feiern . . .«
»Wir gehen in die Künstlerklause«, sagte ich. »Aber ich will Katja mitnehmen.«
»Ich brauche ein Weib«, sagte Johann. Dabei schaute er die stramme Ruth von oben bis unten an. Moses sah den Blick und erklärte sofort: »Du bleibst hier. Die Frau soll im Haus bleiben, wenn die Männer was haben zum Reden.«
Wir fuhren in den Club, zum dicken Willi. Ruth und Lieselotte waren dabei. Ruth hatte nur gesagt: »Isser wohl meschugge.« Dabei hatte sie die Hand gehoben, als wolle sie ihm eine herunterhauen. Moses hatte das Genick eingezogen und keinen Ton mehr zu sagen gewagt.
Der dicke Willi empfing uns mit Cognac. Er nahm mich zur Seite und sagte: »Hör mal, ich wüßte ein Geschäft für uns beide. Ein Lokal. Ganz hier in der Nähe. Wenn du sechzigtausend Mark hast, könntest du bei mir einsteigen. Das wird eine Goldgrube . . .«
Ich war interessiert. Ein Lokal, dachte ich, eine gute Sache – wenn es läuft. Und ich traute Willi zu, daß er ein Lokal führen konnte. Er war mit allen Wassern gewaschen, hielt sich aber proper, wie er sagte. Außer zwei mittelschweren Vorstrafen wegen Betrugs habe er eine saubere Weste, erklärte er mir. »Hast du kein Geld?« fragte ich.
»Mann«, sagte er, »ich habe zwei Freundinnen und eine

Frau. Was glaubst du, was das kostet? Und dann ... Mein Lebensstil verschlingt enorme Summen.«

»Warum nimmst du an, daß ich Geld habe?«

»Das sehe ich doch. Und es wird hier gemunkelt, du wärst ganz dick gestopft.« Dabei rieb er Daumen und Zeigefinger der rechten Hand gegeneinander.

Katja war da. Sie schmiegte sich an mich und flüsterte in mein Ohr: »Du hast mich lange nicht besucht.«

Johann hatte schlechte Laune. Er sagte: »Alles Huren, kein anständiges Weib dabei.«

Wir fuhren zur Künstlerklause und machten ein großes Fest.

14

Als ich erwachte, krabbelte ihr Sohn auf mir herum und zupfte interessiert an den Haaren auf meiner Brust. Dabei plapperte er etwas, was ich nicht verstand, aber ein Wort, das ständig wiederkehrte: »Papa . . . Papa . . .«
Katja huschte aus dem Bett. Ich sah ihren runden festen Hintern und die zarte Markierung der Wirbelsäule, als sie sich schnell nach dem Bademantel bückte, der vor dem Bett lag. »Ich muß ihn zum Kindergarten bringen«, sagte sie. »Ich bin gleich wieder da. Du kannst weiterschlafen.«
Während sie flink das Kind ankleidete, redete sie leise und zärtlich. Es war wie ein Ritual, und mir kam es vor, als hätte ich das schon tausendmal gesehen, als hätten Frauen so mit mir geredet, um mich zu überzeugen und mir mein Mißtrauen abzuschmeicheln. Ich schien mich erinnern zu können an das Locken ihrer Stimmen: an die Beschwichtigung.
Der Junge wollte zu mir. Er streckte die Arme nach mir aus, und ich dachte: Diese Mansardenwohnung wird zu deiner ersten Erinnerung. Ich weiß: Du bist schlecht dran. Als ich noch die Arme nach meinem Vater ausstreckte, konnte ich ihn immer finden.
Der dicke Willi hatte in der Künstlerklause gesagt: »Guck dir die Katja an, wie die auftaut. Meistens hat sie

ja ein bißchen Mißmut im Gesicht. Aber jetzt ist sie ein blankgeputzter Engel.«

Ich fühlte mich wohl bei ihr, wie ein heimgekehrter Krieger. Nicht geschwächt, sondern gestärkt kam ich aus ihrem Bett. Sie war da, wenn ich es wünschte, und sie trat zurück, wenn sie begriff, daß mein Privatkrieg weiterging. Sie erfaßte es mit dem Instinkt, und sie täuschte sich selten.

Als sie vom Kindergarten zurückkam, fragte ich: »Was ist eigentlich mit dir los? Gehst du auf den Strich?«

»Was fällt dir ein? Du weißt doch, daß ich als Platzanweiserin im Kino arbeite. Seit einer Woche. Um drei fange ich an, um elf Uhr bin ich fertig. Dann gehe ich in den Club und helfe servieren. Dafür gibt mir Willi zwanzig Mark, und ich mache auch noch Trinkgelder. Ich bin nicht mehr und nicht weniger verhurt als alle anderen auch . . .«

»Was zieht dich in den Club?« wollte ich wissen.

»Die Menschen«, sagte sie. »Ich mag Gauner irgendwie.«

»Auch die Zuhälter, die dort verkehren?«

»Nein, die nicht.«

»Die Taschendiebe?«

»Ja, auch die Taschendiebe.«

»Die Autoknacker und Einbrecher?«

»Warum nicht?«

»Die Betrüger und Bauernfänger, die Falschspieler und Falschgeldverbreiter?«

»Sind sie nicht interessant? Hör mal, du . . . Ich weiß, daß du ein Gangster bist. Und das gefällt mir. Ich mag Männer, die was riskieren.«

»Wenn du ein Mann geworden wärst, wärst du auch ein Gauner«, sagte ich. »Aber es ist besser so.«

»Was bin ich eigentlich für dich?« Sie kam ins Bett und legte den Arm um meinen Nacken. »Nun sag schon.«
Wir lachten, ich fühlte mich frei und sorglos. Ich dachte an Willis Ausspruch und antwortete: »Du bist mein blankgeputzter Engel.«
Das gefiel ihr, das waren Worte, von denen sie sich gestreichelt fühlte. »Sag es noch einmal«, bat sie. »Es klingt so schön.«
Ich sagte: »Vielleicht weiß ich genau, warum du in den Club gehst. Du brauchst Freunde, unter den braven Bürgern findest du sie nicht.«
Sie hörte aufmerksam zu, als ich ihr erklären wollte, daß sie eigentlich ein Kind geblieben sei und Spielgefährten suche. Was sie in den Club trieb, war ihre Hilflosigkeit gegenüber der Welt. Sie war großzügig, lässig, unmoralisch, ohne es zu wissen. Unter den Frauen, die ein angepaßtes Leben führten, war sie wie eine Ausgestoßene. Die Frauen spürten, wie gut sie sich mit Männern verstand, und neideten ihr die Freundschaft, die Kumpanei. In diesem Club, unter Huren und Gaunern, fühlte sie sich sicher: geborgen in einer Gruppe.
Das wurde mir klar, während wir darüber sprachen. Und wie war es mit mir? Ich sah plötzlich unsere Ähnlichkeiten: Ich war jetzt aufgenommen, gehörte dazu. Mein Platz in der Unterwelt war gesichert. Und da ich sonst nirgendwo einen Platz hatte, war ich einige Zeit dort zufrieden.
Der dicke Willi erklärte mir: »Sie haben Manschetten vor dir und Johann. Ihr genießt Respekt.« Und der dicke Willi mußte es wissen, denn er war eine Autorität, der Besitz dieses Clubs zeichnete ihn aus. Sie kamen hier vorbei, und hier wurden ihnen auch die Namen verpaßt, über die ich manchmal staunte. Ich stand an der

kleinen Bar und hörte Katja, wenn sie die Bestellungen durchgab. Sie kam und konnte sagen: »Schnell ein Schinkenbrot für den Mokka-Müller . . .« Das war ein Mann, der ein Kaffeegeschäft betrieb. Oder sie sagte: »Kaffee, Cognac für Gemüse-Heini.« Auch der war ein normaler Mensch: er besaß einen Gemüsestand in der Markthalle.

Aber dann gab es Namen, die mich neugierig machten. Einer hieß Bim-Bim, ein anderer trug den seltsamen Namen: der kalte Ferdinand.

Der dicke Willi klärte mich auf: »Bim-Bim ist ein Taschendieb. Deshalb fährt er am frühen Abend manchmal mit der Straßenbahn. Seine Nutte, die dumme Ziege, die für ihn auf den Strich geht, wollte mal besonders schlau sein. Als er eines Abends losging, fragte sie: Wo gehst du hin? Sie machte mit der Hand wie Schaffner: das Zeichen des Abschellens. Gehst du bimbim . . . hat sie gesagt. Ein paar Ganoven haben es gehört. Und seit dieser Zeit heiß er Bim-Bim. Wir hatten auch einen, der hieß Bim-Bam, aber der ist nicht da. Er sitzt wieder drei Jahre. Er hat die Opferstöcke in den Kirchen beklaut. Hier hat fast jeder seinen Namen. Bei mir ist es leicht. Ich bin dick . . .«

»Und der kalte Ferdinand?« fragte ich.

»Er war angeklagt wegen Mordes an seiner Vermieterin. Sie mußten ihn freisprechen aus Mangel an Beweisen. Aber jeder hier weiß, daß er sie kaltgemacht hat. Es ging um ein bißchen Bargeld und einen kleinen Brillantring. Jetzt versucht er, jedem zu erzählen, er wäre unschuldig. Ich kann ihn nicht rausschmeißen, aber ich habe zu ihm gesagt: Mach dich hier nicht mausig. Laß dich ja nie mit ihm auf ein Gespräch ein. Er wird dir zwei Stunden lang von seiner Unschuld erzählen.«

Morgens, so gegen fünf Uhr, ging ich mit Katja zu ihrer Wohnung. Die alte Frau, die neben ihr wohnte, holte abends den kleinen Sohn aus dem Kindergarten, gab ihm zu essen und brachte ihn zu Bett. Katja zahlte wöchentlich dafür. Wenn wir aus dem Club nach Hause kamen, schlief er fest.

Auf unserem Weg sahen wir die ersten Arbeiter aus den Haustüren kommen. Sie gingen jetzt, ihr Geld zu verdienen, wenig Geld für harte Arbeit. Ich dachte: Sie lassen sich das ein ganzes Leben lang gefallen. Vielleicht merken sie nicht, was mit ihnen geschieht. Ich aber glaubte zu wissen, was gespielt wird in der Welt. Und ich dachte: Ich spiele mein eigenes Spiel.

Die Zeit mit Katja war glücklich, und ich bildete mir ein, ziemlich unverwundbar zu sein. Niemand hätte mich vom Gegenteil überzeugen können. Den Versuch dazu hat nie jemand unternommen, weil ich den Menschen aus dem Weg ging, denen ich Erfolg bei diesem Bemühen zugetraut hätte.

Die Eröffnung der Gaststätte *Zu den sieben Raben* würde sich noch um drei Wochen verzögern. Das Wiesel sagte: »Mein Alter schafft das nie. Er steht allein in seiner Kneipe und pichelt. Die Handwerker sehen natürlich, daß er zu oft besoffen ist. Er hat Schulden bei ihnen, und jetzt haben sie kein Vertrauen mehr.«

Das Wiesel hoffte, wir würden seinem Vater helfen, denn es stand schlimm um den blassen Karl. Das Geld war ihm ausgegangen, die hohe Kaution und die Arbeiten an der Inneneinrichtung hatten seine Reserven aufgezehrt. Er wollte es nicht zugeben, auf unsicheren Beinen stand er hinter der Theke und lamentierte: »Die Handwerker sind schuld. Sie lassen mich im Stich. Aber in drei Wochen ...«

Seine Freundin kam herein, und obwohl das Wiesel, Johann und ich im Lokal waren, krakeelte sie sofort los: »Nichts hast du gemacht in den letzten zwei Stunden! Die Brauerei wird allmählich sauer. Wo sind die Lampen, die du anbringen wolltest?«

Sie stapfte durch den Raum, eine dralle Person mit frisch gelegten hellblonden Dauerwellen, die auf ihrem Kopf lagen wie eine Perücke und das verbrauchte Gesicht erst so richtig zur Wirkung brachten. Sie übersah uns, füllte die Gaststätte mit einem Wirbelwind von schlechter Laune und Zank, bis der blasse Karl sich aufraffte und sie anschrie: »Verschwinde, du altes Schlachtschiff! Dampf ab! Ich habe Geschäfte mit den Jungs!«

Damit beeindruckte er sie. Geschäfte – das war ein Wort mit Gewicht. Sie musterte uns kurz, aber genau, wobei sie das Wiesel ausließ, und sagte: »Hoffentlich kommt was dabei rum. Er ist nämlich stier. Und er säuft zuviel. Geschäfte ...« Jetzt erst schien sie Friedo zu sehen. Sie deutete auf ihn: »Aber doch nicht mit dem da? Für den kannst du doch nur Anwaltskosten bezahlen, wenn er mal wieder im Knast sitzt.«

»Halt die Fresse«, konterte das Wiesel gelassen. »Meine Mutter hat zwar einen Buckel, aber sie ist dreimal so schlau wie du.« Dabei machte er ein Gesicht, als wolle er sagen: Seht ihr, das hat gesessen.

Sie rauschte davon, wobei sie nicht vergaß, unter der Tür noch einmal zu rufen: »Mein Geld steckt nämlich auch hier drin!«

Nachdem sie gegangen war, schenkte sich Karl erst

einmal einen Schnaps und ein Bier ein. »Wollt ihr auch einen?« fragte er.
Wir schüttelten den Kopf. Wir waren nicht gekommen, um zu trinken. Karl hatte von Geschäften gesprochen, um sie loszuwerden, jetzt aber witterte er etwas. Der bekümmerte Ausdruck wich aus seinem Gesicht. Es spannte sich ganz plötzlich mit Hoffnung, wechselte so schnell wie bei einem Kind, dem ein Geschenk versprochen wird. Aufmerksam hörte er zu, dabei nickte er ein paarmal mit dem Kopf.
Ich erklärte ihm genau, was wir brauchten. Josef hatte zu mir gesagt: »Vielleicht kann's der Karl besorgen. Er hat Verbindungen zu Handwerkern und Werkstätten.«
»Und ob ich das habe!« Karl war seiner Sache sicher. »Ich besorge euch die Spezialbohrer, die Kabel mit Zwischenstücken, die Flaschen und die Schneidbrenner. Alles Spezial. Und vor allem stiekum, die Leute sind echt, da kann ich euch auch die Flaschen wieder füllen lassen. Sagt mal, ihr scheint eine Menge davon zu verstehen?« Er wandte sich an seinen Sohn: »Siehst du, Friedo, ich wußte, bei denen liegst du richtig, die haben was drauf. Na ja, der Josef war zu seiner Zeit auch Klasse. Was war denn dein Vater?« fragte er mich. »Ach so, ach so. Na ja, macht nichts. Es kann ja nicht jeder ... Aber Handwerker war er auch.«
»Ihr könnt euch auf ihn verlassen«, sagte das Wiesel. »Wenn er behauptet, er schafft euch das Zeug her, dann macht er das auch.«
»Auf Ehr und Gewissen«, sagte der blasse Karl mit großem Ernst. »Mein Friedo kennt mich.«
Und Friedo sagte: »Wie ist das jetzt, könnt ihr ihm helfen?«

Karl brauchte fünftausend für die Brauerei, das hatte er fest zugesagt, und die Brauerei wollte nicht mehr länger warten. Dann noch dreitausend für die Handwerker. Unser Werkzeug würde auch ein paar tausend kosten.
»Mann«, brummte Johann. »Das reißt ja ganz schöne Löcher.«
Aber das käme doch wieder rein, riefen Vater und Sohn gleichzeitig. Ihr Zusammenspiel war beeindruckend. Wir blätterten eine große Anzahlung auf die Theke, hinter der Karl, wie er sagte, die paar Scheine bald verdient haben würde. In drei Wochen sollten die *sieben Raben* laufen, daß uns Hören und Sehen vergehen würde. »Die kommen doch alle zu mir. Alles, was Rang und Namen hat aus unseren Kreisen . . .«
Ich wagte den Einwand: »Unsere Kreise sind nicht so groß. Das ist nicht mehr wie zu euren Zeiten.«
»Nein, nein, das spricht sich herum«, meinte er. »Hör mal, ich kann doch auch deinen alten Wagen verkaufen. Ich habe gehört, er ist freigegeben.«
Mir war es recht. Nach einigen Monaten hatte ich den Bescheid erhalten, daß mein Fahrzeug für die laufende Ermittlung nicht mehr benötigt werde. »Es ist gut«, sagte ich. »Du kriegst die Papiere und eine Bescheinigung, daß ich dir den Wagen verkauft habe.«
»Mit dem Wagen kann ich dann das Werkzeug hierherbringen. Von meiner Alten habt ihr nichts zu fürchten, die ist durch und durch altdeutsch. Ihr müßt verstehen . . . Sie hat Angst, wir rutschen ab.«
»Paß nur auf, daß du mit der nicht ins Rutschen kommst«, grübelte das Wiesel. »Und wie die aussieht . . . hellblond gefärbt, in diesem Alter.«
»Sie denkt, es ist schön«, entschuldigte sich Karl. »Sie ist halt schon ein alter Dampfer.«

Ehe wir gingen, wollte uns Karl noch etwas einschenken, aber wir lehnten ab. Das Wiesel sagte: »Hör auf zu saufen! Kümmere dich um dein Geschäft, und auch um unsere Geschäfte. Und vergiß auch nicht, daß du zu diesem unerwarteten Kredit durch mich gekommen bist.«
»Habe ich dich je im Stich gelassen?« fragte Karl. »War ich nicht immer für dich da?«
»Immer warst du nicht da. Du warst sogar ziemlich lange fort. Aber das war Pech, dazu konntest du nichts.«
»Ja, ja«, nickte Karl. »Das war Pech. Aber jetzt geht es aufwärts. Man muß nur lange genug warten können, dann geht es aufwärts.«
Wir bezweifelten nicht, daß Karl sich anstrengte, aber nach acht Tagen hatte er nur die Spezialbohrer und die Kabel besorgt. Wir hatten ihn fast jeden zweiten Tag in seinem Lokal besucht. Es sah jetzt anders aus, und wenn es auch nur ein langer Schlauch war mit etwa sechzig Sitzplätzen, so war doch schon zu erkennen, daß eine gemütliche Kneipe daraus werden konnte.
Magda, seine hellblonde Freundin, die er Schätzchen nannte, wenn er sie nicht gerade beschimpfte, war zusehends freundlicher geworden. Sie hatte Geld gesehen, und nichts war für sie überzeugender. Sogar für Karls ungeliebten Sohn zeigte sie ein wenig Wohlwollen. »Wenn das deine Freunde sind, dann wird vielleicht auch noch etwas aus dir«, sagte sie zum Wiesel.
Das Warten gefiel uns nicht. Wir hockten in den Bars herum, gingen zum Club und tranken mit dem dicken Willi Cognac. Morgens brachte ich Katja in ihre Wohnung. Johann schlief mit einem Mädchen, das einen Kinderwagen in der Gepäckaufbewahrung des Haupt-

bahnhofs deponiert hatte. Sie ging auf den Strich, bewohnte ein winziges Zimmer, in dem der Kinderwagen gestört hätte. Von Zeit zu Zeit müsse sie in der Aufbewahrungsstelle nachlösen.
»Das macht sie schon zwei Jahre«, erzählte der dicke Willi. »Sie hat gesagt: Vielleicht brauche ich ihn mal wieder.«
Von da an wollte Johann nicht mehr mit ihr schlafen. »Wir müssen etwas unternehmen«, sagte er. Und auch das Wiesel fing schon an unruhig zu werden. Er war hungrig. Er sah, daß wir Geld hatten und hielt es für einen untragbaren Zustand, von uns ausgehalten zu werden.
Da wir einen Teil unseres Spezialwerkzeugs schon hatten, entschlossen wir uns, den Geldschrank zu holen, der im Büro der Spedition stand, für die Johann einmal Fahrer gewesen war. Es war seine Idee, und er sagte: »Ich weiß genau, daß da etwa zehntausend Mark drinliegen. Wir können ihn bis an die Verladerampe mit einem Sackkarren rollen. Im Hof stehen Kleinlastwagen, wir schmeißen ihn drauf und fahren ihn ...«
»Wohin?« fragte ich.
»Zu den sieben Raben!«
Das war eine Idee von Friedo. Der blasse Karl war nicht begeistert, als wir ihm davon erzählten. »Junge, Junge, hier in meinem Lokal. Das fängt ja gut an.«
Aber auch er hatte eine Idee. Unsere Einfälle summierten sich, liefen darauf hinaus, daß wir den Geldschrank gut in Decken verpacken würden und ihn außerdem mit den Pappverschalungen eines großen Kühlschranks tarnen wollten. Im Hinterzimmer, das verschließbar war, sollte ich ihn aufbohren.
Wir nannten das eine leichte Arbeit. Die Spedition lag

im Osthafen, um diese Zeit ging dort niemand umher außer Nachtwächtern – und Dieben. Der Nachtwächter tappte im Hof umher, verschwand dann schlüsselklappernd. »Die Luft ist rein«, flüsterte Johann. »Er kommt erst in einer Stunde zurück.«
Im Hof standen drei Lastwagen, wir fanden einen Sackkarren, und nachdem wir den Geldschrank verpackt und getarnt hatten, fuhren wir ihn davon.
Der blasse Karl wartete um sechs Uhr morgens in den *sieben Raben* auf uns. Der Lastwagen fiel nicht auf, als er rückwärts bis zur Tür gefahren wurde. Passanten gingen vorbei, niemand achtete auf das Riesenpaket, das wir von der Pritsche des Wagens auf dem Sackkarren ins Lokal schoben.
»Wir haben zwei Stunden Zeit«, sagte Karl. »Also macht schnell. Um acht Uhr kommen die Handwerker.«
Aber vor acht erschien seine Magda im Hinterzimmer und ertappte uns dabei, wie wir an dem Schrank arbeiteten. Sie schlug die Hände über dem Kopf zusammen: »Ihr seid doch wahnsinnig geworden! Wenn das rauskommt! Ich verliere die Konzession. Und das viele Geld . . .«
Der blasse Karl beschwichtigte sie. Er deutete auf den Schrank. »Da drin liegt es, das viele Geld. Guck dir das an, das ist Maßarbeit. Das will gelernt sein. Junge, Junge, woher hast du das?«
Magda wurde neugierig. Sie beobachtete unsere Arbeit mit Respekt. »Da ist euer Wechselgeld drin«, sagten wir zu ihr.
Wir brauchten für dieses ältere Modell nur eineinhalb Stunden, dann holten wir die Kassette heraus. Den Schrank verpackten wir wieder in Decken. Johann holte

den Lastwagen, den wir in einer Nebenstraße abgestellt hatten. Er fuhr den Wagen mit seiner Ladung davon und ließ ihn ein paar Kilometer weiter stehen.
Der Inhalt der Kassette war enttäuschend. Sie enthielt ein paar tausend Mark, aber doch eine ganze Menge Kleingeld, worüber sich Magda und Karl freuten. Sie ging mit einem Leinensack, in dem das Hartgeld schepperte, im Lokal hin und her, schenkte Biere und Schnäpse aus und erklärte: »Also bei mir . . . Bei mir habt ihr Freibier.« Während sie dann so hinter der Theke stand, sah sie aus, als wäre sie ihr ganzes Leben lang eine Wirtin gewesen.
Karl war stolz auf uns: »Siehst du, Schätzchen, das sind Jungens, die haben das richtige Blut . . .«
An diesem Morgen, den wir fröhlich in den *sieben Raben* verbrachten, erinnerten sich Johann und ich, daß wir in der Nähe der Spedition schon als Kinder Kupfer gestohlen hatten. Damals hatten wir ins Hafenbecken springen müssen, um der Polizei zu entgehen. »Wie lange ist das her?« fragte Johann. Und ich sagte: »Mindestens fünfzehn Jahre.«
Der Erfolg mit den Bohrmaschinen und der von Cicipek ausgeklügelten Methode beflügelte uns. Außerdem wollten wir endlich das Wiesel zu Geld kommen lassen. Schon zwei Tage später fuhren wir in Richtung München zu der Brauerei des Generals. Bäumling hatte uns alles genau erklärt. Und auch das war eine leichte Arbeit, die allerdings viel mehr brachte als der Geldschrank der Spedition. Das Wiesel trug nun auch ein paar Tausender in der Brieftasche.
Aber wir erwischten ihn, als er beim Spielen die Bank hielt. Im Club fiel er auf. Er hatte nie zuvor die Bank gehalten.

Isaak fragte mich: »Warum seid ihr nicht gekommen zu Isaaken? Habt ihr kein Zutrauen nich?«
Ich sagte ihm: »Es gab diesmal nichts zu verkaufen.«
Wir holten das Wiesel aus der Bank heraus. Vor der Tür sagte ich ihm: »Wenn wir dich noch einmal da hinten sitzen sehen, nehmen wir dich nie wieder mit.«
Und Johann ergänzte: »Worauf du dich verlassen kannst.«
»Schon gut, schon gut«, sagte das Wiesel kleinlaut. »Aber man will doch auch mal sein Vergnügen haben.«
»Hol dir ein Weib«, riet Johann. »Dann hast du was zu tun.«
Das Wiesel befolgte seinen Rat. Er nahm sich nicht viel Zeit dafür, scheute wohl auch die Anstrengung und die Auslagen. Er ging mit dem Mädchen, das den Kinderwagen im Hauptbahnhof stehen hatte.

Schon drei Tage vor der Eröffnung der *sieben Raben* pumpte Josef seinen Sohn und mich an: »Laßt mal was wachsen, Jungens. Ihr seid dick drin. Wenn ich da hingehe und nicht mal 'ne Runde schmeißen kann, ist das doch eine schwere Blamage. Ich weiß doch, was sie reden. Sie werden sagen: Der Josef ist am Ende. Aber das bin ich noch lange nicht.«
Wir griffen diesmal etwas tiefer in die Tasche, denn wir wollten nicht, daß irgendwer sagen könnte, Josef sei am Ende.
Der englische Willi war auch wieder mal aufgetaucht. Er war dürr wie immer, aber er sagte: »Ich bin in Schale, ich gehe auch hin.«

»Er war in Untersuchungshaft«, sagte Johann. »Da mache ich jede Wette.«
Wir saßen zu viert beim Bier. Etwas wehmütig dachte Josef an den verzinkten Egon: »Schade, er hätte sich gefreut. Aber er hat wohl noch ein paar Monate abzureißen.«
Das Wiesel, Johann und ich waren die ersten Gäste in den *sieben Raben.* »Ich will mir den Laden erst einmal betrachten«, hatte das Wiesel gesagt. »Ich habe es nicht gern, wenn sich mein Alter blamiert.«
Es war früh am Abend. Magda stand aufgedonnert hinter der Theke. Karl hatte sich eine Schürze umgebunden, dazu trug er ein weißes Hemd mit schwarzer Fliege. Magda stellte uns eine Flasche Sekt auf den Tisch und sagte: »Das ist für euch. Auf Kosten des Hauses.«
Wir gingen im Lokal herum und betrachteten alles. Ja, das war eine gute Kneipe. Karl lief immer einen Meter hinter uns her. Er wollte hören, was wir zu sagen hatten. An der hinteren Schmalseite waren sieben Raben an die helle Wand gemalt. Sie saßen auf einer Stange nebeneinander und sahen listig aus, verschmitzt und selbstzufrieden.
Karl war aufgeregt.
»Was sagt ihr dazu?« fragte er.
Es gefiel uns. Wir versicherten ihm: »Wir werden oft hierher kommen.«
Das machte ihn froh, und als dann noch Josef erschien, der Peter mitgebracht hatte, deutete er auf die Blumen, die um die Theke gruppiert waren. »Seht euch das an. So viele Blumen. Alles zur Eröffnung. Wir sind beliebt.«
Peter grinste und sagte leise zu mir: »Das Ende eines

Einbrechers, eines mittelmäßigen Einbrechers. Braucht ihr mal wieder meine Lupe?«
Isaak und Moses, denen wir von der Eröffnung erzählt hatten, erschienen mit ihren Frauen. Die lange Lieselotte schaute sich um und sagte: »Siehst du, Isaak, so ein Geschäft könntest du schon längst haben. Aber du trägst das Geld lieber in die Spielsäle.«
Der englische Willi kam in einem maßgeschneiderten dunkelblauen Anzug. Er trug einen steifen Homburger Hut, den er auch im Lokal auflassen wollte, um ihn zu zeigen. Aber Magda rief: »Nimm wenigstens deinen Hut runter!«
Ich sah, daß Karl seine Kunden zählte, er addierte sie mit den Augen, und für den Anfang war er zufrieden, denn es waren auch noch fremde Gäste gekommen, denen er ein Bier hinstellte: »Auf Kosten des Hauses, wegen der Eröffnung.«
Dann standen auch noch zwei dicke Männer vor der Theke, die von der Brauerei kamen und gleich eine Lokalrunde spendierten. Magda bemühte sich, sie schäkerte, und ich sah, daß sie die weißen Schnäpse wie Wasser hinunterschüttete.
Moses Leib hatte uns im Verdacht, daß wir dieses Etablissement finanziert hätten. »Weiß ich doch«, sagt er. »Hat er a gildenes Händchen. Es wird werden ein Geschäft.«
Gegen zehn Uhr abends schien sich seine Prognose zu bestätigen: das Lokal war dicht besetzt, kein Stuhl frei, um die Theke herum standen wir in Dreierreihen. Der blasse Karl war jetzt nicht mehr blaß, er hatte ein hochrotes Gesicht, und sein Sohn sagte: »Seht ihn euch an. Er ist selig.«
Vielleicht war es für ihn die Krönung seines Lebens.

Und auch Josef mußte das gedacht haben, als er sagte: »Er hat's geschafft.«
Der dicke Willi erschien mit Katja, auch Willi zwinkerte mit den Augen und fragte leise: »Hängst du da nicht ein bißchen mit drin?«
Gegen elf Uhr gab es Krach, denn da kam Janek der Hammer und fuhr die Gäste an: »Leih mir fünf Mark, sonst kriegst du den Hammer.« Er war volltrunken, und sein häßliches Gesicht verzog sich beim Sprechen zu einer Fratze.
»Um Gottes willen«, seufzte Willi. »Der Janek, den müßt ihr gleich rausschmeißen, sonst habt ihr ihn auf dem Hals.«
Mit seinem Spruch ging er in den Spielclubs und verschiedenen Kneipen herum und bettelte sich den Lebensunterhalt mit seiner Drohung zusammen. Er war stark, und ich sah, daß sich ein paar Gäste vor seinem Namen fürchteten.
Zu viert warfen wir ihn vor die Tür. Es war ein Stück Arbeit, denn er trat und schlug um sich und dabei schrie er: »Ich mache euch kaputt!«
Josef hatte uns dreien geholfen. Für das Wiesel war es eine Ehrensache gewesen. Aber seltsamerweise drohte Janek nur mir und Johann, als er sich von der Straße aufrappelte. Ich hatte das unangenehme Gefühl, diesem Janek noch einmal begegnen zu müssen.
Um Mitternacht gab es den großen Krach zwischen Magda und dem blassen Karl. Sie schrie, er sei total besoffen, und er schalt sie wieder ein altes Schlachtschiff, worüber viele Gäste lachten. Sie war tief gekränkt und ging hinauf in die Wohnung. Das war ein Fehler, denn der blasse Karl hielt nicht mehr lange aus. Er fiel plötzlich hinter der Theke um und schlief auf dem Lattenrost

ein. Der Bierhahn tröpfelte, und als sich schließlich ein paar Penner selber bedienen wollten, ging das Wiesel hinter den Zapfhahn. Johann, Josef und ich bedienten die Gäste.
Es war eine gelungene Eröffnung, die zu großen Hoffnungen berechtigte: eine gute Gegend, in der Nähe des Hauptbahnhofs. Ganz zum Schluß ging die Tür auf und herein kam des Wiesels Mutter, niemand konnte sie übersehen. Winzig und bucklig ging sie einmal durchs Lokal, dann kam sie hinter die Theke. Dort sah sie ihren ehemaligen Mann liegen. Sie schaute ihn an, schüttelte den Kopf und rief prophetisch: »Dieses Lokal wird sein Untergang!«

15

Das Wiesel und ich lachten über Johanns Ledersofa. Er hatte eine kleine Zweizimmerwohnung gemietet. »Ich will es gemütlich haben«, hatte er gesagt. »Da kommt noch ein Teppich rein, und ich hänge auch Bilder an die Wand. Ihr werdet staunen.«
Wir haben tatsächlich gestaunt, dieses schwarze Ungetüm aus Leder erdrückte den kleinen Raum und gab ihm das Aussehen eines Wartezimmers.
Johann saß auf seinem Sofa und machte ein enttäuschtes Gesicht. »Warum gefällt es euch nicht? Es war das teuerste in der ganzen Möbelhandlung.«
»Es ist zu schwarz«, sagte das Wiesel.
Ich sagte: »Es ist zu groß.«
Wir wollten zum blassen Karl fahren und ihn mahnen, denn er hatte das Schweißgerät noch nicht geliefert. Als wir schon eine Viertelstunde mit dem Wagen unterwegs waren, sagte Johann plötzlich: »Ich werde es umtauschen.« Er dachte immer noch an das Sofa.
In den *sieben Raben* stand die alte Magda hinter der Theke, sie hatte die Arme in die Hüften gestemmt und strafte den blassen Karl mit Blicken. Wahrscheinlich hatten sie gestritten. Einige Gäste hatten wieder davon gesprochen, daß er bei der Eröffnung des Lokals hinter der Theke gelegen und geschnarcht hatte.

Wir redeten nicht lange um die Sache herum. Ich sagte: »Du weißt, warum wir gekommen sind.«
Er wollte uns beschwichtigen mit Knackwürsten und Freibier. Danach schenkte er auch noch teuren Cognac ein und meinte: »Gut Ding will Weile haben.« Nervös wackelte er mit dem Kopf. Zu Magda hinüberschielend flüsterte er uns zu: »Auf Ehr und Gewissen, ich besorge euch das Gerät.«
Ich machte ihm einen Vorschlag: »Wenn du kalte Füße hast, sind wir dir nicht böse. Aber laß es uns wissen und gib unser Geld zurück.«
Nein, nein, aber wir müßten verstehen, daß er in diesen Tagen hart zu arbeiten hätte: »Die Gäste bleiben uns treu. Das Bier läuft in Hektolitern und die Schnapsvertreter scharwenzeln um uns herum. Das ist immer ein gutes Zeichen.«
Wir glaubten an das gute Zeichen, denn es war nicht zu übersehen, daß dieses Lokal ein Erfolg wurde. Wir wünschten es ihm. Magda jedoch mißfiel uns, sie hatte wohl vergessen, daß sie uns Freibier schuldete, nachdem wir ihre Wechselkasse mit Kleingeld gefüllt und einige Tausender als Kredit gegeben hatten. Das Wiesel sagte im Befehlston: »Magda, bring für jeden von uns noch drei Knackwürste.«
Sie ging wortlos in die Küche. Karl sagte: »Sie ist wieder mal sauer.«
»Du säufst zuviel«, tadelte das Wiesel seinen Vater. Als wir die Würste verzehrt hatten und wieder auf der Straße standen, sagte er zu Johann und mir: »Ich kenne doch meinen Alten, er wird das Gerät liefern.«
Wir gingen zum Club und setzten uns in die Nähe der Bar.
Katja bediente, aber sie war nicht freundlich, beachtete

mich kaum, denn ich hatte die letzten drei Nächte nicht in ihrer Wohnung verbracht.
Aus Langeweile legten wir jeder ein paar Mark auf das Tableau des Spieltischs. Wir verloren, doch das regte uns nicht auf. Ecarté war ein simples Spiel, aber die Spieler schienen es faszinierend zu finden, denn es gab welche, die zwölf Stunden lang vor dem grünen Tisch saßen. »Die gehen nicht mal pinkeln«, hatte mir der dicke Willi erzählt.
Als wir uns wieder setzten, kamen Perlmutter und Moische an unseren Tisch. Wir kannten die beiden schon seit Wochen. Sie waren Vettern, sahen aber aus wie Brüder, mit lebhaften dunklen Augen in den schwammigen Gesichtern. Ich hatte gehört, daß sie aus Budapest kamen. Sie waren beide ungeheuer verfressen und stanken nach Knoblauch, daß man es drei Meter weit roch.
»Mer derfen uns setzen?« hatten sie gefragt, aber da saßen sie schon. Dann wollten sie wissen, wie unser Wohlbefinden sei, wie die Geschäfte gingen, und Perlmutter flüsterte uns schließlich zu, wobei er eine Wolke von Knoblauchdunst über den Tisch pustete: »Wenn ihr habt a Geschäft, geben wir mehr als Isaaken. Kommt er doch zu uns zu leihen a Geld, wenn er a Geld braucht ...«
In diesem Augenblick kamen Isaak, Moses Leib, Ruth und die lange Lieselotte zur Tür herein. Isaak überschaute die Lage mit einem Blick. Er trat an den Tisch und fuhr die beiden an: »Was habter zu reden? Macht die Stühle frei, se sind reserviert für uns!«
Perlmutter und Moische erhoben sich mürrisch. Sie murmelten etwas auf jiddisch, was wir nicht verstanden.

»Geht zu, geht zu«, Isaak wedelte mit der Hand, fragte dann: »Was bleibt ihr stehen? Habter noch was zu winschen?«
Perlmutter zuckte mit den Achseln: »Zu winschen? Mer winschen viel Glick ...« Damit trollten sich die beiden.
Isaak sagte: »Perlmutter is a Schnorrer und der Moische hat den Dalles, seit er lebt in Frankfurt.« Womit er meinte, daß Moische mit Armut geschlagen sei.
Der dicke Willi hatte gehört, daß die unüberwindbare Abneigung zwischen diesen beiden Parteien von einem Schimpf des Perlmutter herrührte, der hätte nämlich Isaaks Lieselotte eine Hure genannt. Danach wäre es zu fürchterlichen Drohungen zwischen den beiden gekommen. Es hätte so ausgesehen, als wollten sie sich an die Kehle springen. Sie hätten jedoch bei ihrem Streit die sichere Entfernung von mindestens fünf Metern eingehalten.
Ich sah, daß Katja immer wieder zum Spieltisch ging und Einsätze machte.
»Sie wird ihr Geld verspielen«, sagte Johann. »Hast du ihr welches gegeben?«
»Nicht viel. Sie will kein Geld von mir.«
»Was will sie denn von dir?«
»Vielleicht Liebe. Aber sie macht sich keine Illusionen.«
»Das ist gut für dich und gut für sie. Hast du dir schon mal überlegt, daß wir nicht heiraten könnten? In unserem Beruf wäre das Unfug.«
»Ich weiß, aber Josef hat auch geheiratet.«
»Na, das war aber auch eine Scheiße.«
Ich dachte: Es ist nicht mein Beruf, es ist ein Übergang. Aber ein Übergang wohin?

Die Croupiers sagten das Spiel an: »Die Bank ist frei! Vierhundert auf dem Tableau! Wer hält die Bank?«
Isaak stieß Lieselotte an und fragte: »Einmal werd ich die Bank nehmen mit Moses . . .«
»Nein!« sagten Ruth und Lieselotte wie aus einem Mund.
»Einmal nur?« fragte Moses.
»Wir werden gewinnen und ihr sollt davon haben die Hälfte.«
Isaak hatte das richtige Wort gefunden. Die beiden durften einmal die Bank halten. Hintereinander gingen sie zum Spieltisch, und hintereinander kamen sie nach zehn Minuten wieder zurück. »Wir haben kein Glick nich . . .« murmelte Moses kleinlaut.
»Ich habe es gewußt!« sagte Ruth, so daß es jeder im Lokal hörte.
Perlmutter freute sich. Er saß ein paar Tische weiter und rieb sich die Hände. Isaak sagte laut: »A Jidd, was kommt aus Budapest, is nix wert.«
Wahrscheinlich hatte es wieder Streit gegeben, aber der dicke Willi ließ Sekt bringen: »Als Trost für euren Verlust!«
Bimbim, der Zuhälter, wollte sich zu uns setzen.
»Verdufte!« sagte Johann nur. Bimbim ging, er gab indes eine Antwort, die uns aufhorchen ließ: »Ihr müßt gar nicht so angeben. Im Polizeipräsidium werden nämlich seit einiger Zeit jedem Ganoven eure Bilder gezeigt. Das wollte ich euch sagen, deshalb kam ich an euren Tisch.«
Wir waren im Album, das wußten wir. Es war nicht zu vermeiden gewesen. In diesem Club gab es nur wenige Kunden, die nicht ihre Fingerabdrücke und ihr Foto in dreifacher Ausfertigung dort liegen hatten.

»Und was haben sie dich gefragt?« wollte ich wissen. Bimbim setzte sich an den Nebentisch. »Es war vor einer Woche. Ich hatte dort zu tun. Sie haben mir die Bilder vorgelegt und mich gefragt, ob ich etwas über euch wüßte.«
»Sollen sie fragen. Wir haben nichts zu verbergen.«
»Ich sag's ja nur«, meinte Bimbim. Dann ging die Tür auf und eine Frau rief herein: »Die Sitte kommt!«
Aus dem Gedränge vor dem Spieltisch wollten sich zwei Frauen auf die Toilette flüchten, es war zu spät. Die Beamten der Sittenpolizei fingen sie vor der Hintertür ab und fragten nach der Strichkarte.
»Morgen gehe ich ganz bestimmt. Denken Sie doch an mein Kind.« Sie bettelte, aber es half ihr nichts. Die andere fügte sich schweigend. Sie hatten die wöchentliche Untersuchung versäumt, der Stempel war nicht in ihrer Karte und jetzt wurden sie zwangsvorgeführt.
Willi stand bei der Tür und zuckte mit den Achseln: »Ordnung muß sein. Sie waren nicht auf dem Bock diese Woche. Auf Wiedersehen, meine Herren«, grüßte er die Beamten. »Auf Wiedersehen.«
Als er an unseren Tisch zurückkam, sagte er nur: »Diese Arschlöcher.«
Er rief Katja: »Komm, trink ein Glas mit uns.«
Sie setzte sich neben mich. Nach dem ersten Schluck sagte sie leise: »Du kannst mit Frauen gehen, sooft du willst, aber dann sag mir vorher, daß ich nicht auf dich warten soll. Du warst mit Silvia, die den weißen Buick fährt ...«
»Woher weißt du das?«
»Hier sickert alles durch.«
Viel zuviel sickerte hier durch. Und die Sache mit den Bildern im Polizeipräsidium gefiel mir auch nicht. Josef

hatte uns gewarnt: »Geht nicht zu oft in diesen Club. Ich lasse mich da nie blicken.«
Die Croupiers wechselten, und einer, der lange Olsen, setzte sich zu uns. Er hatte ein sympathisches, offenes Gesicht. Er sah intelligent aus, er war jedoch ein Spieler und ständig verschuldet. Willi hatte erzählt: »Er ist ein feiner Kerl, aber wenn er wütend wird, spinnt er ein bißchen. Er war Stuka-Pilot. Er hat das deutsche Kreuz in Gold. Wahrscheinlich hat er zu viele Sturzflüge hinter sich.«
Der lange Olsen wollte mich anpumpen: »Ich brauche zweitausend. Als Sicherheit gebe ich den Kraftfahrzeugbrief meines Wagens.« Er hatte jetzt einen erschöpften Zug um den Mund. »Ich bin in der Klemme«, sagte er.
Ich schüttelte den Kopf. Johann sagte: »Nein.«
Das Wiesel kannte ihn besser als wir: »Ich weiß, daß er zurückzahlt. Dreihundert würde ich ihm geben.«
»Wir können einen Vertrag aufsetzen. Wenn ich in einer Woche nicht zurückzahle, gehört der Wagen euch. Er ist das Doppelte wert.«
Der Wagen hatte einen Namen. Isaak nannte ihn *Olsens Puff*. Es war ein Kombi, den Olsen nachts manchmal an zwei Frauen vermietete, die eine Steppdecke hineinlegten, und dann den Strich abfuhren. Wir einigten uns: das Wiesel, Johann und ich gaben ihm je dreihundert Mark. Dann machten wir in Willis Büro den Vertrag. Ich sagte: »Wir wollen dein Auto nicht haben, aber wenn du nicht zahlst, werden wir es verkaufen und unser Geld vom Preis abziehen.«
Olsen gab sein Wort: »In einer Woche. Hundertprozentig.«
Katja kam ins Büro und sagte: »Der kalte Ferdinand

will ein doppeltes Schinkenbrot und ein Kännchen Kaffee, aber er hat kein Geld mehr. Kann ich ihm das geben?«
»Nichts da!« bestimmte Willi. »Er hat schon eine Rechnung hier stehen.«
Die Tür zum Büro war nur angelehnt. Der kalte Ferdinand stand draußen und hatte alles gehört. Er kam herein, seine Augen flackerten vor Wut. »So!« rief er. »Nicht einmal ein Schinkenbrot gibst du mir, nachdem ich hier mein Geld verspielt habe!«
»Mach, daß du hier rauskommst«, sagte Willi. »Das ist mein Büro.«
Der kalte Ferdinand stand unter der Tür und brüllte plötzlich los: »Von dir habe ich den Namen! Du hast als erster kalter Ferdinand gesagt! Und du bist an vielem schuld, weil du immer wieder sagst, ich wäre ein Mörder! Willi, du bist der Schlimmste von allen!«
Er ging und ertränkte sich im Main. Wir ahnten nichts davon. Katja sagte: »Auch wenn er ein Mörder ist, das Schinkenbrot hätte Willi ihm geben können.«
Die Monotonie dieses Clubs fing an, mich zu stören. Er war nichts als eine geräuschvolle Kulisse. Und die Menschen hier waren keine wirklichen Menschen, sondern kamen mir jetzt vor wie Schauspieler, die in einem Stück auftraten, das sie selber nicht verstanden.
Ich sagte: »Ich muß jetzt raus hier!«
»Ich verstehe dich«, sagte der dicke Willi. »Was glaubst du, wie mir dieser Laden manchmal auf den Wecker fällt. Aber man muß ja leben.«

Gegen fünf Uhr morgens beginnt die Stadt zu dröhnen: der Verkehr läuft an. Wir gehen von einer Bar in die nächste, sagen unterwegs: »Das sollten wir bleibenlassen«, gehen aber dennoch dorthin, wo sie uns kennen und schon auf uns gewartet haben. Als wir hereinkommen, werden die vier Tänzerinnen noch einmal munter, versprechen auch eine Show, obwohl wir nicht danach fragen.

»Dürfen wir etwas essen?« Sie schauen uns erwartungsvoll an.

Sie dürfen etwas essen: Wiener Schnitzel mit Pommes frites, denn etwas anderes gibt es nicht mehr. Sie sind hungrig, nicht nur auf eine Mahlzeit, auch auf Umsatz. Sie sind beteiligt mit einem jämmerlichen Prozentsatz.

Isaak sagt zu mir: »Willste sie alle kaufen? Haste nich genug mit einer?«

»Du meinst Katja?« frage ich.

Er sagt: »Katja ist die beste.«

Isaak und Moses hatten ihre Frauen nach Hause geschickt. Johann und das Wiesel wollten sich in dieser Bar Frauen holen, ich wußte nicht genau, was ich wollte, aber ich war sicher, daß ich jetzt noch nicht schlafen konnte. Katja war nach Hause gegangen. Der dicke Willi wollte mit Olsen vorbeikommen. »Wir klopfen dreimal gegen den Laden«, hatte Willi gesagt.

Der Besitzer der Bar kam aus Ungarn und hieß Farkas. Wir waren uns einig darüber, daß dieser Farkas ein gerissener Bursche war, doch das störte uns nicht. Er ließ seine Bar für uns offen, so lange wir zahlten. Für andere Gäste war das Lokal nach fünf Uhr geschlossen. Wir hatten uns an ihn und seine Bude gewöhnt. Die kleine Tanzfläche war eingerahmt von roten Plüschsesseln.

Draußen, vor der Tür, gab es keine Reklame, keinen Hinweis auf ein Lokal, aber die Getränke und die Mädchen kosteten hier viel Geld. Farkas lächelte jedesmal versonnen, wenn er morgens kassierte.
Kurz nach sechs Uhr kamen Willi und der lange Olsen.
»Stellt euch vor«, rief Willi, »der kalte Ferdinand hat sich umgebracht! Er ging bei uns raus und lief an den Main. Beim Eisernen Steg hat er die Jacke ausgezogen und ist ins Wasser gesprungen. Einmal hat er um Hilfe gerufen, dann ist er untergegangen. In der Jacke steckte sein Paß. Die Kripo war bei mir, die wußten, daß er bei mir verkehrte.«
»Und was haste gesprochen?« fragte Isaak.
»Ich habe die Sache mit dem Schinkenbrot erzählt.«
»Warum haste ihm nicht gegeben das Schinkenbrot?«
»Ich konnte ihn nicht ausstehen. Niemand konnte ihn leiden. Er war ein Mörder.«
Moses zuckte mit den Achseln: »Es ist nicht sicher. Als er stand vor dem Richter, sie haben ihn freigesprochen.«
»Ich weiß etwas von ihm, das ihn überführt hätte!« rief Willi.
»Warum haste nicht gesagt?« fragte Moses.
»Wer will schon jemand lebenslänglich in den Knast bringen?«
»Und jetzt haste ihn umgebracht mit a Schinkenbrot«, sagte Isaak.
Willi kam in Rage. Das Stück Brot sei nur der letzte Anstoß gewesen. Der Selbstmord hätte schon lange im kalten Ferdinand gesteckt wie der Kern in einer Nuß.
Wir redeten laut und heftig und tranken Sekt. Die Mädchen konnten nicht mitreden und tranken deshalb um so mehr. Willi beruhigte sich nur langsam. Er sagte:

»Von diesem Schinkenbrot will ich nichts mehr hören.«
Isaak meinte, vielleicht sei es ein Glück für den Ferdinand, tot zu sein. Ein Mensch ohne Freunde, ohne Hoffnung . . . Und nun fingen alle an, vom Glück daherzureden. Die Mädchen kicherten und meinten, für sie wäre es schon ein Glück, daß wir aufgetaucht seien. Farkas lächelte dazu.
Willi sagte: »Glück ist, wenn einer hat, was er sich wünscht und dabei auch noch lange gesund bleibt.«
»Für die Kinder gibt es Glück«, sagte Olsen. »Für die Reichen auch. Sie haben Geld, Macht und Frauen.«
»Aber die Reichen werden ruhelos«, sagte Willi.
»Die Armen auch.« Isaak legte den Kopf schief und dachte nach: »A Geld gehört dazu, auch die Gesundheit und Menschen. Was willste mit Glick ohne Menschen? Und Beten gehört dazu. Wenn du aufhörst zu beten, du wirst Angst haben. Aber es gibt nicht kein Glick, wenn a Mensch lebt mit Angst.«
Und Willi meinte, die Menschen beschäftigen sich schon seit Jahrtausenden mit nichts anderem als dem Glück. Das hätte er alles einmal gelernt. Die große Frage der Philosophen laute: Wie kann ein Mensch glücklich leben?
Es war ein Gespräch, mäßig angefeuert von Trunkenheit, das dann viel Geld kostete, was dem Farkas als ein Glück erscheinen mochte, denn er lächelte besonders zufrieden.
Johann, das Wiesel und ich nahmen jeder ein Mädchen mit nach Hause. Dabei dachte ich, daß es so nicht weiterginge. Wir waren wie eine Stammtischrunde, doch unser Stammtisch stand in einem Club oder einer Bar, von wo aus wir auch noch reichlich denunziert wurden.

Was konnte ich anderes aus der Schnüffelei der Kripo schließen?
Ich war unzufrieden und sagte zu Johann: »Wir benehmen uns wie Dummköpfe, wir lassen uns treiben. Von jetzt ab mache ich das nicht mehr mit.« Dabei dachte ich an die gewaltige Anstrengung, die es gekostet hatte, mich über alle Regeln der bürgerlichen Moral wegzusetzen. Ich hatte mich bewußt entschieden und wollte nicht den Weg der Strauchler gehen, deren Schwäche vom Staat bescheinigt wird, indem man sie vor Gericht und in der Strafanstalt Gestrauchelte nennt, was bedeutet, sie seien zwar nicht viel wert, aber für die Zwecke der Gesellschaft noch halbwegs zu gebrauchen.

Olsen konnte nicht zahlen, aber ich brachte es nicht fertig, seinen Wagen einfach zu verschleudern, um das geliehene Geld schnell wiederzubekommen. Im Club gab es Männer, die ich abschüttelte, die ich sogar fortjagte.
Olsen fühlte ich mich zu eng verbunden. Er gehörte nirgendwohin, war allein wie ein streunender Köter und doch hatte ich Vertrauen zu ihm.
Er hatte Humor. Wenn er als Croupier hinter dem grünen Tisch saß, fuhr er die Spieler großmäulig an: »Los, ihr müden Flaschen, macht eure Einsätze!« Erwischte er einen der kleinen Diebe, die flink ein Jeton vom Tableau klauen wollten, dann schlug er ihm mit dem Rechen auf die Finger und rief: »Läßt du wieder die Finger spazieren, du Eierdieb!« Er fand immer den richtigen Ton in seiner Offenheit, und er war nicht verletzend, selbst wenn er großmäulig auftrat. Daß er spielte, be-

trachteten wir als eine Art Krankheit, von der er sich irgendwann erholen würde.
Isaak hatte uns gewarnt: »Das wird geben a Schlamassel, wenn ihr geht mit Olsen.«
Er wußte nichts Genaues, aber er sah, wie Olsen im Club leise auf uns einredete.
Und wir gingen doch mit Olsen. Noch in dieser Nacht fuhren wir mit seinem Kombiwagen zu einem Frankfurter Vorort und holten zehn elektrische Rechenmaschinen aus einem Lagerraum, der mit schweren Türen abgesichert war. Sie waren aus Stahl, waren hartnäckig. Wir arbeiteten zu viert, keuchten und schwitzten, und Olsen sagte atemlos immer wieder: »Das gibt ein paar schöne Tausender für jeden von uns.«
Wir fuhren schnell nach Frankfurt zurück. Die Maschinen waren schwer. Der Wagen sackte tief in die Federn. In der Garage des Hehlers lieferten Olsen und ich die Maschinen ab. Johann und das Wiesel sollten im Club auf uns warten, denn Olsens Mann hätte gesagt, er wolle nicht so viele Leute sehen.
Die Garage lag an einer Allee, etwas zurückgesetzt, rechts und links standen Wohnhäuser, es gab Büsche und Vorgärten: ein guter unauffälliger Platz.
Ich kannte den Mann nicht, der sich dann in der Garage die Maschinen anschaute. Er war klein, fast zierlich und sagte mit polnischem Akzent: »Wir müssen in einem Restaurant warten. Ich habe schon Paris angerufen ...«
»Was denn, was denn!« sagte Olsen. »Es war ausgemacht, daß du sofort zahlst.«
»Die Maschinen gehen heute nacht weg. Sie sind gut und bringen fünfundzwanzigtausend für euch.«
»Noch heute nacht?«

»Wenn ich dir sage. Ich bleibe bei euch, bis ihr das Geld habt. Der Mann mit dem Geld kommt ins Restaurant. Es ist alles arrangiert: Paris nimmt die Maschinen, wenn sie gut sind. Ich telefoniere noch einmal mit Paris, dann wird der Verbindungsmann von dort angerufen und bringt das Geld.«
Wir saßen in einem Bierlokal in der Nähe des Bahnhofs und warteten. Er hatte telefoniert, war zurückgekommen: »Es ist alles in Ordnung. Wollt ihr essen und trinken?«
Wir warteten eine halbe Stunde, wir aßen und tranken. Unser Mann war ganz ruhig. Er ging einmal zur Toilette. Olsen triumphierte: »Hast du gehört – fünfundzwanzigtausend!«
Ich fragte Olsen: »Wie heißt er?«
Er hieß Zyman. Ich wollte im Club anrufen und Isaak fragen, wer dieser Zyman sei. Als ich zur Telefonkabine ging, sah ich Zyman, der gerade den Hörer auflegte. Er hatte noch einmal telefoniert: »In einer Viertelstunde habt ihr euer Geld.«
Isaak schrie in den Hörer: »Was haste gesagt? Zyman heißter? Isser a Ganeff und arbeitet mit zwei große Einbrecher – Smollek und Wasilenkow.«
Ich sagte schnell: »Johann und das Wiesel sollen vorm Club auf uns warten. Komm du auch mit!«
Olsen machte ein verstörtes Gesicht, als ich ihn anfuhr: »Raus hier! Sofort in den Wagen!«
Zyman wollte etwas sagen. Wir ließen ihn sitzen. Olsen fragte, was los wäre. »Zum Club!« rief ich. Er fuhr, so schnell er konnte.
Isaak, Johann und das Wiesel standen vor der Tür. Sie stiegen in unseren Wagen. Es half jetzt nichts, wir mußten Isaak alles erzählen.

»Was a Schlamassel!« rief er. »Könnt ihr mir abschneiden de Kopf, wenn die Maschinen sind noch in der Garage!«
Wir wollten keinen Lärm machen. Etwa achtzig Meter vor der Garage hielten wir an. Ich hörte, wie Olsen seine Pistole entsicherte.
Wir sahen den Wagen und dann zwei Männer, die etwas zum Wagen schleppten. Isaak hielt mich am Arm. »Halt«, flüsterte er. »Wasilenkow und Smollek sind gefährliche Jungen . . .«
Im Schutz der Büsche schlichen wir uns an. Als wir bis auf zehn Meter herangekommen waren, sprangen wir auf und riefen: »Hände hoch!« Aber die beiden verschwanden blitzschnell hinter dem Wagen. Ich sah zwei-, dreimal das Mündungsfeuer. Und dann schossen wir, Olsen, Johann, das Wiesel und ich. Es knallte fürchterlich und war in der stillen Nacht gewiß kilometerweit zu hören.
Noch zweimal schossen sie, dann war es drüben still. Sie waren fort.
»Auf!« rief Olsen und sprang schon auf den Wagen zu. In den Wohnhäusern wurden Fenster aufgerissen. Männer und Frauen in Nachthemden schrien: »Polizei! Polizei!« Die Rufe gellten durch die Nacht.
Wir sahen, daß unsere Maschinen in dem Personenwagen standen, seine Scheiben waren zerschossen, Benzin plätscherte aus dem durchlöcherten Tank. Es war alles zu spät. Von weitem hörten wir das Martinshorn eines Streifenwagens. Es kam rasch näher.
Das Wiesel war der schnellste von allen. Er hechtete über die Gartenzäune, dann kamen Johann und ich. Isaak und Olsen hatten etwas Mühe bei den Mauern, die wir überklettern mußten. Wir suchten eine

Schneise zwischen den Häuserblocks. Als wir schließlich auf einer Nebenstraße standen, kam Isaak als letzter angerannt und keuchte: »Was a Schlamassel!«
Wir waren jetzt in Sicherheit, aber Olsens Wagen stand noch in der Allee. »Da kann nichts passieren«, meinte er. »Er ist vorschriftsmäßig zwischen anderen Wagen geparkt. Ich hole ihn später.«
Wir trennten uns, gingen verschiedene Wege und trafen uns in Isaaks Wohnung. Moses Leib schlug immer wieder die Hände über dem Kopf zusammen und lamentierte: »Was a Unglick! Was a Unglick!« Dann unterbrach er sich wieder, schaute uns an und fragte, ob wir leise die Treppen heraufgekommen wären.
Wir hockten niedergeschlagen in dem kleinen Zimmer, in dem die lange Lieselotte im Bett lag und uns mit blöden Augen anstarrte: »Aber warum?« fragte sie. »Aber warum?«
»Weil se nich wollten hören auf Isaaken!« rief Isaak. »Gehense lieber einbrechen für andere Einbrecher . . .«
Es gab noch ein Palaver über die Schießerei. Niemand war verletzt worden. Dabei rief Moses: »Was a Glick! Was a Glick!«
Plötzlich mußte ich lachen, der nächste war Johann, dann begannen Olsen und das Wiesel. Es wurde ein Riesengelächter, das aber genauso plötzlich wieder in sich zusammenfiel. »Jedenfalls haben wir ihren Wagen gründlich kaputtgeschossen«, tröstete sich Olsen.
Isaak schüttelte den Kopf: »Wem wird es nitzen?« Da gab es etwas ganz anderes zu bedenken. Isaak wußte alles: die Garage gehörte Smollek, den Wagen hatte Zyman gekauft. Die Kripo würde also auf diese beiden stoßen. Und was würden sie machen? Sprechen würden

sie, die Wahrheit würden sie sagen, damit der schwere Einbruch nicht auf ihr Konto ginge. Für den Versuch, die Maschinen aus ihrer eigenen Garage zu stehlen, würden sie nur eine geringe Strafe einfangen. Wir wollten uns in den nächsten Tagen benehmen wie immer. Selbstverständlich würde die Kripo Olsen und mich verhaften. Wir hatten nichts anderes zu tun als zu leugnen. Zyman würde sagen: »Sie haben die Maschinen gebracht und dann war ich im Restaurant mit den beiden. Der Kellner würde sich daran erinnern. Aber dieses Treffen besagte gar nichts: eine zufällige Begegnung. Und dann würden unsere Zeugen aufmarschieren: Johann, das Wiesel, der dicke Willi und wahrscheinlich Isaak. Natürlich waren wir im Club gewesen. Wir wurden dort gesehen.

Olsen war blaß um die Nasenspitze. Die Sache ging ihm schon jetzt an die Nerven. Ich war auch nicht gerade fröhlich und spürte einen Druck im Magen.

»Wir brauchen Anwälte«, sagte ich. »Aber wir sind so gut wie pleite.«

»Missen wir zusammenlegen«, meinte Isaak. »Wird es nicht länger dauern als drei Wochen.«

Jetzt mußten wir uns im Club sehen lassen. Wir wollten uns trennen, nacheinander würden wir dort ganz unauffällig erscheinen. »Hast du alles kapiert?« fragte ich Olsen.

»Klar«, sagte er.

Als wir aus dem Zimmer gingen, rief Lieselotte vom Bett aus: »Isaak, wehe, wenn du spielst!«

Er winkte mit der Hand ab: »Nix hattse im Kopf, nix!«

Olsen holte seinen Wagen. Als er zum Club kam, sagte er: »Die Polizei hat gerade das Auto abgeschleppt. Sonst war alles ruhig.«

Ich gab dem dicken Willi einen Wink. Wir gingen in sein Büro: »Hör mal«, sagte ich. »Du hast mich heute nacht ein paarmal gesehen . . .«
»Aber sicher. An die Zeiten kann ich mich nicht so genau erinnern, aber ich habe dich ein paarmal gesehen.«
»Isaak, Johann und das Wiesel haben mich auch hier gesehen.«
»In Ordnung. Aber du solltest Schluß machen damit.«
Er begann, wieder von seinem Lokal zu schwärmen. »Schaffe fünfzig Riesen herbei, dann hast du ausgesorgt.«
Ich sagte: »Es ist gut, Willi, ich bringe die Fünfzigtausend. Wir machen das Lokal. Du führst es, und ich werde dein stiller Teilhaber.«
»Eine Goldgrube«, sagte er. »Eine Goldgrube.«
In dieser Nacht geschah nichts. Wir gingen um sechs Uhr aus dem Club. Ich war müde und wollte schlafen. Die Gewißheit, einige Wochen absitzen zu müssen, deprimierte mich. Olsen sagte: »Ich komme mir vor, als würde mir morgen ein Bein amputiert. Ich war noch nie drin . . .«
Ich ging mit Katja nach Hause. Als wir in der Wohnung waren, sagte sie: »Heute nacht war etwas los. Ich sehe es an deinen Augen. Nein, ich will es nicht wissen, sag mir nichts. Aber ich sehe es dir an.«

Unsere Berechnungen waren richtig gewesen, Zug um Zug. Nur fehlte auf unserer Seite eine Figur: Olsen. Er trat am nächsten Tag seinen Dienst als Croupier nicht an und war auch nicht telefonisch zu erreichen. Der Wagen war fort, und als der dicke Willi bei der Vermieterin anfragte, sagte die Frau, Olsen hätte das Zimmer plötzlich aufgegeben.

»Jetzt missen wir ihn verstecken«, sagte Isaak. Und damit meinte er mich. »Hab ich gewißt, Olsen taugt nicht für so ein Sach.«

»Los, wir verduften«, sagte ich.

Die Kripo war noch nicht im Club aufgetaucht, aber es konnte nicht mehr lange dauern.

Im Wagen sagte Isaak: »Isser a Meschuggener, a Mensch, was sie haben kaputtgemacht im Krieg.«

Ich wollte sagen: Ein Scheißkerl ist er. Aber ich sagte es nicht. Ich empfand fast Mitleid für ihn. Er hetzte sich selber in die Rolle des Gejagten, anstatt sich mit uns zu organisieren. Als ehemaliger Pilot eines Sturzkampfbombers mußte er sich doch an Gefahr gewöhnt haben. Oder hatte er sich verbraucht in der Gefahr?

Johann sagte: »Ich verstehe es nicht. Wie ein Feigling kam der mir nicht vor.«

»Das ist jetzt wurscht«, sagte das Wiesel. »Wir müssen jetzt handeln!«

Isaak überlegte: »Zuerst missen wir ihn verstecken. Dann muß ich gehen zu schauen, was sich abspielt. Und dann missen wir warten, ob Olsen wiederkommt. Er wird sich noch oft kratzen an sein Kopf . . .« Womit er meinte, daß Olsen sich noch oft für diesen Tag schämen würde.

16

Isaak versteckte mich im siebenten Stock eines heruntergekommenen Hotels. Das ehemalige Mietshaus lag in der Nähe des Mains, in einem stillen Viertel der Bahnhofsgegend. Der Besitzer war ein Mann, der dreißig Jahre lang als Schiffskoch zur See gefahren war und dann sein Erspartes hier angelegt hatte. Isaak sagte, er käme aus Triest: »Hatt er nich nur gekocht, hatt er a bissel noch geschmuggelt nebenher . . .«

Er hieß Waldo, war etwa sechzig Jahre alt und litt an einem Magengeschwür, weshalb er oft beide Hände gegen den Leib preßte und das Gesicht schmerzhaft verzog. Mit seiner Schwester, die nicht viel jünger war als er, führte er ein lässiges Regiment über dieses Haus und war durch nichts aus der Ruhe zu bringen, außer von seinem Magen. Meist saß er mit der Schwester in der großen Küche. Wenn Gäste in das Restaurant kamen, stellte er sich an den Herd und begann zu kochen, ohne Eile, aber mit der Sicherheit des Meisters.

Isaak hatte nur eine Minute mit ihm verhandelt. Waldo sagte danach: »Ganz oben ist eine Mansarde, dort ist er sicher.« Er nickte mir freundlich zu, während er in einem großen Topf mit Tomatensoße rührte. Er sagte kein Wort von Geld.

Seine Schwester fragte nur: »Hat er schon gegessen?«

Ich nahm Käse, Brot und Wein mit nach oben. Isaak wollte wiederkommen, um mir zu erzählen, was er erfahren hatte. »Kannst ruhig schlafen hier«, sagte er, ehe er ging. »Sie sind tausendprozentig.«

In der kleinen Mansarde stand ein Bett und vor dem Fenster ein Tisch mit einem Stuhl. Vom Fenster aus sah ich die Mainbrücke und ein Stück vom Main. Unter mir lagen ein paar Hinterhöfe zwischen Dächern mit kurzen Schornsteinen. Es war still hier oben. Dieser Flur war nicht bewohnt, in den Mansarden nebenan stand nur Gerümpel.

Ich ging auf und ab, dann prüfte ich das Bett. Es war frisch bezogen. Gleich neben meiner Tür war das Bad mit Toilette. Mehr brauchte ich nicht. Von Anfang an hatte ich das Gefühl, in einem Turm zu wohnen, hoch über der Stadt und in völliger Sicherheit. Sollten sie jetzt da unten im Gewimmel nach mir suchen. Dies war ein Platz, wie geschaffen für einen Gejagten. Ich aß Brot und Käse, trank dazu ein Glas Wein und fühlte mich wohl in der spartanischen Kargheit meines Schlupfwinkels.

Isaak, Johann und das Wiesel kamen kurz vor Mitternacht. Ich saß noch am Tisch, hatte in der Dunkelheit stundenlang aus dem Fenster geschaut, ohne das Licht einzuschalten.

Die Kripo suchte Olsen und mich. Eine Großfahndung: wie wir es vorausgesehen hatten. Isaak hatte erfahren, daß Zyman, Smollek und Wasilenkow am Morgen verhaftet worden waren. Die Verhöre mußten sich über den ganzen Tag hingezogen haben, denn erst am späten Abend begann die Fahndung nach uns.

»Sie sind überall und legen eure Bilder vor«, sagte Johann. »Im Club hat Willi gesagt, er hätte dich heute

noch gesehen. Und über Olsen wüßte er nichts, der wäre sowieso unzuverlässig und käme manchmal fünf Tage nicht zur Arbeit.«
»Die wissen doch, daß wir zusammenhängen«, sagte ich. »Ihr müßt wachsam sein.«
»Was glaubst du, wie viele Bogen ich gefahren habe, ehe ich hier um die Ecke anhielt . . .«
»Jedenfalls haben wir sie auf den Fersen. Wenn ihr jetzt einen Fehler macht, sind wir dran.«
»Und was soll jetzt werden?« fragte mich das Wiesel.
»Wir werden uns ein paar Tage still verhalten. Wahrscheinlich werden sie euch in die Zange nehmen, aber das ist nicht schlimm, Zyman hat nichts von euch gewußt.«
»Wir brauchen Geld«, sagte das Wiesel.
Und darüber berieten wir lange. Gold und Brillanten wären am schnellsten abzusetzen, sagte Isaak. Dann noch Nerzmäntel, auch Rohfelle. Teure Fotoapparate gingen weg wie warme Semmeln, mit Schlafwagenschaffnern direkt nach Paris.
Der blasse Karl hatte das Schweißgerät noch immer nicht geliefert, aber ich sagte: »Wenn sie mich schnappen sollten, dann geht ein paar Wochen als Beifahrer zu Speditionen und sucht Schränke.«
»Teure Armbanduhren, wenn sie sind aus Gold«, sagte Isaak.
»Eine Bank . . .«, sagte ich.
Aber das brauche zuviel Vorbereitung, meinten Johann und das Wiesel.
»Elektrische Rechenmaschinen?« überlegte Isaak.
»Hör ja auf damit«, sagte ich.
Und dann zählten wir noch einmal zusammen, was als schnelles Geschäft in Frage käme. Juweliere von vorn,

mit dem Hammer durch die Scheibe: Sekundenarbeit. Bei wertvollen Nerzmänteln: durch die Scheibe. »Wir brauchen einen schweren Hammer mit einem langen Stiel«, sagte Johann.
»Könnt ihr nich machen in Frankfurt. Viel zu heiß isses in Frankfurt jetzt.«
»Wir fahren nachts los und bleiben jedesmal zwei oder drei Tage. In Frankfurt gehe ich nur nachts auf die Straße. Jetzt verschwindet und kommt wieder, wenn ihr mehr wißt.«
»Von Josef soll ich dich grüßen«, sagte Johann. »Der verzinkte Egon ist auch wieder da. Hoffentlich machen die beiden nichts zusammen.«
»Den kalten Ferdinand haben sie aus dem Main gefischt«, erzählte das Wiesel. »Er ist ziemlich weit gekommen. Bis nach Griesheim hat's ihn getrieben.«

Friedlich ist es hier oben, bis hierher dringt kein Lärm. Alles, was von da unten kommt, erscheint gefiltert. Auch die Gefahr. Wenn ich am Fenster sitze und über die Dächer schaue, ist mir, als hätte ich das schon einmal erlebt. Am dritten oder vierten Tag weiß ich es: Sie ließen mich oft allein in der Wohnung und sagten mir: »Geh nicht an die Tür, auch wenn es klopft . . .« Mit Bauklötzchen sollte ich spielen und keine Angst sollte ich haben, während er auf der Suche nach Arbeit war und sie bei der Familie Kneif putzen ging.
Ich habe nicht mit Bauklötzchen gespielt, sondern ich habe mit mir geredet, wenn sie weg waren. Ich erfand Menschen, mit denen ich redete, und ich wollte meine Stimme hören, weil meine Stimme mich beruhigte. Ich

stand am Fenster der kleinen Wohnung und schaute hinaus. Dabei sah ich das vor mir abfallende Dach mit der Dachrinne und ein Stück vom Hof. Von dort her mußten sie kommen. Sie brauchten manchmal lange, bis sie zurückkamen. Ich fürchtete oft, sie hätten mich vergessen. Die Stille und Abgeschiedenheit in dieser Mansarde führen mich zu mir zurück. Ich beginne wieder, mit mir zu sprechen. Es ist wie damals: der gleiche Vorgang, die gleiche Stimme. Ich habe mich nicht verändert, mein System stand schon als Kind fest.
Das Haus unter mir hat einen langsamen Pulsschlag. Einige Artisten wohnen in den Zimmern. Sie arbeiten in den Cabarets der Stadt, trinken wenig und essen nur einmal am Tag. Es sind bescheidene Leute.
Waldo sitzt in der Küche und sagt: »Eine von denen hat ihre Schlangen mit auf dem Zimmer.«
Es wohnen auch noch ein paar Huren in den unteren Stockwerken. Es sind unauffällige Huren, die mit niemand Streit anfangen.
Die Huren und die Artisten essen meist um fünf Uhr nachmittags. Ich komme schon um zwölf hinunter, und Waldo fragt mich: »Was willst du essen?«
Dann schaue ich in die Töpfe. Ich weiß, daß er gern für mich kocht, denn er sieht, daß mir sein Essen schmeckt. Ich esse in einem kleinen Anbau der Küche. Vom Restaurant aus kann mich niemand sehen.
Nach dem Essen sitzen wir zu dritt in der Ecke neben dem Herd. Waldo sagt einmal: »Du hättest zur See fahren sollen . . .«
»O ja«, sage ich. »Das hätte ich gern getan. Aber jetzt ist es zu spät. Jetzt nimmt mich kein Schiff mehr.«
Seine Schwester nickt dazu, dann steht sie auf und füllt mir noch Rotwein in das Glas.

Am fünften Tag frage ich nach Papier und Bleistift. Ich will mich oben an mein Fenster setzen und etwas schreiben. Ich weiß noch nicht, was, Gedichte habe ich lange nicht mehr geschrieben, aber ich will etwas schreiben über die Nacht, über die Menschen, die elend sind. Meine Erinnerungen sind ein Trümmerhaufen, aber die Zerstörungen waren von mir gewollt. Ich müßte den Schutt abräumen, das Unversehrte freilegen. Ich gehe auf und ab, dann setze ich mich wieder und schaue den Autos zu, die über die Mainbrücke huschen.
Ich bin in mich eingeschlossen, müßte die Schale sprengen. Aber das gelingt mir nicht, obwohl ich weiß, daß ich eine Geschichte erzählen könnte. Vor dem Papier bleibe ich befangen. Ich gehe wieder auf und ab und sage mir: »Beginne mit einer Niederlage . . .«

In der Dunkelheit sah er winzig aus. Isaak stand neben dem Wagen und gab jedem die Hand: »Soll euch Gott schitzen, werd ich beten, daß ihr sollt kommen gesund zurick . . .«
Dann fuhren wir ab. Der Wagen war vollgetankt, das Wiesel hatte die Pistolen und eine Schachtel Patronen mitgebracht. Sie hatten im Haus seiner Mutter gelegen, in einem sicheren Versteck. Es war alles besprochen: Wir gingen auf Gold und Brillanten. So nannten wir das. Das Wiesel lachte über Isaaks Reisesegen. Ich lachte nicht, denn ich wußte, daß uns eine Zerreißprobe bevorstand. Wir waren unterwegs zu den großen reichen Städten im Rheinland: Düsseldorf, Köln, Duisburg, Essen . . . Unser schwerer Hammer mit dem lan-

gen Stiel lag im Kofferraum. Sein Eisenkopf hatte einen Verband aus Leukoplast. Das würde ihm nichts von seiner Schwere nehmen, aber es würde das Geräusch dämpfen. Johann fuhr den Wagen, später sollte ich übernehmen. Das Wiesel lag hinten auf den Polstern und schlief. Er hatte wieder gespielt, Johann hatte ihn erwischt und aus der Bank geholt.
Sie waren beide verhört worden. Wir wissen von nichts, hatten sie gesagt. Willi war auch vorgeladen worden. Sogar in den *sieben Raben* waren die Beamten gewesen. Der blasse Karl hatte gesagt, er habe zwar ein altes Auto von mir gekauft, aber sonst wisse er nicht viel von mir. Und außerdem, das wäre der Polizei ja bekannt, sei er chemisch gereinigt und wolle mit solchen Sachen nie wieder zu tun haben.
Die Fahnder hatten Isaak im Club ausfragen wollen, aber er hatte nur abgewinkt und gesagt, es säßen bereits drei im Gefängnis, ob die Polizei noch mehr Täter haben wolle. Von Olsen gab es keine Nachricht.
Die Monotonie dieser nächtlichen Fahrt schläfert mich ein. Aber es ist nur die Oberfläche des Denkens, die sich in Schlummer wiegen läßt. Darunter sind andere Schichten, die hellwach bleiben. Ich höre meiner Stimme zu: Hört ihr! Es ist Krieg: Ich ziehe in den Krieg. Unsere Feindschaft ist öffentlich erklärt, denn ich stehe jetzt in einem Fahndungsbuch. Der falsche Paß in meiner Tasche kann mich ein wenig schützen. Aber mehr noch verlasse ich mich auf meine Pistole. Ich gehöre nicht zu euch, wollte nie zu euch gehören. Eine Kränkung seid ihr für mich, seit ich euch kenne. Und das ist lange her. Eure Methode ist falsch, eure Zielsetzungen stinken zum Himmel. Meine Methode ist umstritten, aber ich weiß keine andere.

Vor der Stadt übernehme ich den Wagen. Jetzt habe ich keine Zeit mehr für meine Stimme. Wir fahren vor das Juweliergeschäft. Es ist eine breite Straße, mäßig von Autos befahren. Ein breiter Bürgersteig, aber dort gehen um diese Uhrzeit wenige Bürger. Die Bürger liegen jetzt in ihren Betten und schlafen.
Der Schlag mit dem Hammer erschreckt sie. Sie hören das Klirren der Scheiben und sind entsetzt, denn sie denken an Unfall, an Unheil und Tod. Da springen auch ein paar Gestalten heran, aber sie sehen unsere Pistolen und bleiben in sicherem Abstand. Von dort aus schauen sie zu. Sie starren und bewegen sich nicht.
Uhren und Armbänder – wenn sie sind aus Gold. Ketten und wieder Armbänder, mit Steinen, die weißes Feuer haben. Ringe mit Steinen, große und kleine. Und das alles packen wir ein in Sekunden. Die Hälfte davon ist falsch, aber das wissen wir noch nicht, und die Bürger, die unserem Wagen nachstarren, wissen es auch nicht.
Eine halbe Minute hat es gedauert. Ich ziehe den Wagen durch Kurven, lasse mich von ihm führen. Ich kenne ihn, und ich vertraue diesem Wagen. Wir sind fort. Wir waren ein Spuk in der Nacht. Und dann lache ich einmal laut auf. Ich bin verzweifelt, weil ich keine andere Methode finden konnte als diese.
Aber wir fahren immer wieder. Wir essen und schlafen uns aus. Und dann prüfen wir den Wagen und lassen ihn volltanken. Isaak und Moses Leib verkaufen für uns. Sie müssen viel Geld heranschaffen. Sie holen wieder ihre Freunde, die kommen und haben dicke Geldbündel in den Taschen. Silberkopp ist wieder dabei. Er schielt und schielt und nimmt ein Stück nach dem anderen in die Hand. Der alte Jakob Landschaft erscheint und trinkt erst einmal ein paar Schnäpse. Fachleute kommen mit

Lupen und sortieren die Talmistücke heraus. Wir fluchen und mißtrauen den Fachleuten.
»Geld is a Dreck«, sagt Isaak. »Aber Dreck bringt kein Geld nich . . .«
Wir fahren in den Städten herum. Sieben-, achtmal schlagen wir nachts zu. Dann liefern wir ab, und Moses schreit: »Was a Tempo! Was a Tempo!«
Sie können das Geld nicht so schnell heranschaffen wie wir die Ware. Geht alles nach Paris, so sagen sie.
Wir loben uns gegenseitig, wir sind zufrieden mit uns. Das Einfache ist wirkungsvoll: Die Methode mit dem großen Hammer macht sich bezahlt. Wir sind eingespielt aufeinander.
Und um noch besser zu funktionieren, haben wir Kehrichtschaufeln gekauft. Wie eine Hausfrau ein Häufchen Dreck zusammenfegt, so kehren wir Juwelen zusammen.
Die Zeitungen bringen große Berichte über uns. Ich fürchte, daß unser Wagentyp erkannt ist. Wir fahren mit falschen Nummernschildern und verstecken den Wagen in einer Garage, holen ihn nur, wenn wir den Hammer benutzen.
Noch drei-, viermal wollen wir zuschlagen. Für den Juwelier in Mainz holen wir uns ein schnelles Auto von der Straße. Wir fahren mit zwei Wagen.
In der stillen Stadt klingen die brechenden Scheiben, als würde ein Berg aus Glas in sich zusammenfallen. Aus dem vierten Stock rufen Männer herunter: »Ihr Lumpen! Ihr Verbrecher!«
Wir haben ausgeräumt, wollen in den Wagen steigen. Da kommt noch etwas aus dem vierten Stock. Es kracht auf das Fahrzeugdach, zerspringt in tausend Stücke, überschüttet uns mit Erde und Tonscherben und

schlägt eine tiefe Beule in die Wölbung des Daches. Es war eine Zimmerlinde, sie hätte mich beinahe erschlagen.

Wir lachten über die Zimmerlinde. Doch das Lachen war nicht echt. Das Wiesel hatte hinaufgerufen: »Macht das ja nicht noch einmal! Mein neuer Anzug . . .« Dabei hatte er sich die Blumentopferde vom Mantel geklopft. Dann waren wir mit dem zerbeulten Auto davongefahren, bis zu der stillen Straße, wo wir in unseren Wagen umstiegen. Das gestohlene Auto ließen wir stehen.
Um dreißig oder vierzig Zentimeter hatte sie mich verfehlt. Was für ein schändlicher Tod wäre das gewesen: während eines Einbruchs von einer Zimmerlinde erschlagen.
Als wir es Isaak erzählt hatten, sagte er: »Sollter Gott danken. Seider noch gesund . . .«
Die lange Lieselotte lag im Bett und lachte: »Hahahahahaha!« Sie konnte gar nicht mehr aufhören damit.
»Warum lachst du so blöde?« sagte ich. »Findest du das so lustig?«
»Ja«, sagte sie. »Ja, das ist doch zu ulkig.«
Ich sagte nichts mehr. Isaak winkte nur ab. Er seufzte: »Scheen isse, aber dumm . . .«
Unsere Beute war nicht viel wert. Das Zeug lag auf dem Tisch. Isaak holte Moses herüber. Zu zweit sortierten sie aus, dabei schüttelten sie die Köpfe und Moses meinte, das würden sie nur nehmen, weil wir Freunde seien. Und selbst unter Freunden würde es nicht mehr als fünftausend bringen.

»Dann werfen wir es weg!« sagte das Wiesel zornig.
Lieselotte schwang ihre langen Beine aus dem Bett: »Wegwerfen? Dann gebt mir was davon!« Sie saß auf dem Bettrand.
»Willste dir bedecken!« rief Isaak. »Hattse keine Scham, wennse sieht a Stick Gold!«
»Was meinst du?« fragte mich Johann.
Ich sagte: »Weg damit. Es ist wirklich nicht viel wert.«
»A verninftiger Mensch, a kluger Mensch«, lobte Moses Leib. Er griff in die Tasche und zog eine Rolle Geldscheine hervor. Während Moses das Geld zählte, flüsterte mir Isaak zu: »Mißt ihr aufpassen, das Wiesel geht spielen nach Bad Homburg und Wiesbaden.« Wir nahmen die Fünftausend und gingen leise die Treppen hinunter.
Wir waren müde und schlecht gelaunt. Ich sagte im Wagen: »Ich will bald Schluß machen.«
Sie schwiegen betroffen, dann sagte Johann: »Wo es doch so gut gelaufen ist in letzter Zeit.«
»Und was ist mit der anderen Geschichte?«
»Da kann dir nichts passieren«, sagte das Wiesel. »Wir haben alle angegeben, wir hätten dich in der fraglichen Nacht gesehen. Nur, was du im Augenblick machst, das wüßten wir nicht. Außerdem sind Smollek und Wasilenkow mit Zuchthaus vorbestraft.«
Wie sollte das weitergehen? Irgendwann mußten wir doch unseren Verein auflösen. Johann wollte sich einen Lastwagen kaufen, hatte er gesagt. Aber für einen großen Zug mit Hänger reichte das Geld noch nicht. Ich dachte: Was wird aus ihnen? Dabei stellte ich die Frage nach meiner Zukunft nicht, als wüßte ich genau, daß sich mein Leben ordnen würde. Aber ich wußte nichts, gar nichts.

»Wieviel hast du in Bad Homburg und Wiesbaden verspielt?« fragte ich. »Sag die Wahrheit.«
Das Wiesel druckste herum: »Also, da muß ich rechnen ... Ich komme da auf ...«
»Die Wahrheit!« drängte Johann.
»Also, es sind doch so an die dreißigtausend, aber das waren mindestens sechs Besuche.«
Wir beschimpften ihn. »Eine weiche Birne hast du!« rief ich.
Und Johann sagte: »Wirklich, der Kerl hat einen weichen Keks.«
»Aber ich will doch gar nicht viel«, verteidigte sich das Wiesel. »Wenn wir das große Geld machen, kaufe ich mir eine Taxilizenz mit Wagen. Ihr wißt doch, ich bin nachts gern unterwegs. Ich brauche das.«
Ja, das wußten wir. Er war eine Sumpfblüte und würde es bleiben.
»Und dann baue ich noch bei meiner Mutter an. Da werde ich leben. Ich will wirklich nicht viel.«
»Wir haben das große Geld schon gemacht«, sagte ich. »Aber es hat nicht lange gereicht.«
»Noch ein paarmal müssen wir zuschlagen«, meinte Johann.
»Und dann?« fragte ich.
»Dann hören wir auf.«
»Und was machen wir dann?«
»Dann leben wir.«
»Wie leben wir?«
»Ganz normal, wie die anderen auch«, sagte Johann.

Vom Hotel aus telefonierte ich mit dem dicken Willi. Ich sagte: »Wir müssen uns treffen. Hast du einen Anwalt, der einen Vertrag für uns machen kann? Ich habe Geld für dich.«
»Wieviel ist es?« fragte er. »Wieviel ist es?«
»Dreißig Riesen.«
»Aber du mußt das Lokal doch erst einmal sehen. Es ist jetzt alt und sieht nach nichts aus, aber da kommen rotseidene Tapeten hinein, Spiegel an die Wände und eine blaue Decke mit goldenem Sternenhimmel und eine große Bar und . . .«
Ich glaubte ihm. Ich brauchte das Lokal nicht zu sehen. Ich hielt ihn für einen Fachmann: der dicke Willi war fähig, ein Lokal einzurichten und zu führen.
Wir trafen uns zwei Tage später bei dem Anwalt, der den Vertrag bereits aufgesetzt hatte. Ich hatte gesagt: »Nach Anbruch der Dunkelheit.«
Der Vertrag hielt fest, daß Willi das Lokal führen und mir vierzig Prozent des Reingewinns zu zahlen hätte – auf Lebenszeit. Dann zählte ich das Geld auf den Tisch. Der Anwalt grinste und sagte: »Sie scheinen gut zu verdienen.«
»O ja, es geht«, antwortete ich.
Noch am gleichen Abend fuhren wir wieder los. Der große Hammer lag im Kofferraum. Noch ein paarmal mit dem Hammer, sagten wir. Aber wir wollten diesmal wieder zwei Wagen benutzen. Die Zimmerlinde war noch nicht vergessen.
Wir fuhren zwei Tage in den rheinischen Großstädten herum, dann hatten wir den richtigen Juwelier ausgemacht. Bei diesen Fahrten hatte ich auch eine Bank gesehen, die mir gefiel.
»Seht euch das an, wie geschaffen für einen Überfall.«

Die Bank hatte einen eigenen Parkplatz, lag fünfzig Meter neben einer Kreuzung. Von hier aus gab es mehrere Fluchtwege.
»Gut«, sagte Johann. »Sehr gut. Der Parkplatz gefällt mir. Da können wir rückwärts ranstoßen. Wenn wir dann wieder rauskommen, gibt's kein Manövrieren ... Wir verschwinden da vorn um die Ecke und weg sind wir.«
Wir parkten den Wagen. Ich ging hinein und ließ einen Hundertmarkschein wechseln. Sechs Angestellte arbeiteten hinter den Schaltern. Und beim Kassierer sah ich viel Geld hinter der Zahltheke liegen. Sie war nicht hoch. Mit einer Flanke war sie leicht zu überspringen. Ich wußte es: Dies würde unsere Bank sein. – Ein Überfall dort wäre nicht gefährlicher als die Methode mit dem Hammer, denke ich, während wir am Abend, kurz vor elf Uhr, wieder eine Menge Zuschauer haben. Es war nicht später zu machen, wir wußten, daß kurz nach elf Uhr die Gitter heruntergelassen wurden.
Der Schlag mit dem Hammer hat sie angelockt. Da stehen sie und schauen zu, bilden einen großen Halbkreis um uns, wagen kein Wort, keinen Angriff. Die Scheibe ist mit Getöse in sich zusammengekracht. Wir arbeiten schnell, schaufeln wieder Uhren, Armbänder, Ketten und Ringe zusammen. Es ist viel Glas dabei. Es dauert eine halbe Minute länger als sonst. Der Motor des Wagens läuft, die Türen auf unserer Seite stehen weit offen und alle Scheiben sind heruntergedreht.
Der Streifenwagen kommt ohne Licht langsam herangefahren. Ich sehe ihn zuerst und rufe: »Zurück zum Wagen!«
Johann springt ans Steuer. Das Wiesel und ich bedrängen uns beim Einsteigen. Schmuck fällt auf die Straße.

Wir schlagen die Türen zu. Bei dem Streifenwagen gehen in diesem Augenblick die Türen auf. Die vier Männer in Uniform springen heraus. Die beiden Autos stehen sich mit dem Kühler gegenüber. Es sind nicht mehr als zehn Meter zwischen ihnen. Wir können nur nach vorn flüchten. Es gibt eine schmale Gasse zwischen ihrem Wagen und dem Bürgersteig. Dort müssen wir durch. Johann hat es sofort begriffen.
Unser Motor heult auf. Wir fahren auf die Lücke zu. Die beiden Polizisten auf unserer Seite springen in den Wagen zurück. Um eine Sekunde sind wir schneller als diese Männer.
Das Wiesel und ich schießen aus den Fenstern. Wir zielen nicht, wir wollen nur einschüchtern. Unsere Zuschauer laufen nach allen Richtungen davon. Einige werfen sich auf den Boden.
Wir jagen am Streifenwagen vorbei. Ich sehe ein paar Stiefel aus dem Seitenfenster ragen. Sie gehören zu einem der Polizisten, die sich schnell in die Polster zurückfallen ließen. Es sieht unbeschreiblich komisch aus.
Das Wiesel und ich ballern in die Luft. Zwei Beamte haben Deckung gesucht hinter ihrem Wagen, die beiden anderen müssen erst wieder herauskrabbeln. Aber nun beginnen sie zu schießen. Sie bluffen nicht wie wir, sie zielen genau. Wir können es hören: Tack-tack-tack macht es ein paarmal. Unser Wagen wird getroffen. Aber es ist ja nicht unser Wagen, das ist unser Glück, denn eine Kugel durchschlägt die Heckscheibe zwischen dem Wiesel und mir, trifft auch noch die Windschutzscheibe, die plötzlich Zehntausende von kleinen Sprüngen hat und so undurchsichtig wird wie Milchglas. Johann streckt den Kopf weit aus dem Fenster und

fährt so weiter. Es war gut, die Scheiben herunterzudrehen. Dann kommt eine Kurve, wir sind fort.
Drei oder vier Querstraßen haben wir noch zu fahren. Dort steht unser Wagen. Wir lassen das zerschossene Fahrzeug stehen und steigen um. Ein Schlag ins Wasser. Von unserer Beute haben wir mindestens die Hälfte verloren. »So eine Scheiße!« flucht Johann. Er fährt so schnell er kann. Wir sind mitten im Verkehr der Stadt.
»Was für ein Theater!« rufe ich. »Wir haben die Seuche!«
Das Wiesel rafft bereits die einzelnen Stücke zusammen und legt sie in einen Karton. So schlecht wäre es auch wieder nicht, sagt er. Aber Johann und ich haben genug von dieser Methode.
»Aus! Nie wieder mit dem Hammer!« sage ich. »Wir werfen ihn von einer Brücke ins Wasser.«
Wir sind fast aus der Stadt. Ich weiß, daß wir auf der Autobahn über Brücken fahren werden.
Johann widerspricht: »Also, den Hammer, den will ich behalten.«
»Er ist ihm ans Herz gewachsen«, sagt das Wiesel.
»Willst du ihn dir an die Wand hängen?« frage ich.
Und auf diesem Witz reiten wir herum. Er löst unsere Enttäuschung auf, lockert die Spannung. Johann wird den Hammer an die Wand hängen – über das schwarze Ledersofa. Darüber müssen wir fürchterlich lachen. Dann fallen mir die Polizeistiefel ein, die aus dem Fenster guckten. Wir hören nicht mehr auf zu lachen. Wir haben keine glückliche Hand. Zwei Zusammenstöße hintereinander. Das gibt es, sagen wir. Es ist das Gesetz der Serie, glauben wir. Ich sage: »Meinetwegen kannst du den Hammer behalten, aber ich glaube, wir sind fertig damit.«

Isaak sagte es auch: »Sollter nich mehr gehen mit dem Hammer. Habter jetzt schon so oft gemacht, dasse euch suchen werden.«
Moses fragte: »Wie kann a Mensch das aushalten? Habter doch viel Geld, kennter euch ausruhen a paar Wochen.«
Ausruhen? Wir wollten es hinter uns bringen, wollten kein Fett ansetzen. Denn so hatten es die anderen gemacht: sie hatten die Beute verjubelt, und wenn sie keinen Heller mehr in der Tasche hatten, mußten sie wieder losgehen, auf gut Glück, ohne lange zu planen.
Wir waren jetzt an die Gefahr gewöhnt. Für uns war es Leistung. Wir protzten voreinander damit: »Das können die anderen nicht – nein, das können sie nicht ...«
Und dabei grinsten wir: Hatten wir uns nicht gesteigert? Wir spielten mit der Gefahr. Und Johann fragte mich: »Ob wir wohl die Größten sind?«
Ich sagte: »Wir sind die Größten.« Und ich glaubte daran.
Wir werteten unsere schnellen Beutezüge wie artistische Leistungen. Der dreifache Salto – die Artisten sind stolz darauf. Es gibt Menschen, die das Matterhorn besteigen, andere spannen ein Seil über die Niagarafälle und balancieren hinüber. Da schwimmen welche über den Kanal. Wenn sie es geschafft haben, wissen sie mehr über sich und über ihre Grenzen. Sie sind stolz auf ihre Leistung. Wir wollten auch stolz auf uns sein.
Aber Isaak hatte doch recht: der Hammer hatte ausgedient. Wir machten zwei langweilige Einbrüche in Frankfurt, holten aus einer Großhandlung Nerze und Persianerfelle. »Das machen wir im Schlaf«, sagten wir.
Aber es hatte doch Folgen, denn die Razzien verstärk-

ten sich wieder, und bei jeder wurde mein Bild gezeigt. Willi sagte es am Telefon, und als ich den blassen Karl in den *sieben Raben* anrief, um wieder nach dem Schweißgerät zu fragen, sagte er: »Eijeijei, die sind ja hinter dir her wie der Teufel hinter einer armen Seele . . .«

Der Erlös aus den Fellen schien uns zu gering. Wir sagten zu Isaak: »Wir hoffen, du hast uns nicht beschissen. Zehntausend für diese Felle war wohl doch zuwenig.«

Isaak rief: »Bin ich a Betrieger? Der Schlag soll mir treffen, wenn ich mehr als tausend dabei verdient hab'.«

Und Moses ergänzte: »Nich amal tausend! So ehrlich isser.«

Johann und ich sprachen oft von unserer Bank. Das Wiesel, das merkten wir, war nicht begeistert.

»Er hat Manschetten vor dem Wort Bank«, sagte Johann.

»Es ist kein Pappenstiel«, antwortete ich. »Aber so, wie wir eingespielt sind, kann fast nichts passieren.«

Das Wiesel grinste: »Meine Mutter hat gesagt: Daß du mir ja immer schön vorsichtig bist. Und wehe, wenn du mal auf einen Menschen schießt, du Lausbub!«

Darüber hatten wir oft gesprochen. Es genügte, in die Luft zu schießen. Es irritierte den Gegner. Außerdem waren wir stolz darauf, elegant zu arbeiten. Auf einen Menschen schießen, das konnte jeder Dummkopf, aber die Sore zu holen, ohne jemand auch nur ein Härchen zu krümmen, das war, wie wir uns gegenseitig versicherten, die wahre Meisterschaft.

Das Wiesel versuchte, uns von der Bank abzubringen. Er verkleidete seine Bemühungen, brachte den Juwelier ins Spiel, vor dessen Fenster wir gestanden hatten: »Ihr habt gesagt, es wäre nicht zu machen.«

Wir erinnerten uns daran. Es war schon eine Weile her. Ein großer Juwelier, auf einer Hauptstraße, dreißig Meter weiter war eine Kreuzung mit Ampeln. Die Fenster waren gesichert mit einer Alarmanlage. Nein, das war unmöglich.
»Aber als Raub wäre es zu machen«, sagte das Wiesel. »Als eine schnelle Sache von einer Minute.«
»Ja, ja«, sagte ich.
Und Johann brummte vor sich hin: »Mhm.«
Wir konnten uns nicht entscheiden. Das Wiesel wich dem Bankraub aus, Johann und ich hatten nicht den richtigen Appetit auf den großen Juwelier. Wir saßen in meiner kleinen Mansarde. Isaak hatte unserem Gespräch schweigend zugehört. Nun sagte er: »Laßt mich reden Tacheles. Sollter jetzt keine schweren Sachen nich machen. Haste die Grippe, gehste auch nich aus der Tür. Habter das größte Talent, wo ich gesehen hab in mein Leben, aber was nitzt Talent, wennde nich hast das Massel?«
»Er hat recht«, sagte Johann. »Im Augenblick haben wir Scheiße an den Händen.«
»A Mensch muß wissen sein Zeit«, sagte Isaak. »Gibt es Zeiten zum Säen das Gras, gibt Zeit, wo wird wachsen das Gras, und Zeit, wo du wirst schneiden das Gras.«
Die drei hockten auf meinem Bett, ich saß auf dem einzigen Stuhl beim Fenster. Ich dachte: Der Schwung fehlt, wir sind müde. Oder war es Angst?
Ich sagte: »Wenn der Matador vor dem Stier zittert, soll er nicht in die Arena gehen.«
Das Wiesel fuhr auf: »Hast du mich je zittern sehen? Ich stehe wie eine Eins.«
»Angst?« fragte Johann. »Das ist es nicht. Ich weiß, was

mir passieren kann, und habe mich daran gewöhnt. Wir haben in letzter Zeit nur zuviel Lärm gemacht.«

Das Wiesel fühlte sich gekränkt. »Wenn du sagst, wir machen die Bank, dann machen wir die Bank!«

»Ich werde darüber nachdenken«, sagte ich.

Ehe sie gingen, sagte Johann: »Katja will dich sehen. Sie glaubt mir nicht, daß du sie nicht treffen willst.«

»Nein«, sagte ich. »Es hat keinen Sinn. Hier kann sie nicht herkommen, und zu ihr kann ich nicht gehen. Es ist zu gefährlich, auch für sie.«

»Tränen hattse in die Augen«, sagte Isaak.

»Grüßt sie von mir. Ich komme wieder.«

Isaak schüttelte den Kopf: »Manchesmal biste a Mensch wie aus Stein.«

Johann kam rasch noch einmal zurück. Er sagte: »Wenn du mich fragst . . . Wir machen die Bank.«

»Ja«, sagte ich. »Wir müssen zu einem Ende kommen.«

»Ich werde es dem Wiesel sagen.«

»Wir brauchen ihn nicht unbedingt. Diese Bank könnten wir auch zu zweit machen.«

17

Es ist ein langer Weg bis dahin. Er hatte schon mit dem Training des Gassenbuben in der Horde begonnen. Johann war immer dabei. Wir sind wie Brüder, ich kenne ihn genau. Ich weiß, wie stabil er ist. Josef, sein Vater, biß auf ein Stück Holz, als sie ihn im Lager fünfzigmal mit dem Stock schlugen. Der englische Willi hat gesagt: »Er war ein zäher Hund. Als sie Josef auf dem Bock hatten, hat er nur ein bißchen geflennt . . .« Die anderen hätten geschrien und gejammert unter den Stockschlägen.

Johann ist wie sein Vater. Er würde auf ein Stück Holz beißen.

Und das ist wichtig, denn jetzt hat es angefangen: wir sind auf dem Weg. Und Johann ist ganz ruhig, seine Nerven sind stark. Der stupide Mörder, der im Untersuchungsgefängnis vor den Gefangenen auf die Knie fiel, hatte schwache Nerven. Deshalb mußten zwei Menschen sterben.

Das Wiesel sitzt hinter uns im Wagen. Wir haben ihn in die Zange genommen. Er wird seine Pistole nicht entsichern, wenn wir hineingehen. Er ist nicht feige, aber seine Nerven sind schwächer. Er ist dünnhäutig, leicht erregbar. Man muß daran denken, denn dies hier ist eine ernste Sache. Der blasse Karl, sein Vater, ist nicht sehr stark. Aber die Bucklige, seine Mutter, hat Kraft und Witz. Wir haben zu ihm gesagt: »Du mußt ganz ruhig bleiben. Wenn wir schießen müssen, dann nur in die Luft.«

»Verlaßt euch drauf, ich mache genau das, was wir besprochen haben.«

Ich bin ruhig, aber mein Herz schlägt schnell. Ich kann die Angst verdrängen, sie unterwirft sich dem Willen. Es ist Training. Ich bin kein Mensch aus Stein, und ich denke viele Dinge zu gleicher Zeit, denn ich weiß genau, daß ich jetzt eine Grenze überschreite. Es wird ein greller Augenblick sein, eine Sekunde wie eine Stichflamme.

Wir sind auf der Hauptstraße, jetzt müssen wir bald abbiegen. Ein leichter Nieselregen hat eingesetzt. Es ist dunkel geworden, im Schein der Laternen sieht die Straße aus wie lackiert. Es ist zehn Minuten vor fünf.

Hinter mir höre ich plötzlich ein eigenartiges Geräusch.

Das Wiesel klappert mit den Zähnen. Ich fahre ihn an: »Kerl, du klapperst mit den Zähnen!«

»Du spinnst doch wohl!« rief er. »Kein Mensch klappert hier mit den Zähnen.« Er lacht laut auf: »Hat man so etwas schon mal gehört, der bildet sich ein, ich hätte mit den Zähnen geklappert!«

Ich denke: Der blasse Karl hat geklappert, und die Bucklige hat mir geantwortet.

Und da ist die Kreuzung. Langsam rollt der Wagen auf das Gebäude zu. Die Bank ist hell erleuchtet, durch die Milchglasscheiben können wir das Gedränge der Kunden vor den Schaltern sehen. Passanten gehen hastig an der großen Tür vorbei. Wir sind am Parkplatz angekommen. Ich fahre den Wagen vor die einzige Lücke, die es dort noch gibt. Behutsam setze ich zurück, der Wagen steht.

»Ist alles klar?« frage ich. »Alles wie besprochen.«

»Es geht los, Freunde«, sagt Johann.

Jetzt gibt es nichts mehr zu reden, und jetzt wäre es auch zu spät dazu. Die Nylonstrümpfe sind durchsichtig, aber sie maskieren das Gesicht. Meine große Einkaufstasche ist für das Geld. Der Wagen läuft leise, im Motorenlärm der fahrenden Autos wird er nicht zu hören sein. Habe ich etwas vergessen?

Und nun schlägt mein Herz bis hinauf zum Hals. Ich brauche meine ganze Kraft. Vorwärts! Vorwärts! Ich treibe mich an. Bin ich das, der hier geht? Und da gibt es noch ganz andere Stimmen in mir: Signale, Warnungen. Ich achte nicht darauf, schaue nach dem Wiesel, denn dies ist der Moment, in dem er versagen könnte. Wir sind bei der Tür.

Ich reiße sie auf und stürme in den Schalterraum. Das Wiesel und Johann sind neben mir. Wir brüllen unsere Befehle: Sie sollen die Hände hochnehmen, sich nicht bewegen. Sie sollen vernünftig sein, dann wird niemand etwas geschehen . . .

Der Schreck überfällt sie. Angst erscheint in ihren Gesichtern. Die zwölf oder fünfzehn Menschen vor den Schaltern drängen sich dicht zusammen. Sie sind ratlos.

Die Bankbeamten stehen mit erhobenen Händen bei ihren Schreibtischen. Ich bin über die Zahltheke neben den Kassierer gesprungen. Leise sagt er: »Schießen Sie bitte nicht.« Er bittet nicht für sich, seine Sorge gilt allen. Er sieht aus wie ein Gelehrter, ein freundlicher Mann mit weißen Haaren, der auch jetzt die Fassung nicht verliert.

»Wir wollen nur das Geld. Es wird niemand etwas passieren«, sage ich.
Kein Laut, keine Bewegung. Das Wiesel und Johann sind an ihren Plätzen und überwachen die Schalterhalle. Die Pistole in der Hand, stehen auch sie regungslos wie Statuen. Die Szene ist wie gestellt und in Wachs gegossen. Und unwirklich fühle auch ich mich, als wäre ich der einzige, der sich in der Stille eines Panoptikums bewegt.
Und das ist eine Aufgabe: Ich muß mich schnell bewegen. Von den Zahlbrettern nehme ich die Geldbündel und werfe sie in meine Tasche. Links halte ich die Pistole und einen Henkel der großen Einkaufstasche. Sie klafft weit auf. Ich räume mit der rechten Hand ab: das erste Brett, das zweite. Ich bin jetzt nicht mehr nervös, bin völlig gelassen, es ist, als schaue ich mir selber zu.
Ich sehe die Frau hereinkommen. Sie ist hellblond, ein wenig üppig. Ahnungslos geht sie bis zur Mitte des Raumes. Sie bleibt stehen, sieht die Pistolen und begreift.
»Halt!« sagt das Wiesel. »Bleiben Sie stehen!«
Ihr Schreckensschrei bohrt sich in die Ohren. Sie beißt dabei in ihre rechte Faust. Jetzt ist sie unberechenbar. Sie will aus der Bank hinauslaufen, das Wiesel hält sie fest. Ein kreischendes Nervenbündel, so gut wie unzurechnungsfähig.
»Laß sie los!« rufe ich und springe über die Barriere.
Das Wiesel stutzt, läßt sie laufen. Sie stürzt schreiend aus der Tür, wendet sich nach links.
Mit ein paar Sätzen sind wir draußen. Wir gehen nach rechts. Nicht zu schnell. Die Frau schreit noch immer, aber sie ist jetzt schon mindestens fünfzig Meter von uns entfernt.

Die Passanten bleiben auf der Straße stehen und blikken der Frau nach.
Wir erreichen den Wagen unbehelligt, steigen ein und fahren davon. Erst hinter der nächsten Kurve trete ich das Gaspedal tief durch.
Hinter mir jubelt das Wiesel: »Das Ding ist geritzt! Das Ding ist geritzt! Wieviel haben wir?«
Er stört meine Konzentration beim Fahren, und ich rufe: »Halts Maul jetzt und schau nach hinten.«
Aber von hinten kommt nichts. Wir erreichen die Zufahrtsstraße zur Autobahn. »Jetzt dreh richtig auf«, sagt Johann.
Weit sind wir schon, denke ich. Hier vermutet uns noch niemand. Wir sind entkommen. Aber ich bin nicht fröhlich und sage: »Ich mache nie wieder eine Bank. Das Risiko steht nicht dafür . . .«
»Aber warum, aber warum?« ruft das Wiesel.
»Es sind nicht die Starken, die gefährlich sind – es sind die Schwachen, du Dummkopf! Und du hast den Fehler gemacht. Du warst ihr am nächsten. Du hättest sie führen müssen!«
»Er hat recht«, sagt Johann. »Du hättest sie empfangen müssen. Ich war zu weit entfernt.«
Unser Streit geht hin und her. Nachdem wir uns eine Weile angebrüllt haben, werden wir wieder leiser. Wir einigen uns darauf, daß wir Glück gehabt haben und daß es ohnehin zu spät wäre, jetzt über wenn und aber zu diskutieren.
Und nun fragt auch Johann: »Was denkst du, wieviel haben wir?«
Ich schätze sechzig- bis siebzigtausend. Aber als wir mit der Tasche in meiner Mansarde in Frankfurt angekommen sind und fast eine Stunde Geld gezählt haben, stel-

len wir fest, wir haben über neunzigtausend Mark geholt.
»Donnerwetter«, sagt das Wiesel andächtig.
Und ich sage: »Wenn du das verspielst, dann soll dich der Teufel holen.«

Es bleibt etwas zurück von so einer Sache. Du wachst am Morgen auf und denkst sofort daran. Es ist wie ein Echo, das nur langsam abklingt. Johann und das Wiesel machen die gleiche Erfahrung. Es bleibt Unruhe. Etwas Unerhörtes ist geschehen, und du kannst nicht darüber sprechen. Und deshalb hocken Johann und das Wiesel in den nächsten zwei Tagen stundenlang bei mir. Wir müssen darüber reden.
Ich hatte Willi im Club angerufen und ihm gesagt: »Ich habe die restlichen zwanzigtausend für dich.«
Wir trafen uns abends bei seinem Anwalt. Willi war fröhlich: »Jetzt hat er den vollen Kaufpreis. In drei Monaten räumt er das Lokal, dann geht es los mit dem Umbau. Die Brauerei gibt auch fünfzigtausend.«
»Bist du sicher, daß ein Geschäft daraus wird?«
»In der Gegend . . . Ganz sicher. Da kommen Weiber rein, die kriegen zehn Prozent. Und was glaubst du, was ich für einen Bekanntenkreis habe? Das wird was ganz Spezielles, eine Mischung aus Bar und Frühlokal. Morgens ab zwei Uhr sahnen wir ab . . .«
Ich kannte die Gegend, ich wußte, daß er recht hatte. Aber warum machte er das Geschäft mit mir? Als wir dann in seinem Auto saßen, sagte der dicke Willi: »Mann, was ich alles am Bein habe. Und die Weiber, die Weiber . . . Und dann habe ich ja auch noch eine Frau.

Du hast sie noch nicht gesehen. Weißt du, wir sind schon zwanzig Jahre verheiratet, und ich lasse sie nicht im Stich. Aber ich kann dir sagen ... Junge, Junge, die ist vielleicht häßlich. Und fett ist sie geworden. Und ewig geht sie zum Doktor. Ich zeige sie ja niemand, aber ich halte zu ihr.«

Er hatte mich an diesem Geschäft beteiligt, weil er nie die Summe allein hätte auftreiben können.

»Weißt du, da war ja schließlich auch noch was ... Ich war Steuerprüfer. Und wie das so geht, plötzlich heißt das Betrug. Ich habe Abitur. Ja, deshalb mochte ich dich auch gleich. Ich habe gedacht: Das ist auch so einer wie du ...«

»Du bist schlauer als ich, Willi. Du bist ein Fuchs. Nie hältst du deinen Kopf hin und kommst doch zum Ziel.«

»Weißt du, ich will mal ehrlich sein: Ich bin kein Täter. Dazu bin ich zu feige.«

Ich bat ihn, mich am Mainufer abzusetzen. Ich ging ein Stück zu Fuß. Es war ungefährlich, in der Dunkelheit hier zu gehen. Es regnete, aber ich lief zwei Stunden auf der Frankfurter Seite im Regen spazieren.

Als ich ins Hotel zurückkam, saß Johann bei Waldo in der Küche. Er hatte lange auf mich gewartet. Der dicke Willi hatte ihn geschickt. »Stell dir vor, der lange Olsen ist da. Willi hat ihn versteckt. Du mußt sofort mitkommen.«

Wir nahmen ein Taxi und fuhren zum Club. Johann ging hinein und holte Willi.

»Mann«, sagte Willi, »ich bin ganz aus dem Häuschen. Noch keine fünf Minuten bin ich im Club, nachdem ich dich abgesetzt hatte, und da geht das Telefon. Olsen ist dran. Er sitzt jetzt in meiner Garage.«

Wir stiegen in Willis Wagen und fuhren zu seiner Garage. Olsen sah heruntergekommen aus. Er war verlegen. »Es tut mir wahnsinnig leid. Ich habe durchgedreht. Es waren die Nerven. Ich wollte das nicht. Das mußt du verstehen. Ich war noch nie im Knast ...«
»Aber jetzt wirst du hineingehen«, sagte ich. »Und ich mit dir. Du hast alles versaut. Wir hatten eine gute Position. Jetzt wird es schwierig.«
»Wir müssen überlegen«, sagte Willi. »Er war in Spanien, und du sagst, du warst ein paar Tage bei einer Freundin. Die mußt du nicht angeben, denn wir liefern ja das Alibi für euch. Also, weißt du, mein rechtes Händchen, das zuckt nur so hinauf.« Er hob die Schwurhand. »Und Johann hier ... Und das Wiesel ... Wir haben euch alle zu der fraglichen Zeit gesehen.«
»Du wirst dich jetzt ganz normal benehmen«, sagte ich zu Olsen. »Du gehst in den Club und überall hin. Wenn sie dich verhaftet haben, komme ich auch. Es wird ja nicht lange dauern, bis wir uns in der Hammelsgasse sehen.«
»Menschenskind, es tut mir wahnsinnig leid.« Er schämte sich. Er war nicht mehr der gleiche Mann.
Ich ging zurück zum Hotel. Um Mitternacht kam Johann und sagte: »Schon passiert. Er war kaum eine halbe Stunde im Club, da haben sie ihn schon geholt. Kannst du mal sehen, wieviel Spitzel da herumhokken.«
Ich besprach alles mit Johann. Er würde mein restliches Geld aufbewahren. Die Mansarde würde ich behalten. »Mach keine Fehler, während ich drin bin«, sagte ich. »Geh arbeiten und paß auf das Wiesel auf. Wenn er spielt, dann tritt ihm in den Hintern. Am besten, ihr geht beide arbeiten.«

»Ja, ja«, stimmte er zu. »Für meinen Lastzug reicht es ja immer noch nicht. Ich könnte ein paar Schränke suchen. Mit den Bohrmaschinen haben wir ja auch schon eine Ewigkeit nichts mehr gemacht.«
»Reicht es dir immer noch nicht?«
»So ein Zug mit Hänger ist verdammt teuer. Auf Pump will ich nichts anfangen. Aber ich warte auf dich. Während du drin bist, mache ich nichts. Wir haben ja Zeit.«
Jetzt wollten wir erst einmal eine Pause einlegen. Ich drinnen – und er draußen.

Sie holten mich zwei Tage später aus dem Club. Zu dritt kamen sie und legten mir die Handschellen an. In der Nacht sollte ich noch verhört werden, aber ich sagte: »Das kommt nicht in Frage, meine Herren. Ich habe schon gehört, daß Sie mich suchen und daß Sie mich mit den gestohlenen Maschinen in Verbindung bringen. Das pfeifen ja hier alle Spatzen vom Dach. Wir können morgen darüber reden.«
Dagegen konnten sie nichts machen. Ich wußte ohnehin, daß sie sich Zeit lassen würden.
Sie lieferten mich noch in der gleichen Nacht in der Hammelsgasse ab. Die Kriminalbeamten sagten: »Der muß auf eine Einzelzelle, der darf mit niemand zusammenkommen.«
Sie erwiesen mir damit einen Gefallen, aber das wußten sie nicht. Ich wollte zu mir kommen, wollte über die letzten Monate nachdenken. Es war einiges geschehen, und ich wollte versuchen zu schreiben.
Sie gaben mir sechs Monate Zeit zum Nachdenken. Ich hatte beim wöchentlichen Einkauf Papier und Bleistifte

bestellt. Ich lief in meiner Zelle auf und ab. Das Frühjahr ging vorbei. Es wurde Sommer. Ich konnte nicht schreiben. Ich konnte nichts zu Papier bringen.
Ich bin nicht in Ordnung, dachte ich. Etwas ging mir verloren, etwas ganz Wichtiges, aber ich weiß nicht, was es ist.
Sie holten mich immer wieder zum Verhör. Im Polizeipräsidium saß ich vier Mann gegenüber. Jetzt erst hatte das Schachspiel, von dem wir einmal gesprochen hatten, so richtig angefangen.
Sie kannten die Wahrheit, denn sie kannten Zyman, Smollek und Wasilenkow. Da war die Schießerei vor der Garage, und die Aussagen der drei klangen überzeugend. Aber das änderte nichts an der Tatsache, daß die Maschinen vor deren Garage in deren Wagen gefunden worden waren.
Der Kommissar sagte: »Sie sind ein schlauer Bursche. Und Sie sind ein harter Knochen, aber wir wissen bereits viel über Sie. Nur . . . Wir können es noch nicht beweisen. Aber die Zeit arbeitet für uns. Denken Sie später einmal an meine Worte.« Der Kommissar hieß Rasche.
Es wurde Herbst. Wir saßen noch immer. Olsen lag in einem anderen Bau. Ich hatte ihn nur einmal von weitem gesehen. Er winkte und rief: »Alles in Ordnung!«
Unsere Zeugen gaben den Ausschlag. Der Kommissar grinste mich beim letzten Verhör an: »Prächtige Zeugen. Die schwören alles. Diesmal haben Sie gewonnen.«
Wir hatten eine gewisse Sympathie füreinander. Als wir uns nach dem letzten Verhör trennten, schüttelten wir uns die Hand. Er sagte: »Mann, was hätte aus Ihnen alles werden können . . .«

Olsen und ich wurden zu gleicher Zeit entlassen. Schon in den nächsten Tagen war der Prozeß gegen die beiden Polen und den Russen Wasilenkow. Jeder von ihnen bekam zweieinhalb Jahre Zuchthaus. Wir sagten: »Recht ist ihnen geschehen.«
Es gab verläßliche Regeln und Normen. Wer anderen eine Grube gräbt, fällt selbst hinein, so sagten wir und fanden die Strafen angemessen.

18

Und das Wiesel hat doch gespielt.
Johann konnte es nicht verhindern, denn er hatte vier Monate als Beifahrer in einer Spedition gearbeitet, und er hatte acht Schränke gefunden, die ihm vielversprechend zu sein schienen. Das Wiesel hatte nur zwei Monate gearbeitet: Er sprach von drei Schränken.
»Zwei Monate hat er ausgehalten«, sagte Johann. »Dann kam die große Sause. Roulette hat er gespielt.«
Aber seine Mutter hatte einen großen Teil des Geldes gerettet. Sie hat mir den Anbau gezeigt und dabei erklärt: »Los, habe ich zu ihm gesagt, jetzt wird hier angebaut. Du hast Zaster, und der wird angelegt. Er hätte es ja doch verspielt. Ich weiß, daß er ein Windhund ist. Das hier kann niemand abreißen. Selbst wenn er jahrelang in den Knast muß, unser Haus steht.«
Sie hatte dabei geholfen, mit ihren Händen, wie sie sagte: Stein auf Stein. Und das Wiesel mußte ebenfalls zupacken. Und so wurde ein richtiges kleines Haus daraus, unter einem Ziegeldach, mit einem großen Raum, mit Bad und Küche.
Sie warf den Kopf zurück, schaute zu mir hoch und rief stolz: »Für zwanzigtausend haben wir das hingestellt!« Dann legte sie die Hand an den Mund und flüsterte: »Ich weiß auch schon eine Nutte, die das für dreißig

Mark am Tag nimmt. Hier sieht es niemand, wenn sie Freier anschleppt. Und ich gucke weg.«
Das Wiesel stand kleinlaut neben uns und maulte: »Aber jetzt bin ich stier. Die letzten viertausend hatte ich versteckt, die hat sie gefunden und gleich angelegt. Für die Küche und das Bad . . .«
»Hihihi!« Sie lachte, blinzelte listig und klopfte gegen die Hauswand: »Da drin steckt es.«
Johann hatte sein Geld auch angelegt. Holz und Kohlen en gros und en detail. Auf dem Lagerplatz war eine große, offene Halle, in der mächtige Koks- und Kohlenberge lagen. Daneben stand eine Baracke – das Büro. Ein eingeführtes Geschäft, mit einem Arbeiter, der den Lastwagen fuhr und die Kunden belieferte. Das alles hatte dreißigtausend gekostet.
Im Büro saßen Josef und die Großmutter. Josef bediente das Telefon und nahm die Aufträge entgegen. Die Großmutter hatte keine Funktion, doch sie kam jeden Tag mit ihrem Strickzeug, saß neben dem Fenster und schaute hinaus, während die Nadeln in ihrer Hand klapperten. Sie hatte gesagt, jemand müsse die Kohlen bewachen, die da so frei herumlägen, daß jeder sie stehlen könne. Auf Josef sei kein Verlaß, der ginge zu oft in die Wirtschaft.
»Wir können zur Not davon leben«, sagte Johann. »In diese Halle passen drei große Lastwagen. Ich habe an später gedacht.«
»Aber an mich hat er noch nicht gedacht«, sagte Josef. »Er soll mir mal ein besseres Gehalt zahlen. Früher, als er bei mir angestellt war, ging's ihm ja auch nicht gerade schlecht.«
»Was willst du? Ich bin jetzt pleite«, sagte Johann.
Wir hatten alle etwas angelegt. Für mich hatte das der

dicke Willi besorgt. Noch am Tag meiner Entlassung war ich mit ihm zu unserem Lokal gefahren. »Du wirst staunen, was ich in den letzten Monaten aus dem alten Laden gemacht habe.«
Er hatte die Wände mit roten Seidentapeten beziehen lassen, die Decke war blau mit goldenen Sternen und die Säule in der Mitte des Raumes war nun mit Spiegeln verkleidet.
»Hier gibt es fünfzig Sitzplätze. Die Bar hat sechzehn Hocker, das macht sechsundsechzig Plätze.« Er hatte alles gebraucht gekauft: die Tische, die Polsterbänke an der Wand, die Sessel und Polsterstühle, die mächtige Bar mit ihrem Messinggeländer. Es sah gediegen aus.
»Ich war sparsam. Fast alles Schwarzarbeit. Von der Brauerei stecken hier fünfzigtausend drin. Von mir sind so nach und nach zwanzigtausend reingerutscht. Das war ein Kunststück, kann ich dir sagen.«
Jetzt fehle es noch in der Küche und im Keller. Und dafür brauche er noch Geld. Noch einmal zehntausend.
Ich brachte ihm das Geld am nächsten Tag in sein Büro im Club. »Ich hab jetzt so gut wie nichts mehr«, sagte ich zu ihm. »Mein Anwalt war teuer.«
»Das kommt rein, verlaß dich auf mich. Das habe ich dir doch bewiesen, daß du dich auf mich verlassen kannst . . .«
»Ich weiß, Willi«, sagte ich und dachte an den Meineid, den er für mich geschworen hätte, wenn es nötig gewesen wäre.
Später kamen Johann und das Wiesel in den Club. Wir setzten uns an den Tisch in der Nähe der Bar. Isaak war fröhlich, bestellte die ersten Runden und trank mit uns auf mein Massel, wobei er sagte: »Es wird ihm nie nix passieren, weil er hat a gildenes Händchen.« Dazu

nickte Moses kräftig. Seine stramme Ruth lachte viel mit Johann. Oben rechts zeigte sie dabei ihre Goldplomben. Sie genoß es, daß Johann scharf auf sie war. Ich war noch nicht ganz bei der Sache und redete nicht viel. Moses bemerkte es und fragte: »Über was denkste?«
Ich sagte: »Ich denke daran, ob es sich lohnt. Ob es der Mühe wert ist.«
»Viel Zeit, viel Zeit. Du bist gewesen sechs Monate.« Er zog die Brauen hoch, als wolle er überlegen, wie schwer das wog: sechs Monate.
Das Wiesel wollte gut Wetter machen bei mir. Er wußte, daß ich wütend auf ihn war. »Hör mal«, flüsterte er mir zu. »Wir verdienen ja wieder. Die paar tausend, die ich verspielt habe . . . Mein Alter hat das Schweißgerät. Ich habe vergessen, es dir zu sagen. Wir haben alles, was wir brauchen. Wir kennen die richtigen Schränke. Wir haben das Gerät. Und was willst du? Wir haben doch alle was angelegt . . .«
»Und wir sind alle wieder stier«, sagte ich. »Du hast vergessen, daß ich auch für dich drin war.«

Der blasse Karl sagte: »Seid mir ja vorsichtig mit dem Schweißgerät. Und wenn ihr geschnappt werdet, laßt mich aus dem Spiel. Ich bin nämlich krank. Ich würde den Knast nicht mehr überleben.«
Wir saßen in dem kleinen Zimmer, in dem wir damals den Geldschrank geknackt hatten. Magda war draußen im Lokal und bediente. Sie hatten einen Kellner, aber sie mußte helfen, denn das Geschäft lief gut. Karl hatte geliefert, und er hatte seine Schulden bezahlt. Wir waren jetzt quitt.

»Es ist die Leber«, sagte der blasse Karl. »Ich mach's nicht mehr lange. Drei Ärzte haben's gesagt.«
»Aber du säufst ja trotzdem noch!« warf ihm das Wiesel vor.
»Soll ich mich quälen? Soll ich gar kein Vergnügen mehr haben in meinen letzten Tagen?«
Johann, das Wiesel und ich lachten ihn aus: »Karl, du wirst steinalt.«
Johann hatte die Garage besorgt. Sie lag in der Nähe von Offenbach in einem Obstbaumgrundstück. Ein gutes Versteck. Dort hatten wir das Schweißgerät, Spezialbohrer und die Waffen untergebracht, auch der große Hammer stand da in einer Ecke.
Wir machen noch eine Serie, hatten wir gesagt. Und dann ist Schluß, für alle Zeiten Schluß. Das Wiesel würde Taxifahren, Johann hätte zu tun als Fernfahrer und ich . . . Wir werden sehen.
Es gab Arbeit, denn es genügte nicht, nur den Standort der Schränke zu kennen. Wir lagen nachts an versteckten Plätzen und beobachteten die Firmen, notierten die Zeiten der Nachtwächter, sortierten aus. Von den elf Schränken blieben nur sieben. Die können wir machen, sagten wir.
Das Wiesel maulte über die langwierigen Vorbereitungen. So etwas wäre eine Plackerei, und der Mensch müsse auch noch ein bißchen Freude haben. Aber Johann und ich sagten ihm: »Du kannst ja aussteigen, wenn es dir nicht paßt.«
Die beiden besten Schränke standen in einer Großhandlung für Baustoffe mit Gleisanschluß und in einer Ölgesellschaft, in deren Hof wir sechzig Tankwagen zählten. Wir hatten die Bürotüren aufgeschlossen und dann vor diesen Schränken gestanden, die, wie wir uns

sagten, nicht zu machen waren. Jeder ein Koloß. Diese Schränke waren mit Alarmanlagen gesichert. Und das bedeutete, daß hinter ihren Stahltüren beträchtliche Summen lagen. Wir gingen und verschlossen die Türen wieder. Niemand würde bemerken, daß wir dort einen Besuch gemacht hatten.

Als wir den ersten Schrank aufschweißten, staunte das Wiesel: »Das ist ja Schwerstarbeit.« Und Johann sagte danach: »Ich habe mindestens drei Pfund dabei abgenommen.«

Ich trieb zur Eile, wollte das hinter mich bringen, dachte: Die Monate, die Jahre bröckeln nur so von meinem Leben ab. Und das ist kein Leben, was ich jetzt führe. Ich bin auf dem falschen Gleis, fahre in die falsche Richtung.

Wir öffneten sieben Schränke nacheinander, unsere leeren Kassen füllten sich wieder. Das Wiesel war dabei spitz im Gesicht geworden. »Ich kann nicht mehr«, hatte er beim sechsten Schrank gesagt. Er war den körperlichen Strapazen nicht gewachsen. Johann war zäh und ruhig wie immer.

Die Flaschen waren dreimal neu gefüllt worden durch die Verbindungsleute des blassen Karl. Beim siebten Schrank wurden wir überrascht. Wir hatten zwei Stunden gearbeitet. Als wir die Kassette herausholten, kam der Wachmann mit einem Hund in den ersten Stock hinauf.

Die Firma lag bei Darmstadt, landwirtschaftliche Maschinen und Ackergeräte. Ich dachte plötzlich an Cicipek und Plenna. Das war doch auch in Darmstadt gewesen.

Der Wachmann rief schon auf der Treppe: »Halt! Stehenbleiben oder ich schieße!«

Der Hund schlug an, geiferte, schien wie wild an der Leine zu zerren.
Wir wollten weder auf den Wachmann noch auf den Hund schießen, verzichteten auch auf Schreckschüsse und sprangen aus dem Fenster vom ersten Stock in den Hof. Wir landeten auf einem Rasenstück, hatten uns nicht verletzt und konnten davonlaufen. Der Wachmann streckte oben seinen Kopf aus dem Fenster und rief uns nach: »Halt oder ich schieße!«
Wir erreichten unseren Wagen, jagten nach Frankfurt zurück. Wir hatten unser gesamtes Spezialwerkzeug verloren. Johann, der die kleine Kassette von oben aus dem Fenster geworfen und auf der Flucht mitgenommen hatte, sagte in unserer Garage: »Scheiße! Soviel Arbeit ...«
Wir öffneten die Kassette und fanden in ihr siebzig Einpfennigstücke. Zuerst starrten wir diese Handvoll Kupfer an, ohne etwas zu sagen. Wir waren erschöpft, überreizt. Dann kicherte Johann ein wenig. Und als wir die siebzig Pfennige schließlich unter uns verteilten, mußten wir alle lachen. Das war das Ende unserer Serie. Fünf Wochen hatten wir dazu gebraucht. Wir fühlten uns müde und kaputt wie ausgediente Ackergäule. Wir brauchten Ruhe, wollten schlafen und regelmäßig essen. Wir dachten an eine Erholungspause von mindestens vier Wochen.
Waldo sagte in seiner Küche zu mir: »Du siehst schlecht aus. Bist mager geworden.«
Er verzog noch immer dann und wann das Gesicht, wenn sein Magen schmerzte. Ich sagte zu ihm: »Warum läßt du dich nicht operieren?«
»Weil ich dabei sterben würde. Ich weiß es.«
Meine Mansarde war ein guter Platz. Waldo hatte mir

einen Kleiderschrank hineinstellen lassen. Es genügte für mich: das Bett, der Tisch mit dem Stuhl und der Kleiderschrank. Meine Wäsche besorgte Waldos Schwester. Ich sah, daß sie sich Sorgen um mich machte, denn sie schaute mich manchmal nachdenklich an. Aber sie sagte nie etwas. Vielleicht hatte sie sich in früheren Zeiten so um ihren Bruder gesorgt.
Ich wollte ein wenig umhergehen, wollte gelassen sein und mit Freunden sprechen, wie ein Mann, der von einer langen anstrengenden Reise zurückkommt. Ich hockte mich zu Josef in seine Bude, und er fing an zu erzählen. Von früheren Zeiten. Dazu tranken wir Schnaps und Bier. Und plötzlich sagte er: »Na ja, so weit wie ihr habe ich es ja nie gebracht. So weit bringt es kaum einer. Ich hätte da noch ein Ding, todsicher. Mit dir würde ich es machen . . .«
Ich schüttelte nur den Kopf: »Laß es bleiben, Josef. Du bist jetzt alt.«
»Und der Peter, oben im dritten Stock. Nacht für Nacht geht er los, ganz auf stiekum, verstehst du? Sein Etui hat er dabei mit seinen Spezialschlüsseln, und dann macht er seine Sache. Kein Mensch ahnt auch nur etwas davon. Tja«, sagte er, »das ist Klasse. Und der ist genauso alt wie ich.«
»Laß es sein, Josef.«
»Der englische Willi ist ja auch noch unterwegs, den haben sie auch noch nicht geschnappt«, murmelte er.
Ich gab ihm etwas Geld, und er sagte: »Dafür werde ich mir ein paar Hemden kaufen. Schuhe brauche ich auch wieder.«
Und am Abend saßen wir in den *sieben Raben*, der blasse Karl war betrunken, obwohl er, wie er sagte, nun bald sterben würde.Er wollte sich schieflachen darüber,

daß wir aus dem ersten Stock hatten springen müssen. Er hob den Zeigefinger und erklärte: »Nix kann passieren, nix. Die Nummern, die sind überall rausgefeilt. Und wißt ihr, wer das gemacht hat?« Er schlug sich an die Brust: »Ich. So bin ich zu euch.«

Johann, das Wiesel und ich gingen zum Club. Wo sollten wir sonst hingehen? Und im Club sagte Willi zu mir: »Paß auf Jannek auf, der war ein Freund von Smollek. Ich habe da was gehört. Besoffen hätte er herumgegrölt, er würde dich abstechen . . .«

»Ich werde aufpassen«, sagte ich.

Wo blieben Isaak und Moses? Willi lachte: »Sie haben Zores mit ihren Weibern. In der Bank haben sie sich erwischen lassen. Das war ein Theater, kann ich dir sagen. Die lange Lieselotte hat einen Aschenbecher geworfen. Jetzt haben sie Arrest. Moses hat Prügel gekriegt vor der Tür. Seine Ruth hat ihn mächtig verhauen. Darüber hat sich der Perlmutter gefreut. Und da ist Isaak hingegangen und hat den Perlmutter verhauen. Das war alles gestern nacht. Wir haben Tränen gelacht.«

Isaak lachte nicht. In einem langen Nachthemd kam er an die Tür. Er sagte: »Kommt rein. Habter bestimmt schon gehört . . .« Er hatte ein großes Pflaster auf der Stirn, genau unter dem Haaransatz.

Die lange Lieselotte lag im Bett, musterte uns kurz mit einem teilnahmslosen Blick und drehte sich wieder zur Wand.

»Bin ich krank«, sagte Isaak. »Is a Erschitterung vom Gehirn. Der Arzt hat gesagt.«

Er müsse Tabletten schlucken, Kopfwehtabletten. Im Bett müsse er liegen, mindestens fünf Tage. Er wolle sich dann die Ehescheidung überlegen. Zum Anwalt

würde er gehen, um mit ihm darüber zu sprechen. Denn das sei gewiß: ein Leben mit einer solchen Frau wäre gefährlicher als der Umgang mit Schwerverbrechern. Die lange Lieselotte sagte kein Wort.
Moses kam auch herüber, im Schlafanzug und Bademantel. Er hatte ein blaues Auge, nickte nur vielsagend und deutete auf sein Auge. Er wagte keinen Vorwurf, denn als seine Ruth ins Zimmer kam, hielt sie uns sofort einen leidenschaftlichen Vortrag, dessen Logik er nicht widersprechen konnte.
»Ihr geht riskieren euer Leben. Geht ihr zu rauben und zu stehlen, damit sie kennen in der Bank sitzen, um alles zu verspielen!«
»Habt ihr kein Geld mehr?« fragte ich.
»Se habn nich«, antwortete Ruth. »Se kennen nich de Miete zahlen . . .«
Isaak und Moses saßen im Zimmer wie zwei arme Sünder. Die lange Lieselotte wurde jetzt auch lebhaft. Sie rief: »Zehntausende haben sie verspielt! Ihr habt es nicht gewußt! Sie waren auch in den Spielbanken, in Bad Homburg und Wiesbaden!«
»Das ist Scheiße«, sagte Johann.
Das Wiesel grinste vor sich hin. Er fühlte sich ein wenig entlastet, denn hier wurde Johann und mir vorgeführt, daß es noch mehr von der Sorte gab, die ihr Geld für einen Nervenkitzel wegwarfen. Mir gefiel die Sache nicht. Ich dachte: Was wird aus ihnen? Sie würden in irgendeine Katastrophe hineinschlittern, und dabei würde es Opfer geben. Vielleicht waren wir darunter.
Isaak fragte: »Kennt ihr uns geben zu leihen a Geld?«
Wir zogen jeder ein paar Hundertmarkscheine aus der Tasche und legten sie auf den Tisch. Isaak teilte das Geld, gab Moses die Hälfte. Lieselotte warf er ein paar

Scheine aufs Bett und sagte: »Wirste zahlen die Miete.«
Ruth nahm Moses das Geld ab und steckte es in die Tasche ihres Morgenrocks. Moses schüttelte nur den Kopf. »A Schande«, sagte er. Und damit meinte er wohl seine sämtlichen Niederlagen: die Schläge, die er öffentlich von seiner Frau empfangen hatte, die Tatsache, daß ihm ein Vermögen durch die Hände gerutscht war, und die Demütigung, die sie ihm jetzt angetan hatte, indem sie ihm das Geld abnahm, als wäre er entmündigt.
Isaak sagte: »Werden wir verdienen. Weiß ich ein Sach, was ist leicht zu machen. Drei elektrische Maschinen. Kosten sie zwanzigtausend das Stick.«
Dazu hatten wir keine Lust. »Wir müssen in Ruhe miteinander sprechen«, sagte ich. »Vielleicht fällt uns etwas Besseres ein.«
Als uns Isaak zur Tür brachte, sagte er: »Kommter in drei oder vier Tagen. Werd ich gesund sein. Isses a Erschitterung vom Gehirn . . .«

Als wir wieder im Wagen saßen, sagte ich: »Wir hocken auf einem Pulverfaß. Wie stark wären Moses und Isaak, wenn das große Krachen käme? Und wieviel können die beiden Frauen ertragen?«
»Die sind doch hart wie Stahl«, sagte das Wiesel.
»Das sind Füchse«, meinte Johann. »Und du mußt bedenken, was die hinter sich haben. Die haben ihrem Tod doch schon mindestens zehnmal ins Auge gesehen.«
»Ja, die drei, aber nicht die lange Lieselotte.«

Johann und das Wiesel waren einer Meinung: »Sie wird sagen: Ich weiß von nix.«
Ich sagte: »Mir wird schwindelig, wenn ich an den Knast denke, den wir bekämen ... Was denkt ihr, was würden sie wohl austeilen?«
Wir rechneten und einigten uns auf etwa zehn Jahre, wobei Johann sagte, der blasse Karl und sein Vater hätten mehr als das Doppelte ausgehalten. Wir wechselten das Thema.
Johann hatte seit ein paar Wochen eine neue Freundin. Er hatte es uns nicht gleich gesagt. »Man braucht das doch«, erklärte er. »Es ist sonst wirklich zu hart.«
Er verbrachte die Nächte in ihrer Wohnung, aber in dieser Dreizimmerwohnung lebte auch ihr Ehemann mit seiner Freundin. Sie hatten sich gütlich geeinigt, erzählte Johann. Die Ehe war kaputt. Die Liebe hätte sich reduziert auf Sympathie, doch das hätte den beiden nicht genügt. Und so hatte sich der Mann eine neue Liebe gesucht, und die Frau hatte Johann in ihr Bett aufgenommen.
»Ich hoffe, du redest nicht zuviel bei ihnen«, sagte ich.
Er nahm uns mit in die Wohnung und stellte uns als seine Freunde vor. Die Frau war etwa fünfundzwanzig Jahre alt, große blaue Augen in einem zarten Gesicht: Sie ist reizvoll, dachte ich. Er wird bei ihr hängenbleiben. Und vielleicht wäre das gut für ihn.
Der Mann war Feinmechaniker, im Keller des Hauses hatte er eine Werkstatt eingerichtet, in der nichts fehlte. Er führte sie uns vor, war stolz auf seine Werkstatt. Dort bastelte er in seiner freien Zeit. Er war etwa so alt wie wir: ein intelligenter, fleißiger Mann.
Sie hatten sich die Wahrheit gesagt, und dann hatten sie ihr Leben neu eingerichtet. Eine Entscheidung, die zu

respektieren war. Dem sechsjährigen Sohn blieben auf diese Weise Vater und Mutter erhalten. Ein fröhliches Kind, das zu glauben schien, es habe jetzt zwei Mütter und zwei Väter.

Die Freundin des Mannes war ein unscheinbares Wesen. Sie arbeitete als Stenotypistin. Wir fragten uns: »Was findet er an ihr? Sie ist eine Null.«

Der Mann hieß Felix, Johanns Freundin wurde Kuni genannt, das kam von Kunigunde. »Ein unmöglicher Name«, sagte sie. »Wie meinen Eltern nur so etwas einfallen konnte.«

Ich ging seltener zu Katja als früher. Etwas hatte sich zwischen uns geändert. Wir wußten es beide, aber wir sprachen es nicht aus: Unsere Zeit war vorbei.

Ich dachte: Du bist isoliert, du bist wie eingemauert in dich selber. Und ich fragte mich, ob es mir je möglich sein würde, mit einer Frau immer zusammen zu leben. Und dabei dachte ich auch an meinen Vater. Er hatte die lebenslange Bindung nicht ertragen.

Johann fühlte sich wohl bei seiner neuen Freundin. Er hatte einen Wohnungschlüssel und ging jede Nacht zu ihr. Morgens arbeitete er ein paar Stunden in seinem Geschäft. Der Arbeiter war verläßlich, er belud den Wagen jeweils mit vierzig Zentnern Kohle und lieferte aus. Am späten Nachmittag ging Johann baden und schlüpfte dann in einen seiner teuren Anzüge. Das Geschäft lief, aber für den Lastzug reichte das Geld noch immer nicht.

Das Wiesel kam nicht voran. Er sagte: »Sie machen mir Schwierigkeiten, weil ich vorbestraft bin. Sie wollen mir die Taxilizenz nicht geben. Jetzt hat mein Anwalt eine Eingabe gemacht.« Er hatte einen Mann, der ihm Lizenz samt Wagen für gutes Geld verkaufen wollte.

»Scheiße«, sagte das Wiesel. »Wegen so einer kleinen Vorstrafe.«
Wir besuchten Isaak, als wir annahmen, daß er sich von seiner Gehirnerschütterung erholt hatte.
Lieselotte empfing uns aufgeregt. »Er spinnt«, sagte sie. »Er will einbrechen gehen, hat er gesagt. Aber das kann der doch gar nicht. Er spinnt total.«
Isaak saß im Bett und krakeelte: »Bin ich a Schaf? A Tiger werd ich sein!« Er war noch immer im Nachthemd, aber auf seiner Stirn klebte jetzt schon ein kleineres Pflaster. Mit den Händen fuchtelte er herum und rief ihr zu: »Denkste, Isaak is a Meschuggener? Wenn ich wieder gesund bin, werd ich dir geben a Klopp. Für das hier!« Er tippte an seine Stirn. Glück hätte sie, daß er noch nicht ganz gesund sei. Dann fragte er uns: »Wo isser, der Hammer, der große?«
»Was willst du damit?« fragte ich.
»Einbrechen«, sagte er mit fanatischem Gesicht.
»Aber er ist doch noch nicht gesund!« rief die lange Lieselotte besorgt.
»Kein Wunder«, sagte ich. »Wenn du mit drei Pfund schweren Aschenbechern nach ihm wirfst.«
Wir lachten, aber Isaak war es ernst. Er wollte jetzt auch ein Geschäft anfangen, sagte er. Und sie, die lange Lieselotte, müsse dabei mitarbeiten, denn die Zeiten seien vorüber, in denen sie nur faul im Bett gelegen hätte bis mittags um zwölf.
»Se werden gehen nach Paris«, sagte Isaak.
»Wer?« fragen wir.
»Die Maschinen, was wir holen, die elektrischen Maschinen.«

19

Rosig malte Isaak seine Zukunft. Es war nur noch eine kleine Kluft zu überbrücken, und dabei sollten wir ihm helfen. Ein An- und Verkaufsgeschäft wollte er aufmachen. Wir sagten: »Du meinst, du willst Pfandleiher werden?«
Jawohl, das meinte er, aber es sei gleichgültig, wie man es nenne, die Hauptsache wäre der Verdienst. Die lange Lieselotte müsse das Geschäft überwachen, dann wäre sie abends müde und ginge ins Bett. Ein Fachmann würde das Geschäft führen, der hätte schon einmal einen solchen Laden gehabt, aber es hätte ihm an Kapital gefehlt. Natürlich wäre auch er jeden Tag ein paar Stunden im Geschäft.
»Die Spieler, die Huren, die Zuhälter, die Diebe, die Betrieger – se werden wissen, wo Isaak hat sein Geschäft. Und es werden kommen die Witwen, die Witwer . . .«
Er zählte sie alle auf, die Menschen, die etwas zu verkaufen hätten oder verkaufen müßten. Da war nur noch diese kleine finanzielle Lücke.
Er wollte mitmachen, wollte selber den großen Hammer schwingen.
Nachts zeigte er uns die Großhandlung, in deren Schaufenster drei teure elektrische Rechenmaschinen standen. Isaak erklärte uns seinen Entschluß: Was wird

ein Seiltänzer tun, wenn er auf der Mitte des Seils unsicher wird? Wird er umkehren?
»Nein«, sagte er. »Gehen wird er so schnell nach vorn, daß er kimmt hinieber.«
Wir verstanden genau, was er meinte. Er dachte auch an das Pulverfaß. Zu einem guten Ende wollte er kommen.
Das Wiesel sagte: »Dabei können wir nicht viel verdienen.«
Aber der Gedanke war überzeugend: Isaak in Sicherheit, keine großen Hehlergeschäfte mehr, die auch uns gefährden konnten. Die Straße lag günstig, in der Nacht gab es dort kaum Durchgangsverkehr. Das Geschäft hatte eine zurückgesetzte Tür, in der Türnische waren Seitenscheiben. Dort konnten wir ohne große Mühe hinein.
Johann und ich sagten: »Wir machen es, Isaak zuliebe.«
Er hatte kein Kopfweh mehr, war gesund.
Und er wollte unbedingt dabeisein. Er zeigte uns die Garage von Jakob Landschaft, die der ihm überlassen hätte. Sie lag im Westend, kaum zwei Kilometer vom Geschäft entfernt.
»Bleib du hier in der Garage sitzen«, sagten wir. »Du wärst uns nur im Weg.«
Wir holten noch einmal den großen Hammer. Zwei Tage später fuhren wir nachts mit einem gestohlenen Wagen vor. Die Maschinen waren schwer, aber es dauerte kaum eine halbe Minute. Isaak erwartete uns in der Garage. Wir lieferten ab und fuhren den Wagen in eine stille Straße, wo wir ihn stehenließen. Eine Viertelstunde danach saßen wir bereits im Club und tranken eine Flasche Sekt.

Isaak war fröhlich, am meisten freute ihn jedoch, daß seine faule Lieselotte nun Arbeit bekäme, was, wie er sagte, eine gute Erfahrung für sie wäre. Die Maschinen sollten nach Paris geliefert werden. Schon in den nächsten Tagen. Und dann gäbe es Geld: zehntausend für ihn, zehntausend für uns. Wir waren einverstanden, denn wir hofften, ihn schon bald als Pfandleiher zu sehen.

Katja sagte am Abend: »Ich will einmal raus hier aus diesem heißen Quadratkilometer.« Sie meinte den Bereich um den Hauptbahnhof. Sie brauchte den Kontrast. Es ist wahr, dachte ich, wir leben wie in einem Getto. Wir gingen essen in einem Lokal, das *Bürgerkeller* hieß. Und wir saßen zwischen Bürgern an einem festlich gedeckten Tisch.

Auf der Toilette traf ich Peter, Peter mit der Lupe, Peter mit dem Etui und den Nachschlüsseln des Meistereinbrechers. Ich hatte mir die Hände gewaschen, und er wollte mir das Handtuch reichen – denn er war der Toilettenmann.

Er zuckte zusammen, als wären wir gegeneinandergeprallt. Ich war so verblüfft, daß ich nichts sagte.

Er stand vor mir und war verlegen. Mit niedergeschlagenen Augen sagte er: »Ich muß es dir erklären.«

Was hatte das zu bedeuten? Ein Spitzel konnte er nicht sein, denn er hätte oft Gelegenheit dazu gehabt, uns ans Messer zu liefern.

»Ich muß dir die Wahrheit sagen.« Wir gingen in die Ecke, wo sein Tisch und sein Stuhl standen. Stockend sagte er: »Es ist nicht leicht zu erklären ... Ich war neun Jahre mit ihnen im Lager. Ich kann die anderen nicht mehr ertragen, die ehrbaren Visagen, verstehst du. Josef, Egon, der blasse Karl und noch ein paar ... Das sind meine Freunde. Ich bin schon lange kein Einbrecher mehr, aber ich wollte noch zu ihnen gehören, denn zu den anderen werde ich nie wieder gehören. Ich verdiene hier gut ...«

Ich begann zu verstehen. »Ich werde nichts sagen«, versprach ich ihm.

Auf dem Weg zum Club dachte ich darüber nach. Er wollte als Einbrecher gelten, hielt daran fest, wie an einem Titel, der ihm vor Jahren verliehen worden war.

Katja sagte: »Es sind wieder elektrische Rechenmaschinen geklaut worden. Wertvolle Maschinen, ich habe es gestern in der Zeitung gelesen.«

Im Club nahm mich Willi sofort zur Seite: »Die Kripo sucht Isaak. Er ist zu dir gegangen. Du sollst gleich hinkommen. Noch etwas: Der Jannek hat drei Polen dabei, die waren noch nie hier. Zu viert kamen sie herein und haben herumgeschnüffelt. Ihr müßt aufpassen.«

Ich nahm ein Taxi und fuhr zum Hotel. Isaak, Johann und das Wiesel saßen in einer Ecke des Lokals. Johann sagte nur: »Das Ding ist geplatzt. Jemand hat gesungen.«

»Se haben Jakob Landschaft verhaftet«, sagte Isaak. »Musses der Perlmutter gewesen sein. Er hat gelesen in der Zeitung. Und er hat gewißt, wo der Landschaft hat die Garage ...«

Und außerdem wußte Perlmutter, daß Isaak und Jakob Landschaft zusammenarbeiteten, daß Isaak unser Hehler war, und er hatte vermutet, daß wir die Maschinen geholt hatten.

Isaak war blaß, aber gefaßt. Er sagte: »Was nitzt es zu

flattern mit die Händ, als kennt ich fliegen? Wenn ich fall, ich werd fallen.«
»Langsam«, sagte ich. »Ganz langsam: sie hatten einen Hinweis auf die Garage. Sie haben die Maschinen in der Garage gefunden. Jetzt konnten sie Landschaft verhaften, der hat gesagt, daß er sie Isaak geliehen hat. Nun suchen sie Isaak und wollen auch ihn verhaften.«
»Weiter, weiter!« drängte das Wiesel. »Und wenn Isaak verhaftet ist, wird er sagen, wir hätten die Maschinen geklaut, und dann gehen wir alle in den Knast.«
»Nein!« sagte Isaak heftig. »Hab ich den Fehler gemacht, werd ich gehen für euch.« Er wollte den Einbruch auf sich nehmen, denn, so sagte er, als Hehler bekäme er die gleiche Strafe. Von Landschaft drohe keine Gefahr, der würde sagen, er hätte Isaak die Garage überlassen, sonst wisse er nichts. Das sei ausgemacht, für alle Fälle.
Wir gingen zum Club zurück. Isaak wollte sich noch in der gleichen Nacht verhaften lassen. Wir wollten seinen Anwalt bezahlen und für die lange Lieselotte sorgen. Er sagte: »Wird es vielleicht dauern zwei Jahr.« Er würde zurückkommen, wir würden ein großes Fest machen: »A Fleisch werden wir braten, am Tisch werden wir sitzen und Schnaps trinken. Und lachen werd ich über die zwei Jahr . . .«
»Scheiße!« sagten wir. »Warum mußtest du auch den Perlmutter verhauen?«
Es gab keine andere Lösung. Was würde es ihm nützen, wenn auch wir ins Gefängnis gingen?
Wir saßen niedergeschlagen an unserem Tisch in der Nähe der Bar. Moses war gekommen und hatte sich zu uns gesetzt. Isaak beobachtete die Tür. Von Zeit zu Zeit murmelte er: »Was a Schlamassel.«

Und Moses fiel dann jedesmal ein: »Was a Unglick! Was a Unglick!«
Johann sagte: »Wir wollten dir helfen, Isaak. Aber du hast Fehler gemacht. Wie konntest du die Maschinen in eine Garage stellen, die deinem Erzfeind bekannt ist?«
Ich sagte: »Der Perlmutter hat's auf gut Glück mal versucht. Und siehe da, es war ein Volltreffer.«
Betrübt nickte Isaak: »A Schlamassel.« Und sein Echo antwortete: »A Unglick!«
Die Kripo ließ auf sich warten, dafür aber erschien Jannek der Hammer, und mit ihm noch drei Männer. Sie hatten harte Gesichter, schauten umher und musterten uns kurz. Willi kam sofort an den Tisch: »Das sind sie. Paßt auf, die sind gegerbt. Olsen habe ich schon Bescheid gesagt ...«
Olsen arbeitete wieder als Croupier. Er litt noch immer an seinem Versagen. Er hatte gesagt: »Ich bin tief in eurer Schuld. Vielleicht gibt es mal eine Gelegenheit ...«
Willi legte sich ein großes Messingtablett auf die Bar. Er grinste: »Wenn da was losgeht, dann gibt's was mit dem Tablett. Das Ding ist schwer.«
Jannek eröffnete primitiv, ließ keinen Zweifel an seiner Absicht. Er baute sich vor mir auf und fuhr mich an: »Gib mir fünf Mark, sonst kriegst du den Hammer!«
Das war der Spruch, der ihm den Namen gegeben hatte. Sie fürchteten ihn alle.
Johann sagte: »Einen Eimer Wasser kannst du kriegen.«
Und ich sagte: »Ich gebe dir kein Geld.«
»Was!« rief er und griff nach mir. Ich ging vom Stuhl hoch, legte mein ganzes Gewicht auf das rechte Bein und schlug ihm einen rechten Haken unter die Kinn-

spitze. Sein Blick wurde starr, leer. Er machte ein paar täppische Schritte auf der Stelle. Willi hob blitzschnell das schwere Tablett und schlug es ihm von der Seite her auf den Kopf. Es dröhnte wie ein Gongschlag. Ehe Jannek in die Knie ging, waren seine Freunde da.

Die dreißig oder vierzig Spieler, die vor dem Tisch gestanden hatten, stoben auseinander. Olsen kam über den Tisch gesprungen und schwang seine langen Arme. Johann hatte einen an die Wand gedrängt. Er schlug beidhändig. Der Mann sackte zusammen, sein Gesicht blieb dabei ganz ruhig. Willi hob das Tablett: der große Gong ertönte wieder. Der Mann fiel um und blieb liegen.

Ich schlug auf einen der Polen ein, traf jedoch nicht richtig, denn ich wurde abgedrängt. Das Wiesel sprang von einem Tisch aus dem Mann ins Genick. Sie rollten über den Boden. Isaak und Moses stürzten sich auf den Polen. Der lange Olsen hieb mit Schwingern auf den Dritten ein. Es war ein Knäuel von zehn Menschen. Ein paar Frauen schrien hysterisch. Tische krachten zusammen. Die Meute der Spieler hatte sich auf die andere Seite des Spieltischs geflüchtet, wo der zweite Croupier mit dem Rechen hart auf vorwitzige Finger schlug, die im Tumult schnell nach den Jetons haschen wollten.

»Achtung, das Messer!« Der dicke Willi deutete auf Jannek, der sich aufgerappelt hatte und mit dem Messer in der Hand auf mich zutorkelte. Er hatte den Kopf gesenkt und glotzte mich an. Es war nichts Menschliches in diesem Blick.

Ich sprang auf ihn zu, täuschte ihn mit einer Finte, hatte sein Handgelenk im Griff und wollte einen Hebelzug ansetzen. Aber Jannek fiel um und riß mich mit zu Boden. Ich lag halb auf ihm, hielt die Hand mit dem Messer fest, doch das Messer hatte Spielraum. Genug, um mir tief in den rechten Oberschenkel zu fahren. Ich spürte schneidenden Schmerz.

Die Spitze meines linken Ellenbogens stieß ich immer wieder in diese Fratze unter mir. Jannek zappelte, wollte mich abschütteln. Ich spürte, wie er nachgab. Und dann lag er plötzlich ganz still.

Vorsichtig stand ich auf und sah die Blutlache. Es war mein Blut. Mir wurde elend vor Schwäche und Ekel.

Der dicke Willi und Johann schnitten mir das rechte Hosenbein vollends auf. »Abbinden!« rief Johann und zog bereits seinen Gürtel aus den Schlaufen. Moses zeterte: »A Schwein! A Schwein!« Er gab dem noch immer bewegungslosen Jannek einen Fußtritt. Isaak rief nach einem Krankenwagen. Katja weinte, als sie zum Telefon rannte. Willi und Olsen warfen die drei Polen vor die Tür. Jannek ließen sie liegen. Während Johann mit aller Kraft den Gürtel um meinen Oberschenkel festzog, begann das ganze Durcheinander vor meinen Augen zu tanzen.

Der Rettungswagen kam mit heulender Sirene. Die Sanitäter arbeiteten schnell und sicher. Zuerst legten sie mich auf die Bahre, dann holten sie Jannek. Mit dem Kopf voran wurden wir in den weit offenstehenden Wagen geschoben. Und dann wieder die Sirene: der Wagen fuhr ab. Wir lagen auf den Bahren, ich oben, Jannek unten.

Die Ärzte im Krankenhaus nähten meinen Oberschenkel zusammen. Sie sagten: »Sie haben Glück gehabt.«

In derselben Nacht wurde Isaak verhaftet. Ich erfuhr es einen Tag später von Kommissar Rasche, der mich im Krankenhaus besuchte. Der Kommissar grinste und

sagte: »Seltsame Dinge geschehen. Wir verhaften Isaak, und Isaak gesteht mit wahrer Begeisterung. Aber ich glaube ihm nicht. Sie haben die Maschinen geholt mit Ihren Leuten. Sie haben das gut organisiert: Wer den Fehler macht, nimmt die Sache auf sich. Auf diese Weise geht nur einer von der Mannschaft baden.«
Ich sagte: »Perlmutter hat Ihnen einen Tip gegeben. Isaak hat ihn verprügelt, dafür wollte er sich rächen.«
»Smollek und Wasilenkow wollten sich auch rächen. Jannek sollte Ihnen bei der Schlägerei das Messer zwischen die Rippen schieben. Wir haben da unsere genauen Informationen. Ich habe ihn schon besucht. Er kann nicht sprechen. Sie haben ihm den Kiefer zerbrochen. Das war die erste gute Tat, die auf Ihr Konto geht. Ein übler Bursche. Er steht unter Mordverdacht. Wir kriegen ihn eines Tages. Die Zeit arbeitet für uns. Auch in Ihrem Fall. Sie haben damals die Maschinen geholt und Sie waren es auch dieses Mal. Jedenfalls genügt es, um Sie in Untersuchungshaft zu nehmen.«
»Nichts als Vermutungen.«
»Ich dachte, ich besuche Sie mal. Ich könnte mir denken, daß Sie eines Tages zu reden beginnen.«
»Sie irren sich, es gibt nichts zu reden.«
Der Kommissar stand vom Stuhl auf und sagte: »Vorerst einmal gute Besserung. Wir werden uns noch unterhalten, wenn Ihr Bein wieder in Ordnung ist.«
Seine Ruhe gefiel mir nicht. Er hatte die Gelassenheit der Menschen, die ihrer Sache sicher sind. Mein Bein schmerzte, und ich konnte nur auf dem Rücken liegen. Isaak war nun in Haft. Sie würden ihn verurteilen. Es wird nichts aus der Pfandleihe.
Johann und das Wiesel besuchten mich. Sie saßen mißmutig neben meinem Bett und erzählten, daß Rasche

sie vernommen hätte. »Was machen wir jetzt?« fragte Johann.
Ich sagte: »Wir müssen stillhalten. Ganz einfach abwarten.«
Sie wollten zu den Spielbanken fahren, um sich Besuchskarten zu besorgen. »Ich habe schon zehn Karten von früher«, sagte Johann, »aber ich brauche noch ein paar. Damit weise ich mein Kapital nach. Dagegen können sie nichts machen. Die Bank kann nicht mit Bestimmtheit sagen, ob ich verloren oder gewonnen habe.«
»Aber paß auf den da auf«, sagte ich.
Das Wiesel schwor: »Auf Ehr und Gewissen ... Ich stecke nie mehr als Dreihundert in die Tasche, wenn ich spielen gehe.«
Der dicke Willi kam und brauchte wieder Geld: »Die letzten Fünftausend, dann ist alles perfekt«, sagte er. »Du wirst über unser Lokal staunen.«
»Johann soll es dir geben. Sag ihm, ich hätte dich geschickt.«
Ich lag vierzehn Tage auf dem Rücken und dachte oft, daß es für mich besser gewesen wäre, Arzt zu werden. Das Krankenhaus erinnerte mich daran. Ich dachte auch an Friederike: Lange ist das her, es war in einem anderen Leben.

Als ich soweit hergestellt war, daß ich wenigstens humpeln konnte, holten mich zwei Kriminalbeamte ab. Ich brauchte sie nicht zu fragen, wohin sie mit mir fahren würden. Und diesmal dauerte die Untersuchungshaft fast sechs Monate. Ich hatte Zeit zum

Nachdenken. In der Zelle auf dem Bett liegend oder hin und her hinkend, wich ich der Erkenntnis nicht mehr aus, daß ich gescheitert war. Ich hatte einen Traum gejagt. Eigentlich hätte es nur zwei Möglichkeiten für mich gegeben: stumpf sich anpassen, gehorchen – oder mein eigenes System den anderen aufzuzwingen. Ich konnte nicht dienen, habe keinen Herren über mir anerkannt, und ich glaubte nie an die glückliche Gesellschaft. Es ist Krieg zwischen den Menschen.

Und wie würde es weitergehen? Ich würde das Spiel fortsetzen. Aber in diesen sechs Monaten der Einzelhaft lernte ich eine andere Form der Anpassung: ich war jetzt mit meinem Tod vertraut, hatte mich an ihn gewöhnt.

Dreimal wurde ich zu Vernehmungen geholt, doch es gab nichts auszusagen.

Isaak blieb bei seiner Behauptung, er hätte den Einbruch mit einem Polen gemacht, den er vom Lager her kenne.

Ich wollte im Gefängnis mit Isaak Kontakt aufnehmen, erfuhr, daß er im anderen Gebäude lag. Der Kalfaktor, dem ich einen Kassiber zugesteckt hatte, kam ein paar Tage später an die Zellentür und sagte: »Er kann nicht lesen. Ich soll dich grüßen. Er hätte dir geschrieben, aber er kann auch nicht schreiben.«

Eine Woche vor Isaaks Prozeß wurde ich entlassen. Johann und das Wiesel holten mich vor dem Tor ab. Es gab nicht viel zu berichten. Jannek lief mit einer Kinnstütze aus Leder in den Spielclubs herum, aber er sei jetzt nicht mehr Jannek der Hammer.

Der blasse Karl sah aus, als sei er tatsächlich dem Tode nahe, doch er stand noch immer hinter seiner Theke. Das Wiesel sagte: »Er hat sich einen schönen Sarg gekauft und das Grab hat er auch schon ausgesucht. Er will auf dem Hauptfriedhof liegen.«

Wir besuchten ihn in den *sieben Raben*. Er freute sich, mich zu sehen, und gab ein paar Runden aus. Ich dachte: Er versteht zu sterben.

Danach besuchten wir unser Lokal, das der dicke Willi schon vor Wochen eröffnet hatte. Es sah imponierend aus, eine gediegene Bier-Bar. Willi zuckte jedoch bedauernd mit den Schultern: »Es läuft noch nicht richtig. Hier müssen ein paar tolle Weiber rein.«

Isaaks Prozeß war ein Ereignis für die Unterwelt. Ich sah viele unbekannte Gesichter im Gerichtssaal, Gesichter von der Art, die der dicke Willi *gegerbt* genannt hatte. Aber auch die meisten Bekannten und Freunde waren gekommen. Sogar der blasse Karl war erschienen, sein Anzug schlotterte um ihn herum. Er war jetzt fast so dürr wie der englische Willi, der wieder seinen steifen Homburger trug, den er jedoch im Gerichtssaal abnehmen mußte. Er hielt ihn vorsichtig auf den Knien, als wäre er aus Gold.

Isaaks Leben wurde aufgeblättert. Der Staatsanwalt und Isaaks Verteidiger ergänzten sich dabei. Und was war das für ein Leben. Vater und Mutter: ermordet. Zwei Schwestern und ein Bruder: ermordet.

Wie hatte Isaak überlebt? Das konnte er gut erklären. In der Tasche habe er immer einen Ziegelstein getragen und bei den Selektionen, als die Schwachen für das Gas ausgesucht wurden, sei er auf den Ziegelstein gestiegen und habe groß und stark ausgesehen.

Als der Richter ihn fragte: »Und wie sind Sie mit diesen

schweren Maschinen zu der Garage gekommen?« grinste Isaak beinahe fröhlich, deutete mit dem Finger nach unten und antwortete: »Zu Fießen, Herr Richter, zu Fießen . . .«
Im Namen des Volkes sprach der Richter vierzehn Monate Gefängnis aus. Isaak wurde auf freien Fuß gesetzt, weil die sechs Monate Untersuchungshaft auf den später zu verbüßenden Rest angerechnet wurden.
Nach der Urteilsverkündung fuhren wir zu unserem Lokal. Der dicke Willi hatte alle eingeladen. Isaak betrank sich so, daß Moses Leib ihn stützen mußte. Die lange Lieselotte krakeelte: »Er verträgt nicht soviel Alkohol!«
Isaak ließ sich jedoch nicht von ihr einschüchtern und rief: »Was wird a Mensch tun, wenn er kommt zurick vom Krieg oder von das Gefängnis? Trinken wird er!«
Die lange Lieselotte wollte jedoch nichts vom Krieg und nichts vom Gefängnis verstehen, und so gab Isaak ihr doch noch den *Klopp,* den er ihr längst versprochen hatte. Danach wurde sie still und trank alle Runden mit, die der dicke Willi und ich spendierten. Sie war am Abend noch betrunkener als Isaak, und wir mußten sie zum Auto tragen, wobei sie ihre Schuhe und ihre Handtasche verlor, die Isaak und Moses Leib aufsammelten.

20

Der Tod des blassen Karl kam nicht überraschend.
Das Wiesel hatte montags gesagt: »Er liegt in der Klinik. Da gibt es nichts mehr zu hoffen.«
Am Mittwoch war er tot. Ein friedliches, wohlgeordnetes Ende, wie der Pfarrer sagte, der die Leichenrede hielt. Er sprach über die Schwere des Lebens und im besonderen über den Satz: »In der Welt habt ihr Angst . . .«
Als die Orgel in der Trauerhalle einsetzte, fing das Wiesel an zu weinen.
Es weinten außerdem: Der verzinkte Egon, Josef und der englische Willi und Peter, der immer noch für einen Meistereinbrecher gehalten wurde. Die hellblond gefärbte Magda weinte nicht, denn sie war darüber verärgert, daß der blasse Karl einen Brief hinterlassen hatte, in dem er einen Leichenschmaus für fünfzig Personen anordnete, zu dem Sekt gereicht werden sollte. Schon auf dem Weg vom Grab sagte sie: »Was das kostet! Er ist total verrückt!«
Seine Freunde lobten ihn. Als das große Essen in den *sieben Raben* gegeben wurde, fanden alle, er habe sich würdig verabschiedet, sein Andenken sei zu ehren. Josef stand auf und hielt nach der Suppe eine kurze Rede zum Gedenken des teuren Toten, wobei er nicht ver-

gaß, den Fuchs zu erwähnen, der den blassen Karl vor Jahren in den Hintern gebissen hatte, als sie bei einem reichen Ausbeuter zu einem nächtlichen Besuch gewesen seien.

Nachdem die blonde Magda soviel Gutes über den blassen Karl gehört hatte, fing sie schließlich doch an zu weinen. Aber das Wiesel sagte: »Das sind nur Krokodilstränen.«

Er wollte nicht mit ihr zusammenarbeiten, war bereits sicher, daß es Streitigkeiten über die Erbschaft geben würde. Einige in der Runde fragten: »Hat er ein Testament hinterlassen?«

Die blonde Magda wußte nichts davon, jedenfalls behauptete sie: »Er hat nie davon gesprochen. Er hat sich seinen Sarg und sein Grab gekauft, aber von einem Testament ist mir nichts bekannt.

Es ist viel geschehen, aber es ist noch nicht abgeschlossen. Das Maß muß noch voll werden. Wir sind wieder unterwegs, denn Isaak spricht von der Pfandleihe, Johann von seinem großen Lastwagen und das Wiesel von der Taxilizenz, die ihm noch immer nicht gegeben wurde.

Ich bin Teilhaber eines Lokals, das ganz plötzlich zu florieren beginnt, denn der dicke Willi hat Frauen eingestellt. Zwei stehen hinter der Bar, zwei bedienen und mindestens vier Huren sitzen nachts dort herum und warten auf Gäste. Die kommen plötzlich in Scharen und machen Umsatz.

Was will ich noch? Ich weiß es nicht. Ich lasse mich von meiner Einfalt führen. Das Spiel beginnt von neuem.

Nur das gibt mir das Gefühl, noch nicht untergegangen zu sein. Der verborgene Sinn wird mir nicht klar. Ich will das jetzt auch nicht wissen, sondern bin auf der Suche nach Ekstasen.

Wir liefern noch einmal Brillanten, dann wertvolle Pelze und Kameras. In ein paar Großstädten werden wir gejagt. Wir fahren wieder einen schnellen Wagen und entkommen.

Isaak könnte jetzt seine Pfandleihe gründen. Warum tut er es nicht? Wir sitzen zusammen und schwatzen über unsere Möglichkeiten. Eine ist der Doppelraub. Als Gedanke ist er überzeugend, er ist grotesk: eine noch nie gewesene Herausforderung.

Dort, wo wir die zwei schwer gesicherten Geldschränke stehen sahen, die wir nicht aufschweißen konnten, fahren wir an einem Abend vor. Innerhalb von zehn Minuten ist es geschehen. Die Zeitungen berichten seitenlang darüber.

Und dann holen wir aus zu dem, was wir den letzten großen Schlag nennen. Ein Überfall auf die Zweigstelle der Post. Wir treten an mit hölzernen Maschinenpistolen, Nachbildungen, die nicht schießen können. Es ist sieben Uhr morgens, an einem eiskalten Tag. Und wir erbeuten einen großen Sack Geld.

Wir haben viel Geld. In den nächsten Wochen steht in Johanns Geschäft tatsächlich ein neuer Lastwagen, das Wiesel hat eine Taxilizenz. Er betreibt sein Unternehmen mit einem Strohmann.

Es ist Josef, der sagt: »Hört auf, hört um Gottes willen auf. Es reicht . . .«

Ja, es reicht. Habe ich mich bereits zerstört?

In diesen Tagen mußte Isaak den Rest seiner Strafe antreten. Johann, das Wiesel, der dicke Willi und ich be-

gleiteten ihn bis vor die große eiserne Tür. Hoch ragte die Backsteinfassade des Gefängnisses vor uns auf. Wir standen davor, neben den Wagen.
Der dicke Willi zog aus der Tasche einen Flachmann mit Cognac. »Noch einen Schluck zum Abschied«, sagte er.
Wir tranken jeder, Isaak als letzter. Dann war es Zeit für ihn. Er hob die rechte Hand und sagte: »Gott soll euch schitzen – und mich auch.«
Schnell ging er hinein. Wir sahen ihm nach.

Als wir achtzehn Monate später auf der Anklagebank saßen, war die Niederlage vollständig. Der Richter war ein alter Mann, seine Beisitzer waren nicht jünger als er. Es gab wenig zu sagen, denn wie hätte das für sie geklungen, wenn ich erklärt hätte: »Ihr habt mich von jeher erschreckt. Ich hatte euch früh durchschaut. Die großen Kaputtmacher haben euch immer beherrscht, aber ich war schon am ersten Schultag auf der Flucht vor euch. Und dann habe ich Widerstand geleistet gegen euch.«
Oder wie hätte es in den Ohren des angepaßten Richters geklungen, wenn ich über die Schwere des Lebens gesprochen hätte, und im besonderen über den Satz: »In der Welt habt ihr Angst . . .«
Die Taten wurden vorgerechnet. Sie wurden einzeln gewertet und dann zusammengezählt. Das Urteil wird stehend empfangen. Ich hörte, daß sie zwölf Jahre für mich berechnet hatten.

21

Als ich Isaak acht Jahre später in Frankfurt suchte, war ich ein Schriftsteller geworden.
Ich wollte ihn sehen, denn ich hatte oft an ihn gedacht.
Es war spät am Abend.
Ein Kellner hatte mir gesagt: »Er hat eine kleine Kneipe hinter dem Bahnhof. Sie heißt *Zum goldenen Hörnchen.*«
Ich machte die Tür auf und sah Isaak, der mit dem Rükken zu mir vor der Theke stand. Er redete mit ein paar Leuten. Sein Haar war schneeweiß geworden.
Ich rief: »Isaak!«
Er drehte sich um, wollte sprechen, aber er schnappte nur nach Luft. Und dann machte er einen Sprung auf mich zu, wir umarmten uns, klopften uns auf die Schultern.
Isaak rief: »Wann biste gekimmen? Wann biste gekimmen?« Er hatte Tränen in den Augen und konnte nicht schnell genug reden, so viele Fragen wollte er stellen.
Ich war gerade angekommen, und das erzählte ich ihm. – Was ich mache, wollte er unbedingt wissen. Und wie es mir ergangen wäre.
Ich sagte ihm: »Ich habe Bücher geschrieben.«

Er schaute mich verblüfft an: »Biecher haste geschrieben? Richtige Biecher?«
Ich sagte: »Richtige Bücher.«
»Und se sind gedruckt?«
»Ja, sie sind gedruckt.«
»Und wie dick sind se, die Biecher?«
Ich zeigte ihm zwischen Daumen und Zeigefinger, wie dick meine beiden ersten Bücher sind. Er schüttelte den Kopf: »Gedruckt . . . Und so dick.« Er schlug die Hände zusammen und rief ins Lokal: »Jetzt werd ich lernen ze lesen und ze schreiben, denn ich will lesen, was mein Freind hat geschrieben über die Welt . . .« Er lachte, freute sich unbändig, zog mich aus dem Lokal und erklärte: »Mußte sehen Moses und Ruth! Mußte auch begrießen den Jakob Landschaft!«
Wir gingen durch die Straße, die einmal *der Schmock* geheißen hatte. Isaak erzählte mir, daß auch Josef gestorben wäre. Sie hätten ihn begraben und seien alle hinter dem falschen Sarg hergelaufen, bis ein Friedhofsdiener von weitem gerufen hätte: »Halt, es ist der Falsche!«
Darüber mußte er noch einmal lachen, und die anderen Trauergäste hätten ebenfalls gelacht, denn das wäre doch beinahe so gewesen, als hätte Josef noch im Tod eine kleine Posse reißen wollen.
Das Lokal, das Moses und Jakob Landschaft zusammen betrieben, war etwas größer als das *goldene Hörnchen.* Isaak sagte sofort, daß ich Bücher geschrieben hätte. Sie redeten durcheinander, waren aufgeregt und fröhlich. Und Moses rief: »Isser a gesegneter Mensch!«

Es hat lange gedauert, bis ich ein Schriftsteller wurde. Ihr müßt zugeben, es ist schwer, mit euch zu leben. Ich habe versucht, Frieden mit euch zu schließen und finde für den Schluß dieses Buches kein besseres Wort als das, was Isaak sagte, ehe er ins Gefängnis ging: »Gott soll euch schützen – und mich auch.«